U0590494

法国经典文学选读

FAGUO JINGDIAN WENXUE
XUANDU

陈 平 主 编

电子科技大学出版社
University of Electronic Science and Technology of China Press

·成都·

图书在版编目（CIP）数据

法国经典文学选读 / 陈平主编. —成都：电子科
技大学出版社，2024.2

ISBN 978-7-5647-9511-5

Ⅰ. ①法… Ⅱ. ①陈… Ⅲ. ①文学欣赏－法国 Ⅳ.
①I565.06

中国版本图书馆 CIP 数据核字（2022）第 103588 号

法国经典文学选读

陈　平　主编

策划编辑　杨仪玮　刘　愚
责任编辑　杨仪玮
责任校对　雷晓丽
责任印制　段晓静

出版发行　电子科技大学出版社
　　　　　成都市一环路东一段 159 号电子信息产业大厦九楼　　　邮编　610051
主　　页　www.uestcp.com.cn
服务电话　028-83203399
邮购电话　028-83201495

印　　刷　四川省平轩印务有限公司
成品尺寸　170mm×240mm
印　　张　15.5
字　　数　370 千字
版　　次　2024 年 2 月第 1 版
印　　次　2024 年 2 月第 1 次印刷
书　　号　ISBN 978-7-5647-9511-5
定　　价　78.00 元

版权所有　侵权必究

序言

本教材是电子科技大学校级规划教材，源于课堂教学实践。本书主编曾为电子科技大学法语系 2017 级、2018 级学生讲授"法国文学"和"法国文学史"两门课程。由于学生积极参与教学并撰写了高质量课程论文，所以我们在编写本教材时也邀请了部分学生参与。

本教材首先坚持以马克思主义为指导，在进行文学分析和鉴赏时始终坚持从唯物史观出发，介绍了法国文学与法国的历史、思想及社会发展等的关系。其次，本教材具有一定的学术性。在编写时，我们查阅借鉴了大量文献资料，注意把学科前沿知识融会贯通到课堂教学，并积极借用文学批评理论来阐释文学作品，如叙事理论（分析《鼠疫》时）、创伤理论（赏析《夏倍上校》时）、史学理论（涉及米什莱的章节）、翻译理论（涉及《茶花女》的章节）、诗学理论（涉及马拉美的诗学）、巴赫金"狂欢化"理论（涉及拉伯雷的创作）等。

本教材部分章节是基于学生的课程论文，由学生独立完成（如第三、四、八、十一、十四、十八、二十三、二十四、二十五、二十七等章节），还有一些章节由主编与学生合作完成（如第五、十二、十五、十六、十七、二十六等章节）。以下同学全面参与了教材的编写（按姓氏拼音排序）：陈紫馨、胡明希、胡怡、康代颖、秦佳艺、宋雨童、王一好、杨晓蕊、杨若㛃、杨鑫敖、赵康棋、郑陈雨欣、郑蕙心、郑雁方、钟可心。此外，何晓玲、付可、丁思元、赵静文、雷玲、高雅蓉、钱思勖等参与了教材的初期准备工作或以其他方式参与了教材的筹备工作。

在本教材的编写和出版过程中，我们得到了电子科技大学教务处、外国语学院和出版社的大力支持。法语系的同事始终关注和支持本教材的编写工作，并在关键时刻施以援手，让我们十分感动。

由于编者水平有限，书中难免存在不足之处，敬请读者批评指正。

编　者

2023 年 12 月

体例和用法

一、每一章均包含导读、片段阅读、课后思考、参考文献等内容，有的在选段后还有注释。

二、导读主要介绍作家、作品的基本情况，并选取原文片段，为学生理解作品提供参考，也可为自学法语的读者提供一定的指导和帮助。

三、本教材力图覆盖 20 世纪之前的法国文学，基本不涉及当代文学，这既是出于版权方面的考虑，也是因为国内已有较好的当代文学选本，可以和本教材配合使用。

四、作为选读教材，编者在选取素材时必然对作家和作品有所取舍，读者在阅读和使用时可按实际情况灵活处理。

五、对难度较大的文学作品一般选取较少的片段，并给予详细阐释，以便于自学者参考；对难度较小的作品或值得深入探讨的作品，则尽量选取完整章节进行赏析，以配合研究式、启发式教学，培养学生的科研能力。

六、本教材邀请了一些在校大学生参与编写，这在某种程度上实现了教材翻转。学生的水平或有不足，但学生所选、所写的东西应该更接近同龄学生的知识水平，也更有利于激发他们的学习兴趣。

目录

第三编　La troisième partie
17 世纪法国文学　Le XVIIe siècle

第四编　La quatrième partie
18 世纪法国文学　Le XVIIIe siècle

第五编　La cinquième partie
19 世纪法国文学　Le XIXe siècle

第六编　La sixième partie
20 世纪法国文学 Le XXe siècle

第一编
La première
partie

中世纪法国文学

La littérature française
au moyen âge

第一章 英雄史诗：《罗兰之歌》
L'épopée : *Chanson de Roland*

【导读】

《罗兰之歌》是最著名的"武功歌"。"武功歌"（Les chansons de geste）主要写骑士们的英勇行为，是 11—14 世纪流行于法国的一种数千行乃至数万行的长篇故事诗，通常用十音节诗句写成，以颂扬封建统治阶级的武功勋业为主要题材。

《罗兰之歌》（*Chanson de Roland*）乃是法国人民的英雄史诗，充满战斗精神和爱憎分明的立场。该史诗的主要情节：法兰西皇帝查理攻打当时的西班牙，由于被叛徒甘尼仑设计陷害，查理不得不撤军并安排罗兰、奥利维等将领断后，最终罗兰等英雄战死；后来查理为罗兰报仇，消灭了敌人并将叛徒处决。

《罗兰之歌》以比较夸张的手法刻画了罗兰的英雄形象，同时也描写了他过于刚强自信，在寡不敌众的情况下不愿吹号求援，导致他自己和战友的无谓牺牲。对其他人物，比如罗兰的战友奥利维，以及出卖罗兰的叛徒甘尼仑等，该史诗也做了比较可信的描写。

《罗兰之歌》有一定的历史依据。历史上查理大帝和英雄罗兰都确有其人，但该史诗的内容和具体史实还是有一些出入。据史料记载，查理于 778 年从西班牙回国时在比利牛斯山遭到法兰克部落巴斯克人的袭击，罗兰伯爵战死，而查理在萨拉戈斯复仇时也遭遇失败。

作为基于史实的叙事虚构作品，《罗兰之歌》反映了法兰西民族建立稳固的封建王朝的愿望，以及新兴的封建阶级完成国家统一的诉求。

该史诗有 8 个抄本，以牛津大学抄本最完整，共 3998 行；一般认为可以补 4 行，即 4002 行。本章选用的是中世纪文学专家约瑟夫·贝迪耶（Joseph Bédier）的现代法语译文。中文介绍和注释参考了郑克鲁先生的著作和杨宪益先生的译作。

【片段阅读】

Chanson de Roland

I

LE roi Charles, notre empereur, le Grand, sept ans tous pleins est resté dans l'Espagne : **jusqu'à la mer il a conquis la terre hautaine.** Plus un château qui devant lui résiste, plus une muraille à forcer, plus une cité, **hormis Saragosse**, qui est sur une montagne. **Le roi Marsile** la tient, qui n'aime pas Dieu. C'est **Mahomet** qu'il sert, **Apollin** qu'il prie. Il ne peut pas s'en garder : le malheur l'atteindra.

II

LE roi Marsile est à Saragosse. Il s'en est allé dans un **verger**, sous l'ombre. **Sur un perron de marbre bleu il se couche** ; autour de lui, ils sont plus de vingt mille. Il appelle et ses **ducs** et ses **comtes** : « Entendez, seigneurs, quel **fléau** nous opprime. L'empereur Charles de douce France est venu dans ce pays pour nous **confondre**. Je n'ai point d'armée qui lui donne bataille ; **ma gent n'est pas de force à rompre la sienne.** Conseillez-moi, vous, mes hommes sages, et gardez-moi et de mort et de honte ! » Il n'est païen qui réponde un seul mot, sinon **Blancandrin, du château de Val-Fonde.**

III

ENTRE les **païens** Blancandrin était sage : par sa **vaillance**, bon chevalier ; par sa **prud'homie**, bon conseiller de son seigneur. Il dit au roi : « Ne vous effrayez pas ! Mandez à Charles, à l'orgueilleux, au fier, des paroles de fidèle service et de très grande amitié. Vous **lui donnerez des ours et des lions et des chiens, sept cents chameaux et mille autours sortis de mue, quatre cents mulets, d'or et d'argent chargés, cinquante chars dont il formera un charroi** : il en pourra largement payer ses soudoyers. Mandez-lui qu'en cette terre assez longtemps il **guerroya** ; qu'en France, à **Aix**, il devrait bien s'en retourner ; que vous y suivrez à la fête de **saint Michel**; que vous y recevrez la loi des chrétiens ; que vous deviendrez son **vassal** en tout honneur et tout bien. Veut-il des **otages**, or bien, envoyez-en, ou dix ou vingt, pour le mettre en confiance. Envoyons-y les fils de nos femmes : dût-il périr, j'y enverrai le mien. Bien mieux vaut qu'ils y perdent leurs têtes et que nous ne perdions pas, nous, **franchise** et **seigneurie**, et ne soyons pas conduits à **mendier**.

IV

BLANCANDRIN dit. « Par cette mienne dextre, et par la barbe qui flotte au vent sur ma poitrine, sur l'heure vous verrez l'armée des Français se défaire. Les Francs s'en iront en France : c'est leur pays. Quand ils seront rentrés chacun dans son plus cher domaine, et Charles dans Aix, sa chapelle, il tiendra, à la Saint-Michel, une très haute cour. La fête viendra, le terme passera : le roi n'entendra de nous sonner mot ni nouvelle. Il est orgueilleux et son cœur est cruel : il fera trancher les têtes de nos otages. Bien mieux vaut qu'ils perdent leurs têtes, et que nous ne perdions pas, nous, claire Espagne la belle, et que nous n'endurions pas les maux et la détresse ! » Les païens disent : « Peut-être il dit vrai ! »

V

LES païens s'arment de hauberts sarrasins, presque tous à triple épaisseur de mailles, lacent leurs très bons **heaumes** de Saragosse, **ceignent des épées d'acier viennois**. Ils ont de riches **écus**, des épieux de **Valence** et des **gonfanons** blancs et bleus et vermeils. **Ils ont laissé mulets et palefrois**, ils **montent sur les destriers et chevauchent en rangs serrés**. Clair est le jour et beau le soleil : pas une **armure** qui toute ne **flamboie**. Mille clairons sonnent, pour que ce soit plus beau. Le bruit est grand : les Français l'entendirent. Olivier dit : « Sire compagnon, il se peut, je crois, que nous ayons affaire aux **Sarrasins**. » Roland répond : « Ah ! que Dieu nous l'octroie ! Nous devons tenir ici, pour notre roi. Pour son seigneur on doit souffrir toute détresse, et endurer les grands chauds et les grands froids, et **perdre du cuir et du poil**. Que chacun veille à y employer de grands coups, afin qu'on ne chante pas de nous une mauvaise chanson ! **Le tort est aux païens, aux chrétiens le droit**. Jamais on ne dira rien de moi qui ne soit exemplaire. »

VI

OLIVIER est monté sur une hauteur […]. Il regarde à droite par un val herbeux : il voit venir la gent des païens. Il appelle Roland, son compagnon : « Du côté de l'Espagne, je vois venir une telle rumeur, tant de hauberts qui brillent, tant de heaumes qui flamboient ! Ceux-là mettront nos Français en grande angoisse. Ganelon le savait, le **félon**, le **traître**, qui devant l'empereur nous désigna. — Tais-toi, Olivier », répond Roland ; « il est mon **parâtre** ; je ne veux pas que tu en sonnes mot ! »

VII

OLIVIER est monté sur une hauteur. Il voit à plein le royaume d'Espagne et les Sarrasins, qui sont assemblés en si grande masse. Les heaumes aux **gemmes serties d'or** brillent, et les écus, et les hauberts safrés, et **les épieux et les gonfanons fixés aux hampes**. Il ne peut **dénombrer** même les corps de bataille : ils sont tant qu'il n'en sait pas le compte. **Au dedans de lui-même il en est grandement troublé.** Le plus vite qu'il peut, il **dévale** de la hauteur, vient aux Français, leur raconte tout.

VIII

« ROLAND, mon compagnon, sonnez l'**olifant** ! Charles l'entendra, ramènera l'armée ; il nous secourra avec tous ses barons. » Roland répond : « **Ne plaise à Dieu que pour moi mes parents soient blâmés et que douce France tombe dans le mépris !** Mais je frapperai de **Durendal** à force, ma bonne épée que j'ai ceinte au côté ! Vous en verrez la **lame** tout ensanglantée. Les félons païens se sont assemblés pour leur malheur. Je vous le jure, ils sont tous livrés à la mort. »

IX

« ROLAND, mon compagnon, sonnez votre olifant ! Charles l'entendra, qui est au passage des ports. Je vous le jure, les Français reviendront. — Ne plaise à Dieu », lui répond Roland, « qu'il soit jamais dit par nul homme vivant que pour des païens j'aie sonné mon **cor** ! Jamais mes parents n'en auront le reproche. Quand je serai en la grande bataille, je frapperai mille coups et sept cents, et vous verrez l'acier de Durendal sanglant. Les Français sont hardis et frapperont **vaillamment** ; ceux d'Espagne n'échapperont pas à la mort. »

【注释】

• jusqu'à la mer il a conquis la terre hautaine 攻占高地一直到海边
• hormis Saragosse 除了沙拉古索（萨拉戈斯）

- Le roi Marsile 马西里王
- Mahomet 摩诃末（即穆罕默德）
- Apollin 阿波连（即阿波罗）
- LE roi Marsile est à Saragosse. 马西里王在沙拉古索城里。
- verger *n.m.* 果园
- Sur un perron de marbre bleu il se couche. 他躺在青石座上。
- duc *n.m.* 公爵
- comte *n.m.* 伯爵
- fléau *n.m.* 烦恼
- confondre *v.t.* 使失败，使受挫折
- ma gent n'est pas de force à rompre la sienne 没有足够的兵力去打垮他们
- Blancandrin, du château de Val-Fonde 瓦峰寨主白狼康丁
- païen *adj.* 异教徒
- vaillance *n.f.* 〈书〉骁勇，英勇
- prud'homie *n.f.* 〈古〉正直，廉洁，贤明
- lui donnerez des ours et des lions et des chiens, sept cents chameaux et mille autours sortis de mue, quatre cents mulets，d'or et d'argent chargés, cinquante chars dont il formera un charroi 献给他猛獒、巨熊和雄狮，七百头骆驼，一千只鹰，四百头骡子载满金银，还有五十辆大车排成长阵
- guerroyer *v.i.* 作战，打仗，斗争
- Aix 埃斯（法国城市名）
- saint Michel 圣米迦勒节，在每年的 9 月 29 日
- vassal,e（复数～aux）*n.*（封建时代的）诸侯，封臣，附庸
- otage *n.m.* 人质
- franchise *n.f.* 〈旧〉自由，独立
- seigneurie *n.f.* 领主权，领地
- mendier *v.i.* et *v.t.* 乞讨
- Les païens s'arment de hauberts sarrasins, presque tous à triple épaisseur de mailles 异教徒穿上大食甲胄，多数人的甲都有三层厚
- heaume *n.m.*（中世纪武士的）柱形尖顶头盔
- ceignent des épées d'acier viennois 他们佩上维也纳的钢刀
- écu *n.m.*（中世纪骑士用的）盾，盾牌
- Valence 巴伦西亚

- gonfanon *n.m.*（中世纪的）旌旗
- Ils ont laissé mulets et palefrois 他们把所有骡驹留下了
- montent sur les destriers et chevauchent en rangs serrés 上了战马，驰骋着彼此相依靠
- armure *n.f.* 甲胄，盔甲
- flamboyer *v.i.* 闪闪发光，闪耀
- Sarrasin 大食人（撒拉逊人）
- perdre du cuir et du poil 丢点皮毛
- Le tort est aux païens, aux chrétiens le droit. 异教徒是邪道，基督教是正道
- félon,ne *n.* 不忠的人，背叛的人
- traître, traîtresse *n.* 叛徒，背信弃义的人
- parâtre *n.m.* 继父
- gemme *n.f.* 宝石
- sertir *v.t.* 镶嵌
- les épieux et les gonfanons fixés aux hampes 他们的矛和旗帜飘扬
- dénombrer *v.t.* 点数，计数
- Au dedans de lui-même il en est grandement troublé. 他看了不禁暗暗心惊。
- dévaler *v.t.*（从斜坡、楼梯上）奔下来，跑下来
- olifant *n.m.* （中世纪骑士在打仗、围猎时用的）象牙号角
- Ne plaise a Dieu que pour moi mes parents soient blâmés et que douce France tombe dans le mépris ! 那样可不行，不能让人责备我的亲人，不能让可爱的法兰西蒙受恶名！
- Durendal 杜伦达（宝剑的名字）
- lame *n.f.* 刀片，剑
- cor *n.m.* 号角
- vaillamment *adv.* 勇敢地，英勇地

【课后思考】

1. 试用法语分析罗兰的性格特点。
2. 如果把法国人民的英雄史诗和其他民族的史诗进行对比，可看出怎样的异同？

【参考文献】

1. 罗兰之歌. 杨宪益，译. 上海：上海译文出版社，1981.

2. 郑克鲁. 法国文学史（上卷）. 上海：上海外语教育出版社，2003.

3. Joseph Bédier. La Chanson de Roland. Paris: H. Piazza, 1927.

第二章　骑士文学：《艾雷克和爱妮德》
La littérature chevaleresque: *Érec et Énide*

【导读】

　　骑士文学的代表作家为克雷蒂安·德·特鲁瓦（Chrétien de Troyes，1135—1183）。学界公认他是"中世纪最伟大的小说家，在很多方面堪称小说这一文类的奠基者"[1]。中世纪的作家将凭空虚构视作撒谎，因此作者的创作方法是对作为素材（matière）的亚瑟王故事做了艺术加工（conjointure）。特鲁瓦的作品具有高度叙事艺术性，其代表作包括《朗斯洛或坐囚车的骑士》（*Lancelot ou le Chevalier à la Charrette*，约 1176—1181）、《伊万或带狮子的骑士》（*Yvain ou le Chevalier au Lion*，约 1176）等。

　　《艾雷克和爱妮德》（*Érec et Énide*，1170）是作者的第一本小说，主要讲述亚瑟王骑士艾雷克在妻子爱妮德的帮助下重建国家的故事。小说结构谨严，紧紧围绕骑士风度的维护而展开故事情节，大致可分为三部分。第一部分在序诗之后开始，直到诗人宣布第一部分（li premiers vers）结束。这部分主要讲述艾雷克在受辱之后复仇并因此得到美丽的妻子。第二部分是主体部分，与第一部分联系紧密，讲述艾雷克在蜜月期间耽于享乐，忘记了骑士的责任和勇武精神，因而夫妇有了矛盾。为化解社会和心理矛盾，以求在家庭生活（或爱情）和骑士风度之间找到平衡，夫妻二人结伴出去历险，并在危险性递增的 8 个插曲中成功地将骑士精神和纯真爱情找了回来。第三部分讲述艾雷克志愿加入危险性极大的冒险活动，以便将威胁骑士王国的罪恶消除。在获胜之后，艾雷克的荣耀达到顶峰。

　　本章选文出自小说开篇。作者描述亚瑟王刻意维持一种围猎白鹿的习俗，并让杀死白鹿者为朝中最美的女士献吻。骑士艾雷克是圆桌骑士之一，在朝中饶有声望，英俊、强悍、高贵，还不到 25 岁，而其建立的功勋已经无人匹敌。他在狩猎期间并未像其他骑士那样行动，而是陪同王后桂妮薇儿及其侍女进入树林。在那里他们看见一个全身披挂的骑士。出于好奇，王后先后派侍女和艾

---

[1] Pierre Brunel. Histoire de la littérature française. Paris: Bordas, 1972: 35.

雷克前去询问对方来历，但是与骑士同行的侏儒用鞭子打了他们。艾雷克脸上和脖子上都被打出鞭痕，但由于没戴盔甲不敢贸然出手，只怕蛮横的骑士出于傲慢而下毒手。他发誓一定要报仇。接着在尾随骑士并实施报仇计划的途中，艾雷克见到了美丽的爱妮德。

【片段阅读】

Érec et Énide

Le proverbe du vilain nous enseigne que souvent chose qu'on dédaigne vaut mieux qu'on ne le pense. Il a donc raison celui qui tourne à bonne fin ses efforts, si modestes soient-ils. Car sa négligence pourrait passer sous silence une chose qui plus tard pourrait plaire. Chrétien de Troyes, lui, nous dit qu'il est louable de s'appliquer à bien dire et à bien enseigner. Il tire d'un conte d'aventures une composition très bien ordonnée par laquelle on peut démontrer et savoir que celui-là n'est pas sage qui ne répand pas la science quand Dieu lui donne la grâce de le faire. **C'est le conte d'Érec**, fils de Lac, que ceux qui gagnent leur vie à réciter devant les rois et les grands ont pris l'habitude de morceler et de corrompre. Je commence ici mon récit. Chrétien se vante que le souvenir de cet arrangement durera aussi longtemps que la Chrétienté.

Un jour de Pâques, au printemps, le roi Arthur tenait sa cour à Caradigan, son château. Jamais une cour aussi splendide ne s'était vue. Il y avait là beaucoup de bons chevaliers ardents, courageux et fiers, de hautes dames et des demoiselles, filles de rois, nobles et belles. Avant de **congédier** la cour, le roi annonça qu'il voulait chasser le **cerf** blanc pour remettre la **coutume** en honneur. Cette nouvelle ne plut point à Monseigneur Gauvain : « Sire, dit-il, on ne vous saura aucun gré de cette chasse. Depuis longtemps, nous connaissons tous cette coutume : celui qui tue le cerf blanc doit **en bonne règle** donner un baiser à la plus belle des demoiselles de votre cour, quelles qu'en soient les conséquences. De grands malheurs peuvent en résulter, car il y a ici cinq cents demoiselles de haut **lignage**, filles de rois, toutes nobles et sages. Il n'y en a pas une seule qui n'ait pour ami un chevalier courageux et ardent. **A tort ou à raison**, chacun d'eux voudra soutenir que celle qui lui plaît est la plus belle et la plus noble. — Je le sais bien, répondit le roi, mais je ne peux abandonner mon **dessein**, car parole de roi ne **se dément** pas.

Demain matin, nous irons tous joyeusement chasser le cerf blanc dans la forêt des aventures : ce sera une chasse fort merveilleuse. » C'est ainsi que la chasse fut organisée. Le lendemain, **à la pointe du jour**, le roi se leva, se vêtit d'une courte **cotte** et s'équipa pour aller dans la forêt. Il fit préparer les chevaux de chasse et réveiller les chevaliers qui prirent leurs arcs et leurs flèches pour l'accompagner à la chasse. Derrière eux, monta la reine que suivait sa dame de compagnie, une demoiselle, fille de roi, montée sur un bon **palefroi**. Plus loin piquait des **éperons** un chevalier qui avait nom Érec. Il était de la Table Ronde et avait grand renom à la cour. Aucun chevalier n'y recevait autant de **louanges**. Et plus bel homme ne s'était jamais vu nulle part. Il était beau, **preux** et noble. Il ne comptait pas encore vingt-cinq ans et jamais chevalier de son âge n'avait accompli autant de **prouesses**. Que pourrai-je vous dire de plus de ses qualités ? Bien planté sur ses **étriers**, il **galopait** et suivait son chemin. Il portait un manteau d'**hermine**, une cotte multicolore d'étoffe précieuse tissée à **Constantinople** et des chausses de soie bien faites et bien taillées. Ses éperons étaient en or et il n'avait d'autres armes que son épée. En **piquant des deux**, il rejoignit la reine au **détour** d'un **sentier** : « Dame, fit-il, si cela vous plaît, j'irai avec vous, car je ne suis venu ici que pour vous tenir compagnie. » La reine l'en remercia : « Bel ami, sachez que votre compagnie me plaît beaucoup : je ne saurais en avoir de meilleure. » Là-dessus, ils **chevauchèrent** à vive allure et arrivèrent tout droit dans la forêt. Ceux qui étaient allés devant avaient déjà fait lever le cerf. Les uns **cornaient**, les autres **huaient**, les chiens couraient après le cerf, s'excitaient, aboyaient et donnaient de la voix. Les **archers** faisaient pleuvoir les flèches. Le roi, monté sur un **coursier** espagnol, chassait en avant de tous les autres. La reine Guenièvre, Érec et la demoiselle qui était très courtoise et belle, étaient dans les bois et s'efforçaient d'entendre les chiens. Mais, comme ceux qui avaient levé le cerf étaient trop éloignés, ils n'entendaient ni **cor**, ni coursier, ni chiens. Ils s'arrêtèrent près du chemin dans un endroit essarté pour tendre l'oreille et écouter avec attention si des voix humaines ou des cris de chiens pouvaient leur parvenir . Ils y étaient depuis très peu de temps quand ils virent venir vers eux un chevalier armé, l'**écu** au col, la **lance** au poing, monté sur un **destrier**. La reine l'aperçut de loin. Près de lui, à sa droite, chevauchait une demoiselle de belle allure. Devant eux, sur un grand cheval de somme, un nain leur ouvrait la marche : il tenait à la main un **fouet** dont les **lanières** se terminaient par un nœud. La reine vit le beau et agile chevalier et voulut savoir qui ils étaient, lui et sa demoiselle. Elle commanda à sa suivante d'aller vite lui parler : « Demoiselle, allez dire à ce chevalier qui chemine là-bas de venir à moi et d'amener sa compagne avec lui. » La demoiselle se dirigea, à l'amble de sa **monture**, droit vers le chevalier. Le nain vint à sa rencontre, le fouet à la main : « Arrêtez, demoiselle, dit-il, plein de **félonie**. Qu'allez-vous chercher de ce côté ? Vous n'avez rien à faire ci-avant ! — Nain, répondit-elle, laisse-moi passer. Je veux parler à ce chevalier, car la reine m'envoie vers lui. » Le nain qui était **perfide** et de très mauvaise nature se tenait au milieu du chemin : « Vous n'avez rien à faire ici. Retournez en arrière, vous n'avez pas le droit de parler à un si bon chevalier. » La demoiselle s'avança et voulut passer outre de force : elle était pleine de mépris pour le nain qu'elle voyait si petit. Quand il la vit s'approcher, le nain leva son fouet pour la frapper au visage, mais elle se couvrit de son bras. Il reprit son élan et la frappa **à découvert** sur le dos de sa main nue. Il la frappa si fort que toute sa main devint **bleuâtre**. **Bon gré mal gré**, la demoiselle ne put faire autrement que de se retirer. Elle revint en pleurant, les larmes lui coulant le long du visage. La reine ne sut que faire quand elle vit sa suivante si meurtrie. Elle en était à la fois **chagrinée** et **courroucée** : « Ah ! Érec, bel ami, fit-elle, je suis **mortifiée** par ce qui arrive à ma demoiselle que ce nain a blessée. Ce chevalier est bien vilain d'avoir toléré qu'une telle **engeance** frappe une si belle créature. Érec, bel ami, allez lui parler et dites-lui de venir sans faute : je veux faire sa connaissance et celle de son amie. » Érec piqua des deux dans sa direction. **Éperonnant** son cheval il se dirigea vers le chevalier. Le nain **sournois** le vit venir et alla à sa rencontre : « Vassal, fit-il, arrêtez-là ! Je ne sais ce que vous venez faire ici. Je vous conseille de vous retirer. — Va-t'en, dit Érec, nain détestable, tu es trop félon et **contrariant**, laisse-moi passer ! — Vous ne passerez pas. — Si, je passerai. — Vous ne le ferez pas. » Érec écarta le nain, mais ce dernier était le plus grand des félons : il frappa Erec et le fouet lui laissa une marque au visage et au cou. De part en part on voyait les raies laissées par les lanières. Érec comprit qu'il ne pouvait se permettre de **riposter**, car il voyait le chevalier arrogant et **redoutable**. Il craignit d'être tué s'il frappait le nain devant son maître. Folie n'est pas courage. Érec agit très sagement. Il retourna auprès de la reine sans rien tenter d'autre. « Dame, fit-il, voilà un autre outrage : ce nain méchant m'a blessé et **lacéré** le visage. Je n'ai pas osé le toucher, mais personne ne peut me le reprocher, car j'étais sans armure et j'ai craint que armé comme il était, ce vilain et **insolent** chevalier qui ne semblait pas vouloir prendre la chose à la légère, ne me tue par orgueil. Je vous promets de faire tout ce qui est en mon pouvoir pour me venger, ou autrement je mettrai le comble à ma honte ! Malheureusement, mes armes sont trop loin pour me servir en cette nécessité, car ce matin, lors de mon départ, je les ai laissées à Caradigan. Si j'allais les chercher, jamais je ne pourrais rejoindre ce chevalier qui s'en va à grande allure. Il faut que je le suive dès maintenant, de loin ou de près, jusqu'à ce que je trouve quelqu'un qui puisse me louer ou me prêter des armes. C'est alors, si je trouve quelqu'un pour me fournir des armes, qu'il me trouvera prêt à lui livrer bataille. Et sachez que nous combattrons jusqu'à ce que l'un de nous deux soit **vainqueur**. Si je le peux, je reviendrai dans trois jours, au plus tard. C'est alors que joyeux ou honteux, je ne sais lequel, vous me reverrez au palais. Dame, je ne peux tarder davantage : il faut que je suive le chevalier. Je m'en vais et je vous recommande à Dieu. » De son côté, cinq cents fois, la reine pria Dieu de protéger Érec de tout mal.

【注释】

- C'est le conte d'Érec. 这是关于艾雷克的故事。
- Un jour de Pâques, au printemps, le roi Arthur tenait sa cour à Caradigan, son château. Jamais une cour aussi splendide ne s'était vue. Il y avait là beaucoup de bons chevaliers ardents, courageux et fiers, de hautes dames et des demoiselles, filles de rois, nobles et belles. 在春天、在逾越节，亚瑟王在其城堡主持宫廷事务。宫廷之富丽堂皇前所未有，云集了热情、勇敢而高傲的骑士，以及上流社会的夫人、小姐，还有王公们的女儿，高贵而美丽。
- congédier *v.t.* 打发走；解雇，辞退
- cerf *n.m.* 鹿
- coutume *n.f.* 习惯，习俗，惯例
- en bonne règle 按规定，按规则
- lignage *n.m.* 谱系，家系
- à tort ou à raison 无论正确与否
- dessein *n.m.* 计划，决定
- se démentir *v.pr.* 停止，中断
- à la pointe du jour 天蒙蒙亮的时候，天一亮

- cotte *n.f.* 锁子甲

- palefroi *n.m.* 马

- éperon *n.m.* 马刺

- louange *n.f.* 称赞，赞扬；功绩，功勋

- preux, se *adj.* 勇敢的

- prouesse *n.f.* 英勇的行为，壮举；功绩，功勋

- étrier *n.m.* 马镫

- galoper *v.i.* 奔驰

- hermine *n.f.* 貂皮

- Constantinople 君士坦丁堡

- piquant des deux 用马刺狠狠地刺马，飞奔

- détour *n.m.* 拐弯，转弯

- sentier *n.m.* 小道，小路

- chevaucher *v.i.* 骑行

- corner *v.i.* 吹号角

- huer *v.t.* 叫喊着追赶

- archer *n.m.* 弓箭手

- coursier *n.m.* 战马，骏马

- cor *n.m.* 号角

- écu *n.m.* 盾，盾牌

- lance *n.f.* 长枪，矛

- destrier *n.m.* 战马，军马

- fouet *n.m.* 鞭子

- lanière *n.f.* 皮带

- monture *n.f.* 坐骑

- félonie *n.f.* 不忠，叛逆

- perfide *adj.* 背信弃义的，无信义的；阴险的，恶毒的

- à découvert 裸露地，无遮盖地

- bleuâtre *adj.* 带青色的

- bon gré mal gré 不管愿意不愿意

- chagriné, e *adj.* 不快的，气恼的

- courroucé, e *adj.* 动怒的，生气的

- mortifier *v.t.* 侮辱，凌辱，受折磨

- engeance *n.f.* 孬种，败类
- éperonner *v.t.* 用马刺刺
- sournois, e *adj.* 阴险的
- contrariant, e *adj.* 讨厌的，令人不快的
- riposter *v.i.* 反击
- redoutable *adj.* 可怕的，令人生畏的
- lacérer *v.t.* 撕破，划破
- insolent, e *adj.* 傲慢的，蛮横无理的
- vainqueur *n.* 战胜者

【课后思考】

1. 在选文中，特鲁瓦用了怎样的文学叙事手法？
2. 请用法语复述选文。

【参考文献】

1. 郑克鲁. 法国文学史（上卷）. 上海：上海外语教育出版社，2003.
2. 吴岳添. 法国文学简史. 上海：上海外语教育出版社，2005.

第三章　市民文学：《玫瑰传奇》
La littérature des citadins: *Le Roman de la Rose*

【导读】

　　《玫瑰传奇》（*Le Roman de la rose*）分两部分。第一部分有 4000 行，写于 1230 年，作者为纪尧姆・德・洛里（Guillaume de Lorris），采用的是八音节（octosyllabes）诗体。据诗人说，他写这首诗是为了取悦情人。他讲述了一个发生于 20 岁的梦。[①]

　　作品采用隐喻手法，以玫瑰代表少女，叙述情人对玫瑰的追求。作品在开端描写了一个关于爱情的梦。主人公梦见自己走进爱情的果园，看到玫瑰并有爱神射中他。他于是爱上玫瑰，但遭到作为爱情之敌的危险、恐惧、嫉妒等的重重阻挠。最后有情人历尽艰辛得到玫瑰。

　　第一部分带有自传体性质，取材于宫廷文学，框架相当传统。如书名所示，该部分写的是爱情，相当于一部《爱经》（Où tout l'art d'Amour est contenue，古法语表达为：ou l'Art d'Amors est toute enclose, v.38）。作为对奇幻世界的一种爱的探寻，人物和历险都让步于寓言。拟人手法的运用使得一些抽象概念和道德实体具有了人的言行特点。这种手法的运用在当时已经不算新奇，因为古代和中世纪早有人在用；诗人的贡献在于将其系统化，将其作为某种心理分析的工具，使人物内心世界得到生动的、戏剧化的、细腻又爽快的再现。

　　第二部分就不那么精彩了，有约 18 000 行，作者为让・德・墨恩（Jean de Meung）。这部分说教成分很重，仅论述理性就用了 3000 多行，写友谊的部分也接近 3000 行，写自然和天分则用了 4500 行，真正写爱情的却少之又少。这部分属于科学和哲学的内容较多，大概是作者为了显示自己的博学。这部分相当于一个百科全书，但仍然具有激情和力量。

　　阅读《玫瑰传奇》时可以关注三个层面：第一是故事叙述层面，讲述年轻

---

　　① 原文：A l'en croire, c'est pour plaire à sa Dame qu'il composa son livre, en relatant un rêve qu'il aurait fait à l'âge de vingt ans.

人在花园散步，想要采到玫瑰；第二是心理描述层面，写年轻人内心的思想斗争引发了他对少女的爱慕；第三是说教层面，写诗人恪守宫廷骑士的爱情规矩（code de l'amour courtois），忠于国王、忠于情人等。古代文献宜古为今用，在新时代不妨把骑士精神诠释为阳光大气、忠于爱情、忠于祖国、忠于人民等。

《玫瑰传奇》对爱情和历险的肯定，突破了基督教寓言的限制，隐约昭示着近现代小说对自我和内心的探求。在此意义上，中世纪传奇（即罗曼司①）是近现代小说的源头之一。

本章选文出自《玫瑰传奇》的开始部分，大致情节如下：一个多情之人在春天的一个傍晚睡着了。在梦中他看到美丽的大草原，覆盖着鲜花和翠绿的树林，并有成百上千的小鸟婉转鸣叫。草原上流淌着一条距离源头不远的可爱河流，水流清澈纯净。由于喜欢这河流，他就怀着宁静的心情顺着河流漫步。他今年 20 岁，可以说是正处于人生的春天。大草原隐喻的是整个世界。河流即人生，在其源头全是鲜花和青草；青春则正是生命中最美好的季节，无忧无虑，静待年华流逝。突然，在他眼前出现了一个大花园，外有高墙环绕，墙上绘有可憎的形象，代表着仇恨、贪婪、吝啬、嫉妒、忧伤、衰老、贫穷等。他停下来看了一下这些形象，然后试图进入花园。他只找到一个紧闭的、又小又低的门，敲门之后有一个高贵的女士打开了门。花园里，代表着爱情、美貌、财富、坦诚、青春等的女士们正在跳舞。当他细看这景象的时候，优雅的女士来请他跳舞，他接受了。她的魔法花园只为选中的少数人设立，要想进去，是需要具备快乐、多情、美丽、富裕、慷慨、坦诚、优雅、年轻和悠闲的。而不知道爱情为何物的人，是没有人爱的。开启门扉的是代表悠闲的女士，这意味着必须有大把的时间才可以真正品尝到爱情的甜蜜。②

本章选用的是现代法语版本，该版本保留了中世纪法语的一些特点。

【片段阅读】

Le Roman de la rose

I

Ci est le Roman de la Rose,

───────────────────

① 一种特定的文学形式，在欧洲中世纪多以吟唱诗歌的方式出现。

② 此处对故事情节的介绍参考了学者皮埃尔·马尔托（Pierre Marteau）的《玫瑰传奇》版本。

Où l'art d'Amour est toute enclose.
Maintes gens disent que les songes
Ne sont que **fables** et mensonges ;
Mais on peut tel songe songer,
Qui ne soit certes mensonger
Et par la suite vrai se treuve.
Moult évidente en est la preuve
Dans la fameuse vision
Advenue au roi Scipion,
Dont Macrobe écrivit l'histoire ;
Car aux songes il daignait croire.

Bien plus, si quelqu'un pense ou dit
Que soit sottise ou fol esprit
De croire qu'ils se réalisent,
Eh bien, que ceux-là fol me disent ;
Car je crois, moi, sincèrement
Qu'un songe est l'avertissement
Des biens et maux qui nous attendent ;
Et maints avoir songé prétendent
La nuit choses confusément,
Qu'on voit ensuite clairement.

J'avais vingt ans ; c'est à cet âge
Qu'amour prend son droit de **péage**
Sur les jeunes cœurs. Sur mon lit
Étendu j'étais une nuit,
Et dormais d'un sommeil **paisible**.
Lors je vis un songe **indicible**,
En mon sommeil, qui moult me plut ;
Mais nulle chose n'apparut
Qui ne m'advint tout dans la suite,
Comme en ce songe fut prédite.

Or veux ce songe rimailler

Pour vos cœurs plus faire **égayer** ;

Amour m'en prie et me commande ;

Et si nul ou nulle demande

Sous quel nom je veux annoncer

Ce Roman qui va commencer :

Ci est le roman de Rose

Où l'art d'Amour est toute enclose.

La matière de ce Roman

Est bonne et neuve assurément ;

Mon Dieu ! que d'un bon œil le voie

Et que le reçoive avec joie

Celle pour qui je l'entrepris ;

C'est celle qui tant a de prix

Et tant est digne d'être aimée,

Qu'elle doit Rose être nommée.

Il est bien de cela cinq ans ;

C'était en mai, amoureux temps

Où tout sur la terre s'égaie ;

Car on ne voit **buisson** ni **haie**

Qui ne se veuille en mai fleurir

Et de jeune feuille couvrir.

Les bois secs tant que l'hiver dure

En mai recouvrent leur **verdure** ;

Lors oubliant la pauvreté

Où elle a tout l'hiver été,

La terre s'éveille arrosée

Par la bienfaisante rosée.

La vaniteuse, il faut la voir,

Elle veut robe neuve avoir ;

De mille nuances, pour plaire,

Robe superbe sait se faire,

Avec l'herbe verte, des fleurs

Mariant les belles couleurs.

C'est cette robe que la terre,

A mon avis, toujours préfère.

Les oiselets silencieux

Par le temps sombre et pluvieux,

Et tant que sévit la **froidure**

Sont en mai, quand rit la nature,

Si gais, qu'ils montrent en chantant

Que leur cœur a d'ivresse tant

Qu'il leur convient chanter par force,

Le rossignol alors s'efforce

De faire noise et de chanter,

Lors de jouer, de caqueter

Le perroquet et la **calandre** ;

Lors des **jouvenceaux** le cœur tendre

S'égaie et devient amoureux

Pour le temps bel et doucereux.

La tendre et gazouillante armée

Qui n'aime, il a le cœur trop dur !

En ce temps **enivrant** et pur

Qui l'amour fait partout **éclore**,

Une nuit, m'en souvient encore,

Je songeai qu'il était matin ;

De mon lit je sautai soudain,

Je me chaussai, puis d'une eau pure

Lavai mes mains et ma figure ;

Dans son étui mignon et gent

Je pris une aiguille d'argent

Que je garnis de fine laine,

Puis je partis emmi la plaine

Écouter les douces chansons

Des oiselets dans les buissons

Qui fêtaient la saison nouvelle.

Cousant mes manches à vidèle,

Seul j'allai prendre mes ébats,

Témoin de leurs joyeux débats,

De leur grâce et leur **allégresse**,

Par ces vergers en grand' **liesse**.

Tout près un grand ruisseau coulait

Dont le murmure m'appelait;

J'y courus. Jamais paysage

Ne vis plus beau que ce rivage.

D'un **tertre** vert et **rocailleux**

Descend, en bonds tumultueux,

L'onde aussi froide, claire et saine

Comme **puits** ou comme fontaine.

La Seine est un fleuve plus grand,

Mais moins belle au large s'épand.

Je n'avais **oncques** cette eau vue

Qui si bien court et s'évertue.

Dans un charme délicieux

Plongé, je promenais mes yeux

Partout ce **riant** paysage ;

De l'onde claire mon visage

Je rafraîchis lors et lavai,

Et je vis couvert et pavé

Son lit de pierres et gravelle.

La prairie était grande et belle

Et jusqu'au pied de l'eau battait ;

Or comme claire et douce était

Et **sereine** la matinée,

Parmi la plaine **diaprée**,

Sans but, je suivis le courant,

Tout le rivage **côtoyant**.

II

Ici, l'Amant en quelques pages
Va raconter les sept images
Qu'il vit sur les murs du verger.
Il va sous nos yeux les ranger ;
Puis leurs façons et leurs postures,
Leurs costumes et leurs figures
Avant peindre, il les nommera,
Par la Haine il commencera.

Quand je fus à quelque distance,
J'aperçus un verger immense
Tout clos d'un haut mur crénelé,
Par dehors peint et **ciselé**
De maintes riches écritures.
Les images et les peintures
Je pus à mon aise admirer ;
Or, je vais peindre et vous **narrer**
De ces images la semblance
Telle qu'en ai la souvenance.

【注释】

- fable *n.f.* 寓言，神话，传奇；无稽之谈
- moult *adv.* 〈旧语，旧义〉许多，很，十分
- advenir *v.i.* 偶然发生，突然发生
- péage *n.m.* 通行税
- paisible *adj.* 温和的；安静的，平静的
- indicible *adj.* 说不出的，难以表达的
- égayer *v.t.* 使愉快，使高兴
- buisson *n.m.* 灌木丛
- haie *n.f.* 篱笆
- verdure *n.f.* 树叶草地的青葱翠绿，青枝绿叶

- froidure *n.f.* 寒冷，冬季
- calandre *n.f.* 长翅百灵
- jouvenceau *n.m.* 青年
- enivrant, e *adj.* 醉人的，令人陶醉的
- éclore *v.i.* （花）开放；诞生，出现
- allégresse *n.f.* 欢乐，喜悦，兴高采烈
- liesse *n.f.* 欢腾
- tertre *n.m.* 小丘，小山岗
- rocailleux, se *adj.* 多石子的
- puits *n.m.* 井
- oncques *adv.* 从不，永不
- riant, e *adj.* 爱笑的；宜人的，舒适的，令人愉快的
- serein, e *adj.* 晴朗的；安详的，泰然的
- diapré, e *adj.* 绚丽多彩的
- côtoyer *v.t.* 沿着……走
- ciseler *v.t.* 雕刻，凿
- narrer *v.t.* 讲述，叙述

【课后思考】

1. 《玫瑰传奇》讲述了怎样的故事？它为什么以"玫瑰"为题？如何看待其中的爱情梦，以及对于人物情绪的拟人化描写？

2. 《玫瑰传奇》大量使用拟人手法，这体现了作者怎样的创作意图？全文都是以抽象的道德说教或情绪抒写来完成的吗？贯穿全文的拟人化是否作为主要修辞手法而使得抽象的品德具象化了？

【参考文献】

1. 郑克鲁. 法国文学史（上卷）. 上海：上海外语教育出版社，2003.
2. 吴岳添. 法国文学简史. 上海：上海外语教育出版社，2005.
3. Guillaume de Lorris. Le Roman de la rose. Orléans: H. Herluison, 1878.
4. Pierre Brunel. Histoire de la littérature française. Paris: Bordas, 1972.

第四章 爱情故事:《特里斯丹和伊瑟》
Histoire d'amour: *Tristan et Iseut*

【导读】

中世纪的故事诗《特里斯丹和伊瑟》(*Tristan et Iseut*)曾在 12 世纪风行于欧洲各国。

经研究考证,《特里斯丹和伊瑟》现存的两个片段已非原作,而是行吟诗人贝鲁尔和托马斯(Béroul et Thomas,均在 12 世纪)根据传说的重要片段改写而成。故事主要讲述了特里斯丹(Tristan)和金发伊瑟(Iseut)的爱情故事:考尔努阿依国王马克委托其侄子特里斯丹到爱尔兰去迎接未婚妻金发伊瑟。归途中,二人误饮魔水,坠入爱河,在情感与忠诚之间痛苦抉择。到达目的地后,国王察觉到特里斯丹和金发伊瑟之间的私情,将他们赶入森林长达三年之久。后来,国王在森林的茅屋中发现他们两人睡觉时中间始终有一把利剑相隔,遂将金发伊瑟接回到宫中,特里斯丹则被驱逐离开。他后来娶了一位相貌与金发伊瑟相似的女子——玉手伊瑟为妻,但他还是不能忘情于金发伊瑟,惹得玉手伊瑟十分嫉妒。后来,特里斯丹在战斗中身负重伤,只有心上人的到来才能挽救其性命。特里斯丹派使者去请金发伊瑟时约定:如她前来,船上挂白帆;否则就挂黑帆。金发伊瑟闻讯赶来,企图以身相救,但玉手伊瑟出于嫉妒谎称来船挂的是黑帆。特里斯丹绝望死去,随后赶到的金发伊瑟也因过度悲伤离开了人世。故事的结尾处,国王马克终于得知特里斯丹和金发伊瑟的爱情是魔药作祟,心生懊悔,于是命人将这对有情人埋葬在一处。两人的坟丘上长出两棵大树,枝叶相连,生生不息。

这一作品渲染了恋爱的火热与激情,反映出封建婚约与爱情之间的矛盾,并通过死亡对此发起抗议,表达出人们对自由的歌颂与追求。从古至今,这一爱情悲剧不仅感动了无数读者,也激发了无数文人骚客的创作灵感,由此在诗歌、小说甚至戏剧界诞生了不少佳作,成为文艺创作最富有生命力的源头之一。

由本章选文可看出：贝鲁尔的原作《特里斯丹与伊瑟》为每行八音节的长诗，该诗十分注重句子的长短结构以及整体韵律；而约瑟夫·贝迪耶不仅将晦涩难懂的古法语译为装点着些许古语古词的近代法语，同时也改变了原有的文学体裁，使其以更加平易近人、生动活泼的散文形式呈现出来。这些古朴的用语恰到好处地展现了原作特殊的时代背景，而作品整体又或多或少地体现出人本主义思想的光辉。

若从内容上看，这两个选段都直接引述了特里斯丹与金发伊瑟作别时的对话，字里行间流露出中世纪骑士文学的显著特点。首先，特里斯丹并未直接向金发伊瑟示爱，而是在离开前向其寻求帮助，言谈中以"Dame""Reine"称之以表尊敬，显示出一定的距离感。其次，他又以一种近乎悲愤的语气表达了自己对国王的爱戴与忠诚。面对指控，他选择接受审判，但需要国王支付他能够体面离开的费用。由此，一位知书达理、忠心耿耿、风流潇洒而又命途多舛的骑士形象便得到展现。再次，金发伊瑟的回答则反映出封建婚姻对于向往自由爱情的女子的束缚，连续的否定和重复出现的"seul"无一不体现了她内心无法消解的情绪，替她向难以挣脱的命运发出声声控诉。此外，抛开选段中多次提到的"以上帝的名义""上帝会庇护你"等口头禅般的言辞外，我们还可以通过作品中的其他多处情节看出宗教与世俗之间既对立又统一的复杂关系。每当这对有情人陷入危机时，冥冥之中似乎总有神助：特里斯丹从悬崖之上的教堂一跃而下，却奇迹般活了下来；金发伊瑟在众目睽睽之下徒手取出灼热的铁块，竟然毫发无伤。"天下含冤蒙屈的人，便可借决斗以自明，而上帝总站在清白无辜者一边。"按理来说，特里斯丹与金发伊瑟的私情应受到上帝的裁决，但当金发伊瑟以模棱两可的誓言自证清白时，竟能安然无恙通过考验，这仿佛向世人暗示着至高无上的神权在面对真正的爱情时也会选择妥协，从而体现出宗教与世俗之间相互关联又相互对抗的微妙关系。

总而言之，《特里斯丹与伊瑟》的故事虽已流传千年，但其中蕴含的精神内核与文学艺术价值却是历久弥新的。作为欧洲骑士文学中一部杰出的作品，其开卷第一句"生相爱、死相随"历来是人们热衷探讨的话题。而关于这个故事，将来也会有更多富有活力与新鲜气息的再创造作品诞生，为它注入永葆青春的"魔药"。

【片段阅读】

Tristan et Iseut

古法语版

...
Iseut s'en torne, il la rapele :

« Dame, por Deu, qui en pucele

Prist por le pueple umanité,

Conselliez moi, par charité.

Bien sai, n'i osez mais remaindre :

Fors a vos ne sai a qui plaindre ;

Bien sai que mout me het li rois.

Engagiez est tot mon hernois :

Car le me faites délivrer ;

Si m'en fuirai, n'i os ester.

Bien sai que j'ai si grant prooise,

Par tote terre ou sol adoise.

Bien sai que u monde n'a cort,

S'i vois, li sires ne m'avot.

Et se onques point du suen oi,

Yseut, par cest mien chief le bloi,

Nel se voudroit avoir pensé.

Mes oncles, ainz .I. an passé,

Por si grant d'or com'il est toz,

Ne vos en quier mentir .II. Moz.

Yseut, por Deu, de moi pensez,

Envers mon oste m'aquitez.

— Par Deu, Tristran, mout me mervel,

Qui me donez itel consel :

Vos m'alez porchaçant mon mal ;

Icest consel n'est pas loial.

Vos savez bien la mescreance.

Ou soit a voir ou seit enfance,

Par Deu, le sire glorios,

Qui forma ciel et terre et nos,

Se il en ot .I. mot parler,

Que vos gages face acquiter,

Trop par seroit aperte chose :

Certes, je ne sui pas si osse.

Ne le vos di por averté,

Ce saciés vos de verité. »

...

— Béroul, *Tristan et Yseut*, 197-233.

现代法语版

Iseut s'enfuit, Tristan la rappelle: « Reine, au nom du Sauveur, venez à mon secours, par charité ! les couards voulaient écarter du roi tous ceux qui l'aiment; ils ont réussi et le raillent maintenant. Soit; je m'en irai donc hors de ce pays, au loin, misérable comme j'y vins jadis: mais, tout au moins, obtenez du roi qu'en reconnaissance des services passés, afin que je puisse sans honte chevaucher loin d'ici, il me donne du sien assez pour acquitter mes dépenses, pour dégager mon cheval et mes armes.

— Non, Tristan, vous n'auriez pas dû m'adresser cette requête. Je suis seule sur cette terre, seule en ce palais où nul ne m'aime, sans appui, à la merci du roi. Si je lui dis un seul mot pour vous, ne voyez-vous pas que je risque la mort honteuse? Ami, que Dieu vous protège! Le roi vous hait à grand tort. Mais, en toute terre où vous irez, le Seigneur Dieu vous sera un ami vrai...

— Joseph Bédier, *Le roman de Tristan et Iseut*, extrait de chapitre VI

【课后思考】

特里斯丹与金发伊瑟情死合葬、墓树相覆的结尾，与我国《孔雀东南飞》中的"两家求合葬，合葬华山傍。东西植松柏，左右种梧桐。枝枝相覆盖，叶叶相交通"，很有巧合之妙。当时东西方交通不便，语言隔阂，文学翻译之风尚未兴起，尤其是这首我国"古今第一首长诗"出现之日，尚是古代法语尚未形成之时，因此汉魏乐府还影响不到西欧。我国诗文讲冢木交枝、两树合抱，西方"传奇、风谣亦每道情人两冢上生树，枝叶并连"，想多半是文心相通，不谋而合！但《孔雀东南飞》要比《特里斯丹与伊瑟》早出几近千年！

——罗新璋，《特里斯丹与伊瑟》译本序

对于以上观点，你有什么想法？思考并给予简要论述。

【参考文献】

1. 陈振尧. 法国文学史. 北京：外语教学与研究出版社，1989.
2. 柳鸣九. 法国文学史. 北京：人民文学出版社，2007.
3. 余中先. 法国文学大花园. 武汉：湖北教育出版社，2007.
4. 郑克鲁. 法国文学史教程. 北京：北京大学出版社，2008.
5. 约瑟夫·贝迪耶. 特里斯当与伊瑟. 罗新璋，译. 北京：人民文学出版社，2019.
6. Béroul. Tristan et Yseut. Paris: Librairie de Firmin Didot et Cie, 1900.
7. Joseph Bédier. Le roman de Tristan et Iseut. Paris: H. Piazza, 2003.

第五章　中世纪韵文故事:《农民医生》
Un fabliau: *Le Vilain Devenu Médecin*

【导读】

中世纪的韵文故事约有 150 篇，创作于 1170—1340 年，其充满生活气息，也是市民文学的一部分。《农民医生》（*Le Vilain Devenu Médecin*）这篇韵文具有高超的叙事技巧，善于设置悬念和运用诙谐手法。它讲述了一个有趣的故事，但在轻松的故事中又蕴含了深刻的道理，反映了中世纪的社会状况，比如男尊女卑、妇女命运悲惨等。正如杨周翰等学者所说："这个故事赞扬了农民和市民的机智狡猾，下层妇女第一次在中古文学作品里占据了重要地位……17 世纪的莫里哀采用这个情节，经过加工，写成了《屈打成医》。"① 故事中，农夫娶到一个娇妻，但他有家暴倾向。有一天，王宫里有人到民间寻找医生为公主治病，农夫之妻就举荐丈夫，并且对宫里的来人说，一定要狠狠地揍她的丈夫，那样他才肯行医治病。其实农夫除了耕地并无其他特长，更不会治病，因此在王宫里吃了大亏。当他被打得实在受不了的时候，他终于想出了治病的妙招。他的办法就是让公主大笑，这样卡在她喉咙里的鱼刺就会飞出来。他果然治好了公主的病。随后，在面对大批求医者时，他又凭借自己的机智摆脱了困境。当然，回家后他也不再打妻子了。

鉴于这是中世纪的韵文故事，为了保持一定的韵律，也为了便于读者理解，我们不揣浅陋，试着把该诗的前面部分译成七言诗体，但并不严格押韵，请读者指正。剩余的部分只解释意思，不译成诗体，请读者自己试着译剩余的部分，作为课后作业。

【片段阅读】

LE VILAIN DEVENU MÉDECIN 　　　　　　农民医生
(Le vilain mire) 　　　　　　　　　　　（农医）

---

① 杨周翰，吴达元，赵萝蕤. 欧洲文学史（上卷）. 北京：人民文学出版社，1979：105.

Jadis vivait riche villain
Qui était fort avare et chiche.

Toujours avait une charrue,
Que toujours il menait lui-même,
Par jument et roncin tirée.
Beaucoup de pain, de vin, de viande
Avait, et tant qu'il en fallait.
Mais de ne pas avoir de femme
Le blâmaient beaucoup ses amis,
Et tout le pays avec eux.
Il dit, s'il en trouve une bonne,
Qu'il la prendra bien volontiers.
On lui promet qu'on cherchera
La meilleure qui se rencontre.

Dans ce pays, un chevalier,
Qui était vieil homme et sans femme,
Avait une fille, très belle
Et damoiselle fort courtoise.
Mais comme il manquait de richesse,
Le chevalier ne trouvait point
Qui sa fille lui demandât.
Volontiers il l'eût mariée,
Parce qu'elle en était en âge
Et que le temps était venu.
Les amis du vilain allèrent
Au chevalier lui demander
Sa fille pour le paysan
Qui avait tant d'argent et d'or,
Tas de froment, masse de drap.
Il la leur donna aussitôt,
Et consentit au mariage.

昔有农夫银千斗，
蚊子腹内刳脂油。

提犁躬亲农家事，
可怜衰马也种田。
仓廪殷实填府库，
星斗其多惹人妒。
只无枕上濡沫妻，

尽落亲朋口下石。
财主自诩佳人倾，
必得连理鹊桥亲。
人谓佳人可代访，
同乡十里寻红装。

昔有骑者军中士，
鳏居身老难谋事。
独有一女姿色好，
待人谦恭寻缘逢。
奈何家本徒四壁，
爷望空房独叹气。
若逢良人请登门，
吾家小女可嫁人。
束发待字闺中季，
佳人已备新人气。
财主寻亲及远至，
客至他乡找骑士。
借问芳女能嫁否？
吾家充盈金与银，
布匹如云仓食廪。
骑士爽言同相与，
且备三书兼六礼。

La pucelle, qui sage était,	玉容碧体倾城女，
N'osa son père contredire,	谨遵父命身相许。
Car orpheline était de mère.	鳏居丧母难为继，
Elle accorda ce qu'il lui plut.	可堪违背尊父意。
Le vilain, le plus tôt possible,	农夫心欢难自已，
Fit ses noces et épousa	两亲相定身相许。
Femme à qui cela pesait fort.	女大不爽心未定，
Que n'osa-t-elle dire non !	缄口难违家尊命！
Quand cette affaire fut passée,	且随洞房花烛去，
Et la noce et puis tout le reste,	了却余生不如意。
Il ne fallut pas bien longtemps	燕尔新婚方沉寂，
Pour que le vilain s'aperçût	农夫心便生芥蒂，
Qu'il avait fait mauvais marché.	此番原是空费力。
Point ne convient à son usage	闺房新主难如意，
D'avoir fille de chevalier.	一时智昏直叹气。
Quand il ira à la charrue,	朝出晚归阡陌地，
Jeune homme ira dans la ruelle,	街头巷尾留踪迹，
À qui sont fériés tous les jours.	浮生半日安闲里。
Et à peine il sera sorti	后院青葱无人迹，
De chez lui que le chapelain,	神父传教来家里。
Aujourd'hui et demain, viendra	精勤日耕农夫门，
Tant qu'il possédera sa femme.	可怜新欢人已去，
Elle ne l'aimera jamais,	落得空房孤独际。
Ni ne le prisera deux miches.	死灰之木铁石心。
« Las ! moi chétif, » fait le vilain.	力乏再难与人亲。
« Je ne sais point quel conseil prendre ;	思前想后无妙计，
À rien ne sert le repentir. »	只缘当初太失策。
Il commence à songer alors	浮想联翩难自已，
Comment il la préservera.	一心要她转心意。
« Dieu, » fait-il, « si je la battais	让其吃些皮肉苦，
Au matin lorsque je me lève,	早上起床就揍她。
"Elle pleurcrait tout le jour	妇人哭泣一整天，
Et je m'en irais au travail,	农夫干活却怡然。

Bien sûr, tant qu'elle pleurerait,
Nul ne lui pourrait l'amour faire.
Quand je m'en reviendrai le soir,
Je lui demanderai pardon.
Le soir, je la rendrai heureuse,
Mais furieuse le matin.
Je prendrai tôt d'elle congé,
Dès que j'aurai cassé la croûte. »
Le vilain le dîner demande ;
Et la dame court l'apporter.
Ils n'eurent perdrix ni saumon,
Mais pain et vin et des œufs frits
Et du fromage en abundance
Qu'avait conservé le vilain.

Et dès que la table est ôtée,
De la main qu'il a grande et large,
Il frappe sa femme à la face,
Que des doigts la trace y parait.
Puis par les cheveux la saisit
Le vilain, qui est fort cruel.
Et il la bat tout à fait comme
Si elle l'avait mérité.
Puis va aux champs rapidement ;
Et sa femme demeure en pleurs ;
« Malheureuse ! » elle dit. « Que faire ?
Et comment vais-je me conduire ?
Je ne sais que dire vraiment.
Mon père m'a sacrifiée,
Qui à ce vilain me donna.
Allais-je donc mourir de faim ?
Je dus avoir la rage au cœur
Pour accepter tel mariage.

妇人尽可泪洗面，
啼哭女人没人爱。
日落时分我回家，
甜言蜜语哄哄她。
夜里设法让她笑，
早晨不妨招她恨。
清早就与她道别，
早饭之后好动身。
农夫就说开饭了，
女人跑来伺候他。
桌上并无鹑与鲑，
面包醇酒却不少。
鸡蛋油炸奶酪香，
家里储备好食粮。

饭后餐桌刚打理，
就抡大手显粗豪。
佳人颜面惨遭掴，
留下指印多难看。
再将秀发抓过来，
豺狼本领尽施展。
左掴右打受虐待，
看似该当受处罚。
顷刻家法已用完，
农夫出门妻落泪。
女人悲苦无计策，
今后日子怎么过？
全然不知该说啥，
苦命女儿怨父亲。
如此恶人怎堪嫁，
何不忍饥绝食死。
只是想来心愤恨，
终究不该嫁此人。

Ah, si ma mère n'était morte…»	怨罢父亲思慈母，
Très amèrement se désole :	愁云惨雾添抑郁。
Tous ceux qui venaient pour la voir,	邻里或来探消息，
Ne pouvaient que s'en retourner.	哀莫能助叹息归。
Ainsi elle a mené sa peine,	长日哀叹痛彻骨，
Tant que couché fut le solei	只待日落夜黄昏。
Et que fut rentré le vilain.	丈夫荷锄把家还，
Lors il tombe aux pieds de sa femme,	回来长跪怨妇前。
Lui demande pour Dieu pardon :	指天发誓求原宥：
« Sachez que ce fut l'Ennemi	原是情敌引怒火，
Qui me poussa à violence.	恶行暴力非所愿。
Tenez, je vous en fais serment,	许下誓言不冒犯，
Jamais plus ne vous toucherai.	从今往后会体贴。
De vous avoir battue ainsi	先时不该泄私愤，
Je suis dolent et furieux. »	而今想来自怨艾。
Tant lui dit le vilain puant	农夫无耻尽絮叨，
Que la dame alors lui pardonne,	终得女人宽恕他。
Et lui donne à manger bientôt	顷刻盛饭供享用，
De ce qu'elle avait préparé.	饭菜皆是女人做。
Lorsque leur repas fut fini,	吃罢晚饭却如何，
Ils s'allèrent coucher en paix.	夫妇和气上床睡。
Le matin, le vilain puant	清晨农夫显无耻，
À de nouveau battu sa femme	女人再度遭毒打。
Tant qu'aurait pu l'estropier.	手段毒辣险致残，
Puis s'en retourne à son labour.	打罢再去干农活。
La dame est de nouveau en larmes ;	女人涕泪复掩泣，
Et dit : « Malheureuse ! Que faire ?	自道冤苦无善策。
Et comment vais-je me conduire ?	不知如何保周全，
Je sais que c'est male aventure :	欲待还击思妇道：
Frappa-t-on jamais mon mari ?	古来无人打丈夫。
Non, il ne sait ce que sont coups ;	夫君下手无轻重，
S'il le savait, pour rien au monde	只缘不知皮肉苦，

Il ne m'en donnerait autant. »	亲历其痛必收手。
Tandis qu'ainsi se désolait,	如此这般自怨艾，
Voici deux messagers du roi,	恰有国王两使者，
Chacun sur un palefroi blanc.	迤逦而来骑白马。
Ils piquent des deux vers la dame.	一路直奔女人家。
De par le roi ils la saluent ;	上前转致国王意，
Puis ils demandent à manger,	言罢即刻索饭食，
Car ils en ont bien grand besoin.	只缘二人腹中肌。
Volontiers elle leur en donne;	女人殷勤来服侍，
Et elle, leur demande alors :	并问使君为何来：
« D'où êtes-vous ? où allez-vous ?	来自哪里去哪里？
Dites-moi ce que vous cherchez. »	东寻西找为哪般？
L'un lui répond : « Dame, par Dieu,	一人指天慷慨答：
Nous sommes messagers du roi.	吾等奔波为王事。
Nous devons quérir médecin,	愿得良医以尽责，
Et aller jusqu'en Angleterre.	访求直至英格兰。
— Damoiselle Ade — Pourquoi faire ?	只缘阿德公主病，
Est malade, la fille au roi.	金枝玉叶今染恙。
Et il y a huit jours entiers	屈指算来已八日，
Qu'elle n'a pu manger ni boire,	水米未进实堪忧。
Car une arête de poisson	骨鲠在喉吐不快，
S'est arrêtée en son gosier.	都是鱼刺惹祸端。
Le roi en est en grande alarme ;	吾王惊慌兼惶恐，
S'il la perd, n'aura plus de joie. »	倘失女儿永无欢。
La dame dit : « Vous n'irez point	女人听罢前致辞：
Aussi loin que vous le pensez,	使君无须跑远路，
Car mon mari est, je vous dis,	吾有夫婿可解忧。
Bon médecin. Je vous assure.	良医妙手可去病，
Certes, il sait plus de remèdes	方药不知有多少。
Et plus de jugement d'urines	尿液分析颇擅长，
Que jamais n'en sut Hippocrate.	远胜希波克拉底。

（以下部分只给出大意，读者可以自己试着用七言翻译。）

— Dame, est-ce une plaisanterie ?	"夫人，你开玩笑的吧？"
— De plaisanter je n'ai point cure.	"我从不开玩笑。
Mais il est ainsi fait, » dit-elle,	但他是那样的人。" 她说，
« Qu'il ne ferait rien pour personne	"他什么都不愿替别人做，
Si d'abord on ne le battait.	除非你先抽打他。"
— On y parera, » disent-ils.	"没问题。" 他们说，
« Point ne manquera-t-il de coups.	"他少不了挨抽。
Dame, où le pourrons-nous trouver ?	夫人，哪里可以找到他？"
— Le pourrez rencontrer aux champs.	"您在田间就能遇见他。
Quand vous sortirez de la cour,	您从院子出去，
Suivant le cours de ce ruisseau,	顺着溪流，
Plus loin que ce chemin désert,	离那偏僻的道路不远，
La toute première charrue	第一个犁，
Que vous trouverez, c'est la nôtre.	就是咱家的。
Allez. À l'apôtre saint Pierre, »	去吧，我把你们交给圣皮埃尔。"
Fait la dame, « je vous confie. »	女人说。
Et ils s'en vont piquant leurs bêtes,	他们就驾着马去了，
Tant qu'ils ont trouvé le vilain.	就这样找到了农夫。
De par le roi l'ont salué ;	以国王的名义向他致礼，
Et ils lui disent sans retard :	然后立即对他说：
« Venez vite parler au roi.	"赶快来，和国王说话。"
— Pourquoi faire ? » dit le vilain.	"为什么呢？" 农夫说。
— « Pour votre parfaite science.	"为了你完美的科学。
Il n'est tel médecin sur terre.	世上找不到如此良医。
De loin nous venons vous chercher. »	我们远道而来寻找你。"
Quand s'entend nommer médecin,	一听 "医生" 这个词，
Tout son sang se met à bouillir.	他就热血沸腾。
Il dit qu'il ne sait rien du tout.	他说自己一无所知。
« Et qu'attendons-nous davantage ? »	"那我们还等什么呢？"
Dit l'un des autres. « Tu sais bien	那两人中的一个说道，"你知道，
Qu'il veut toujours être battu,	总是需要揍了他，

Avant qu'il fasse ou dise bien ! »　　　　才会听话做事！"
L'un le frappe près de l'oreille,　　　　一人就对着他的耳根打去，
Et l'autre en plein milieu du dos　　　　另一人对准他的背，
D'un bâton grand, gros et solide.　　　　抡起一根粗大结实的棍子。
Ils l'ont malmené tant et plus,　　　　他们就这样虐待他，
Et puis ils l'ont conduit au roi.　　　　再把他带去见国王。
À reculons le font monter,　　　　倒提着去见，
La tête en place des talons.　　　　头下脚上。
Le roi accourt à leur rencontre.　　　　国王跑来迎接他们。
« Avez-vous rien trouvé ? » dit-il.　　　　"你们一无所获吗？"他问道。
— « Oui, sire, » dirent-ils ensemble ;　　　　"找到了，大王。"他们一起说。
Et le vilain tremble de peur　　　　农夫吓得发抖。
L'un d'eux lui dit premièrement　　　　一个人就先说起
Les talents qu'avait ce vilain,　　　　农夫的才艺，
Et combien trompeur il était,　　　　还说他老是骗人，
Car de chose dont on le prie　　　　因为你求他什么
Il ne ferait rien pour personne　　　　他都无动于衷
Qu'auparavant ne soit battu.　　　　除非你揍他。
Le roi dit : « Méchant médecin !　　　　国王说："这个坏医生！
Jamais n'ouïs parler de tel.　　　　这话休听他再提。
— Bien soit battu, puisqu'ainsi est, »　　　　既如此，狠狠揍他。"
Dit un sergent, « tout prêt je suis.　　　　一个卫士说："我准备好了，
On n'aura qu'à le commander　　　　只等您下令，
Et je lui donnerai bon compte. »　　　　我就给他颜色瞧瞧。"
Le roi appela le vilain.　　　　国王叫来农夫。
« Maître, » fait-il, « écoutez donc :　　　　"师傅，"他说，"你听我道来：
Je vais faire venir ma fille,　　　　我要叫人带来我的女儿，
Qui de guérir a grand besoin. »　　　　她急需医治。"
Le vilain pitié lui demande :　　　　农夫祈求怜悯：
« Sire, pour Dieu qui ne mentit,　　　　"大王，我指上天起誓，
Et Dieu m'aide, je vous dis vrai :　　　　上天保佑，我对您说真话，
De physique ne sais-je rien ;　　　　医术我是一无所知，
Et jamais rien je n'en ai su. »　　　　也从未学过。"

Le roi dit : « J'entends à merveille. 国王道:"说得妙啊。

Battez-le-moi. » Alors s'approchent 给我打。"于是走来

Ceux qui le feront de grand cœur. 尽职尽责的人。

Lorsque le vilain sent les coups, 农夫禁不起打,

Aussitôt pour fol il se tient. 被打得神志不清。

Il se met à leur crier : « Grâce ! 他大叫:"开恩!

Je la guérirai sans retard. » 我这就行医。"

La pucelle entre dans la salle. 女孩进入大厅。

Elle est très pâle et sans couleur. 面色苍白无血色。

Et le vilain songe en lui-même 农夫就想,

Comment il pourra la guérir. 该怎么医治啊。

Car il sait bien qu'il doit le faire 他清楚必须行医,

Ou qu'il y trouvera la mort. 否则性命难保。

Il se met alors à songer. 他就陷入沉思:

S'il veut la sauver et guérir, 要想救她医她,

Il lui faut faire et dire chose 那么该做该说的,

Qui la fasse tant rire et tant 无非是让她笑,

Que l'arête hors de la gorge 笑到鱼刺蹦出喉咙,

Saute, car point n'est dans le corps. 因为体内并无鱼刺。

Lors dit au roi : « Faites un feu 于是对国王说:"生火,

En cette chambre, et qu'on nous laisse. 让我们待在这暖和的房里。

Vous verrez bien que je ferai, 您就瞧着我怎么做,

S'il plaît à Dieu, qu'elle guérisse. » 愿上帝保佑她痊愈。"

Le roi commande un feu ardent. 国王下令燃起熊熊大火,

Les écuyers et valets sortent, 侍从们

Qui ont le feu tôt allumé 去快速点火,

Là où le roi le leur a dit. 点在国王让点的地方。

La pucelle s'assied au feu 女孩坐在火堆边,

Sur un siège qu'on y apporte. 坐在人们搬来的凳子上。

Alors le vilain se dépouille, 于是农夫宽衣解带,

Tout nu, et ôte ses culottes ; 赤裸上阵,把裤子都脱了,

Et se couche le long du feu ; 就顺着火堆躺下,

Et il se gratte et il s'étrille.	又是抓又是挠。
Il a grands ongles et cuir dur.	他指甲长，皮肉厚，
Jusqu'à Saumur, il n'est nul homme,	普天之下，
Si bon gratteur que l'on le croie,	像他这样善抓挠的人，
Qui ne le soit moins bon que lui.	怕是再也难找。
La pucelle, en voyant cela,	女孩见了，
Malgré tout le mal qu'elle sent,	顿时忘记病痛，
Veut rire, et elle fait effort,	只想发笑，忍都忍不住，
Tant que de sa bouche s'envole	鱼刺就从她嘴里就飞出，
L'arête jusqu'en plein brasier.	一直飞到火堆里。
Et le vilain, sans plus attendre,	农夫刻不容缓，
Se rhabille et puis prend l'arête.	穿上衣服，拿起鱼刺。
Faisant fête, il sort de la chambre.	兴高采烈，走出房间。
Dès qu'il voit le roi, haut lui crie :	一见国王，就对他大叫：
« Sire, votre fille est sauvée.	"大王，您家女儿得救了。
Voici l'arête, grâce à Dieu. »	这是鱼刺，感谢上帝。"
Et le roi se réjouit fort.	国王也非常高兴。
Le roi lui dit : « Sachez donc bien	国王对他说："你可知道，
Que je vous aime plus que tout.	我爱你胜过一切。
Vous aurez vêtements et robes.	绫罗绸缎都是你的。"
— Merci, sire, je n'y tiens pas.	"谢谢大王，但这皆非我所愿，
Et ne veux rester près de vous.	我只想离此而去，
Il faut que j'aille à mon logis.	回到家里。"
— Point ne le feras, » dit le roi.	"不要如此，"大王说，
« Mon ami seras et mon maître.	"吾师，吾友。"
— Merci, sire, par saint Germain,	"谢谢大王，指圣日耳曼起誓，
Il n'y a point de pain chez moi :	家里已无面包。
Quand hier matin je m'en allai,	昨日离家时，
On devait au moulin en prendre. »	就该去磨坊取。"
Le roi appela deux garçons :	国王对两个小子说：
« Battez-le-moi ; il restera. »	"给我打，打了就会留下。"
Et ceux-ci viennent aussitôt	二人急步上前，
Et vont malmener le vilain.	就要打农夫。

Lorsque le vilain sent les coups
Sur ses bras, son dos et ses jambes,
Il se met à leur crier : « Grâce !
Je resterai ; mais laissez-moi. »

Le vilain demeure à la cour ;
Et on l'y tond et on le rase ;
Il reçoit robe d'écarlate.
Il se croyait hors d'embarras,
Quand les malades du pays
À plus de quatre-vingts, je crois,
Vinrent au roi pour cette fête.
Chacun d'eux lui conte son cas.
Le roi appelle le vilain :
« Maître, » dit-il, « écoutez donc !
De tout ce monde prenez soin.
Hâtez-vous, guérissez-les-moi.
— Grâce, sire, » le vilain dit,
« Ils sont bien trop ! Et que Dieu ne m'aide,
Je n'en pourrai venir à bout,
Et ne pourrai tous les guérir. »
Le roi appelle deux garçons ;
Et chacun d'eux prend un gourdin,
Car ils savent parfaitement
Pourquoi les appelle le roi.
Quand le vilain les voit venir,
Le sang lui frémit aussitôt.
Il se met à leur crier : « Grâce !
Je les guérirai sans retard. »
Le vilain demande du bois.
Il y en avait bien assez ;
En la salle on a fait du feu
Et c'est le vilain qui l'attise.

农夫被打，
手足与背部都遭击打。
他急忙叫道："饶了吧！
留下即是，别打我。"

农夫留在朝中，
剃毛，刮须，
长袍颜色猩红。
他自忖已经脱险。
国中还有病人，
多达八十余人，
都来祝贺国王，
又纷纷言其病。
国王对农夫说：
"吾师听我言，
施药救众生，
速替我医。"
农夫乞王恩：
"此事赖天助，
尚难毕其功，
何况人太多。"
王呼二小子，
二人皆持棍，
心知为何事，
国王有驱使。
农夫见二人，
顿时生恐惧，
疾呼："饶了我吧，
我愿医病人。"
农夫索薪木，
此物颇易寻。
厅上燃大火，
火旺农夫拨。

Il y réunit les malades ;	火旁聚病人。
Et alors il demande au roi :	再对国王言:
« Sire, vous voudrez bien sortir	"大王需回避,
Avec tous ceux qui n'ont nul mal. »	从者亦请去。"
Le roi s'en va tout bonnement,	国王乃释然,
Sort de la salle avec les siens.	率众径离去。
Et le vilain dit aux malades :	农夫语病者:
« Seigneurs, par ce Dieu qui me fit,	"诸君听我言,
C'est grand travail que vous guérir,	治病实不易,
Je n'en pourrais venir à bout.	只求好结果。
Le plus malade je vais prendre,	唯其病甚者,
Et le mettre dans ce feu-là.	吾将掷火中。
Dans ce feu je le brûlerai.	烈火烧其身,
Les autres en auront profit,	余人皆获利。
Car ceux qui en boiront la cendre,	饮其余灰兮,
Seront guéris à l'instant même. »	立即脱苦厄。"
Ils se regardent tous l'un l'autre.	众人皆对视。
Il n'y a bossu ni enflé	肿胀与凹凸,
Qui, pour toute la Normandie,	遍寻诺曼底,
D'avoir le plus grand mal convienne.	实无病甚者。
Et le vilain dit au premier :	农夫语一人:
« Je te vois là assez faiblard.	"君身何太弱,
Tu es de tous le plus malade.	实为病甚者。"
— Grâce ! Je suis mieux portant, sire,	"开恩吧！我已经好多了,
Que jamais je ne fus avant.	比先前任何时候都好。
Suis soulagé de bien des maux	减轻了很多病痛,
Qui bien longtemps m'avaient tenu.	和长期困扰的宿疾。
Sachez que je ne mens en rien.	要知道我并不撒谎。"
— Descends, qu'attendais-tu de moi ? »	"下去吧，还要我做什么？"
Et l'homme aussitôt prit la porte.	这人立即开门出去。
Le roi demande : « Es-tu guéri ?	国王问: "你治好了？"
— Oui, sire, » fait-il, « grâce à Dieu ;	"是的，大王，感谢上帝!
Et je suis plus sain qu'une pomme.	我极为健康,

C'est bon prud'homme que ton maître. »　　您的师傅真是好人。"

Que vous irais-je donc contant ?　　该怎么给你讲呢？
Jamais n'y eut grand ni petit　　无论老少，
Qui pour rien au monde convint　　都不愿把自己，
Qu'on le boutât dedans le feu ;　　丢到火里。
Mais plutôt ainsi s'en vont-ils,　　他们立即走出去了，
Comme s'ils étaient guéris tous.　　好像他们全治愈了。
Et quand le roi les aperçut,　　国王看到他们，
Il fut tout éperdu de joie.　　高兴得忘乎所以。
Puis il dit au vilain : « Beau maître,　　他对农夫说："大师，
Je voudrais bien savoir comment　　我很想知道，
Vous les avez guéris si vite !　　你是怎样快速治好他们的？"
— Sire, je les ai enchantés.　　"大王，我给他们施了魔法。
Je sais un charme qui vaut mieux　　魔法胜过
Que gingembre ou que zédoaire. »　　生姜和山姜黄。"
Et le roi dit : « Retournez donc　　国王说："那你回去吧，
À la maison à votre guise ;　　以你自己的方式回家去。
Et vous aurez de mes deniers,　　你将得到赏钱，
Bons destriers et palefrois.　　还有战马和骏马。
Lorsque je vous ferai venir,　　我要你来时，
Vous ferez ce que je demande.　　你就听我的吩咐。
Et vous serez mon cher ami.　　你将是我亲爱的朋友。
Tout le peuple de la contrée　　这地方所有人，
Vous en aimera davantage.　　都会更爱你。
Ne soyez plus jamais timide ;　　不要再羞怯了，
Et ne vous faites donc plus battre,　　也不要让我们再打你了，
Car c'est honte de vous frapper.　　因为揍你也真让人害臊。"
— Merci, sire, » dit le vilain.　　"谢大王。"农夫说，
« Matin et soir je suis votre homme,　　"不分昼夜，我都是您的仆人，
Je le serai toute ma vie,　　一生一世都是，
Et jamais n'en aurai regret. »　　永不反悔。"

Quitte le roi et prend congé.	告别国王，
À son logis s'en va gaîment.	他快乐地回到家。
Jamais n'y eut manant plus riche.	再无村夫比他更富有。
Il est venu à son hôtel.	回到家，
Plus il n'alla à la charrue.	他不再犁地，
Plus jamais ne battit sa femme ;	也不再打老婆了，
Mais il l'aima et la chérit.	而是爱她，珍惜她。
Tout alla comme je vous conte :	一切正如所讲述的：
Par sa femme et par sa malice	通过他的女人和他的狡黠，
Fut bon médecin sans clergie.	他成为好医生。

（译者：钱思勔、陈平）

【课后思考】

1. 《农民医生》和莫里哀的《屈打成医》在表现手法上有何差异？

2. 试用女权主义理论阐释这一中世纪文本，同时尽量搜集相关史料，了解中世纪妇女的处境。

【参考文献】

1. 杨周翰，吴达元，赵萝蕤. 欧洲文学史（上卷）. 北京：人民文学出版社，1979.

2. Robert Guiette. Fabliaux et contes. Paris: Club du meilleur livre, 1960.

3. Joseph Bédier. Les fabliaux: études de littérature populaire et d'histoire littéraire du moyen-âge. Genève : Slatkine, 1982.

第二编
La seconde
partie

文艺复兴时期的法国文学

La Renaissance

第六章 拉伯雷和《巨人传》
Rabelais et *Gargantua et Pantagruel*

【导读】

弗朗索瓦·拉伯雷（François Rabelais，1449—1553），法国文艺复兴时期的重要作家、人文主义学者。他的主要作品是《巨人传》（原名《卡冈都亚和庞大固埃》，*Gargantua et Pantagruel*）。该书共分五部分。1532（或1531）年出版的《庞大固埃》（法文全称为 *Pantagruel: Les horribles et espoventables faictz et prouesses du très renomé Pantagruel Roy des Dipsodes, filz du grant géant Gargantua*）是第二部，讲述了年轻的巨人庞大固埃和他的朋友巴汝奇的各种传奇历险，作者署名"Maître Alcofrybas Nasier"，其实是把弗朗索瓦·拉伯雷名字中的字母打散了重新排列。1534（或1535）年出版的《卡冈都亚》（法文全称为 *La vie inestimable du grant Gargantua, père de Pantagruel*），讲述了庞大固埃的父亲卡冈都亚的故事，相当于《庞大固埃》的续集，但父亲的故事应该排在前面，所以这个续集成为《巨人传》的第一部。1546（或1545）年出版了《庞大固埃·第三部分》（法文全称为 *Le tiers livre des faicts et dicts heroique du bon Pantagruel*），主人公还是庞大固埃，但这时作者正式署名为"Francois Rabelais"。1552（或1550）年出版《庞大固埃·第四部分》（法文全称为 *Le quatre livre des faicts et dicts heroique du bon Pantagruel*），也主要是讲庞大固埃的故事。1562年出版了《庞大固埃·第五部分》（法文全称为 *Le cinq livre des faicts et des dicts heroique du bon Pantagruel*），还是讲庞大固埃和他的朋友的故事。

拉伯雷知识渊博，在古典文学、医学、哲学等方面均有建树。作为医生，他创作的《巨人传》有着疗愈读者心灵的效果。著名文艺批评家阿尔贝·蒂博代（Albert Thibaudet）曾说："直到17世纪，人们还喜欢阅读拉伯雷，将其视作让人发笑的大师。"[①]《巨人传》作为一部诙谐幽默的巨著，常常让读者忍不住发笑，这无疑有利于读者的身心健康。仅此一点已经足以让拉伯雷跻身伟

---

① Albert Thibaudet. Place des « Essais », in Montaigne, Essais II, Paris: Gallimard, 1962: 7.

大作家行列。当然《巨人传》还有其他优点，比如书中提倡培养知识的巨人，借以反对中古的修道院教育。

拉伯雷使用的语言是 16 世纪尚未定型的法语，并且混用拉丁语、希腊语、巴斯克语、意大利语、德语、加斯科尼方言、利穆赞方言，以及一些真实的或虚拟的语言。因此，即便现当代法国读者也必须借助翻译才能完全阅读这部作品。英国剑桥大学学者雷蒙德•盖斯（Raymond Guess）则认为："语言本身是《庞大固埃》及其姐妹篇的主要关注点。"[①]我国有学者认为："拉伯雷大量运用各行各业的语言，这说明他对社会下层的行话也很熟悉。他往往一连运用几个意义相近的词来描写一个动作或表达一个概念，这是拉伯雷的夸张手法的一种表现，同时也说明 16 世纪的法兰西语还未固定下来。"[②]

本章选段来自《卡冈都亚》，讲述了巨人卡冈都亚向巴黎市民表示欢迎（向他们撒尿，以致淹没 260 418 名巴黎市民，还不包括妇女儿童），并取下巴黎圣母院的大钟作为马铃铛。这一行为反映了巨人对巴黎圣母院所代表的教会的不敬，因此让巴黎大学的神学家十分惊慌。

本章的注释部分参考了成钰亭先生翻译的《巨人传》。

【片段阅读】

Gargantua

Comment Gargantua paya sa bienvenue aux Parisiens et comment il prit les grosses cloches de l'église Notre Dame.

Quelques jours après quand ils se furent rafraîchis, il visita la ville, et il fut regardé par tout le monde avec une grande admiration, car le peuple de Paris est si sot, si **badaud** et si **inepte** de nature, qu'**un bateleur, un porteur de reliques, un mulet avec ses cymbales, un joueur de vielle** au milieu d'un carrefour rassembleront plus de gens que ne le ferait un bon prêcheur évangélique.

Et ils le poursuivirent si désagréablement qu'il fut contraint de se reposer sur

---

① Christopher Prendergast ed. A History of Modern French Literature. Princton: Princeton UP, 2017: 71-73.

② 杨周翰，吴达元，赵萝蕤. 欧洲文学史（上卷）. 北京：人民文学出版社，1979：143.

les tours de l'église Notre Dame. Et dans cette position, voyant tant de gens autour de lui, il dit clairement :

— Je crois bien que ces marauds veulent que je leurs paye à boire pour ma bienvenue et mon **proficiat**. C'est juste. Je vais leur donner du vin, mais ce ne sera que **par ris**.

Alors, en souriant, [...], il les compissa si violemment qu'il en noya deux cent soixante mille quatre cent dix-huit, sans compter les femmes et les petits enfants.

Quelques-uns d'entre eux s'échappèrent de ce déluge grâce à la légèreté de leurs pieds, et, quand ils furent au plus haut du quartier de l'Université, suant, toussant, crachant et **hors d'haleine**, ils commencèrent à renier et à jurer, les uns en colère, les autres par ris : « Carymary, carymara ! Par sainte Mamye, nous sommes baignés par ris ! » Et la ville fut depuis nommée Paris, alors qu'on l'appelait auparavant Lutèce, comme le dit **Strabo**, livre IV, [...]. Et, pour cette nouvelle dénomination, chaque assistant jura tous les saints de sa paroisse. **Les Parisiens, qui sont faits de gens de toutes sortes, sont par nature bons jureurs et bons juristes, et quelque peu outrecuidants**, comme l'estime Joaninus de Barranco, dans *De copiositate reverentiarum*, disant qu'ils sont appelés *Parrhésiens* en grec, ce qui veut dire « fiers à parler ».

Après cela, il examina les grosses cloches qui étaient dans ces tours, et il les fit sonner bien harmonieusement. En le faisant, il lui vint à la pensée qu'elles pourraient bien servir de clochettes au cou de sa **jument**, qu'il voulait renvoyer à son père toute chargée de fromages de **Brie** et de **harengs** frais. Pour cela, il les emporta dans son **logis**.

Cependant, un **commandeur jambonnier** de saint Antoine vint pour **faire sa quête du cochon**, lequel, pour pouvoir se faire entendre de loin et faire trembler le **lard** dans le **saloir**, voulut les emporter furtivement. Mais avec honnêteté, il les laissa, non parce qu'elles étaient trop chaudes, mais parce qu'elles étaient un peu trop lourdes à porter. Ce commandeur n'était pas celui de **Bourg**, car il est trop de mes amis.

Tous les habitants de la ville se révoltèrent, comme vous savez que cela leur est si facile au point que les nations étrangères s'étonnent de la patience des Rois de France, qui ne les réfrènent pas autrement que par bonne justice, malgré les inconvénients qui en résultent de jour en jour. **Plut à Dieu que je connaisse**

l'officine où sont forgés ces schismes et ces cabales, pour les mettre en évidence dans les confréries de ma paroisse !

【注释】

- badaud *adj.* 浅薄而好奇的，愚蠢的

- inepte *adj.* 愚蠢的，荒谬的

- un bateleur, un porteur de reliques, un mulet avec ses cymbales, un joueur de vielle 一个玩把戏的、一个游方的教士、一匹带铃铛的骡子、一个街头弹弦子的

- procifiat 原指教徒对新主教赠送的礼物，此处泛指礼物（该词现已不用）

- par ris 为了欢笑。此处语义双关，是将巴黎（Paris）的两个音节分开（pour rire, mais à Paris）

- hors d'haleine 气喘吁吁

- Strabo 斯特拉包，古希腊地理学家，出生于约公元前 60 年（作者此处的话是假的）

- Les Parisiens, qui sont faits de gens de toutes sortes, sont par nature bons jureurs et bons juristes, et quelque peu outrecuidants. 巴黎人一向是又乱又杂，生性爱骂街、爱争吵的，而且自高自大。

- *De copiositate reverentiarum* 〈拉丁文〉《论崇拜》（该作品及其作者都是拉伯雷杜撰的）

- jument *n.f.* 母马

- Brie 勃里，巴黎东面古地名

- hareng *n.m.* 鲱鱼

- logis *n.m.* 住宅，住处

- commandeur jambonnier 养猪会长

- faire sa quête du cochon 募猪捐

- lard *n.m.* 猪膘，肥肉

- saloir *n.m.* 腌缸

- Bourg 堡尔，巴黎东南地名（堡尔的圣安东尼会的会长是作者的朋友，他在一首诗里曾自称"养猪人"。）

- Plut à Dieu que je connaisse l'officine où sont forgés ces schismes et ces cabales, pour les mettre en évidence dans les confréries de ma paroisse ! 但愿天主让我知道这些阴谋与分裂都是怎么制造出来的，好（让我）在教区的会议上揭发！

【课后思考】

1. 课后阅读俄国文艺理论家巴赫金的名著《拉伯雷的创作与中世纪和文艺复兴时期的民间文化》，尤其要关注巴赫金"狂欢化"理论在拉伯雷作品中的体现。

2. 用自己的话总结拉伯雷的语言特点。

【参考文献】

1. 杨周翰，吴达元，赵萝蕤. 欧洲文学史（上卷）. 北京：人民文学出版社，1979.

2. 米·巴赫金. 巴赫金文论选. 佟景韩，译. 北京：中国社会科学出版社，1996.

3. 拉伯雷. 巨人传. 成钰亭，译. 上海：上海译文出版社，2013.

4. François Rabelais. Gargantua. Paris: Le Livre de poche, 1965.

5. Christopher Prendergast ed. A History of Modern French Literature. Princton: Princeton UP, 2017.

第七章　蒙田和《随笔集》
Michel de Montaigne et *Les Essais*

【导读】

　　蒙田（Mantaigne，1533—1592）出身于法国波尔多的德·蒙田家族，青年时期在图卢兹学习法律，随后担任一些行政工作，曾任法国波尔多市市长。由于职务原因，他的社会经验较丰富，与社会各界有广泛接触。但由于蒙田生活的时代十分动荡，他最终选择在家族的城堡里长期过着退隐的生活。在城堡里，他博览古今图书，结合书本知识和实际经验，深入思考人生和社会问题，孕育出充满智慧的《随笔集》（*Essais*，1595）。这部散文集借古讽今，旨在认识自我："我有了那些幻想，并不是为了认识事物，而是为了认识自我。"[①] 此外，该散文集对他构想出的著名怀疑论也多有反映。

　　有评论者（比如蒂博代）认为，蒙田继承的是苏格拉底的传统。不同之处在于：苏格拉底主要是在街头发表议论，而蒙田的主要任务是著书立说；苏格拉底的对话乃是与他人的对话，而蒙田的对话首先是与（充满人性、具有太阳般炽热情感的）自我的对话。[②]

　　蒙田是通过《随笔集》这一著名的散文集而成为欧洲近代散文体裁的开拓者。我们所选第一卷第十章的主题是"论言谈的敏捷与迟钝（Du parler prompt ou tardif）"[③]。卷首引用波爱修语云："所有的恩惠绝不会赐给所有的人。"有人思维敏捷，想法脱口而出；而有人需要深思熟虑之后才能表达自己的观点。蒙田认为，前一类人思维敏捷，适合从事律师等职业，而后一类人适合当传教

---

　　① 原文为：Ce sont ici mes fantaisies, par lesquelles je ne tâche point à donner à connaître les choses, mais moi. *Essais*, II, X.

　　② 参见蒂博代原话：Le diaglogue socratique est un dialogue avec les hommes, le dialogue de Montaigne est d'abord ce dialogue à l'intérieur d'un homme qui permet l'écriture.（Voir Montaigne. Essais II. Paris: Gallimard, 1962: 8-9.）

　　③ 《随笔集》现代法语版将此篇名改为 *Sur la répartie facile ou tardant à venire*.

士。因为传教士有很多闲暇时间思考问题，而律师却时时准备与人争论，对手的反诘也常常难以预测，迫使律师不断采取新的辩论计划。蒙田举例说，1533年，教皇克莱芒和法国国王在马赛会晤。普瓦耶（Poyet）先生由于长期从事律师职业，因此被要求准备一个发言稿。但是在实际会面时，教皇出于特殊考虑临时改换话题，这就使得普瓦耶先生预先准备的稿子作废，只能改由文思敏捷的杜贝莱主教另起炉灶。

由选文还可以看出，蒙田能够比较辩证地看待问题，认为凡事不可一概而论。例如他认为，有些人的作品让我们感觉到是付出了辛勤劳动的；而另一些人虽厚积却不能薄发，因为他积累的东西像是激流奔涌，反倒把出口堵住了。

他还提出，虽然律师的工作比传教士更难，但是律师中庸才更多，至少在法国如此。他还认为，事情并不总是绝对的：有人在未做准备的情况下只能保持沉默，而有的人却是不管准备多长时间都无法提高演讲的质量；有的人说话时害怕被打扰，而卡西乌斯（Severus Cassius Longulanus）这位历史学家、讽刺文学作家和演说家却是越被人打扰就越有战斗力。

综上可见，蒙田的散文侃侃而谈，博古通今、知人论世、品评人物，语言隽永，擅于说理，读后总能给人带来启发。

本章选段注释及中文翻译参考马振骋所译的《蒙田全集》。

【片段阅读】

Les Essais

Jamais toutes les faveurs ne furent données à tous.

1. Aussi voyons-nous que pour le don de l'éloquence, les uns ont facilité et **promptitude**, et, comme on dit, la **répartie** si aisée, qu'à tout bout de champ ils y sont prêts. Les autres, plus lents, ne disent jamais rien qui n'ait été élaboré et prémédité. On conseille aux dames de pratiquer les jeux et exercices du corps qui avantagent ce qu'elles ont de plus beau. De la même façon, si j'avais à donner mon avis sur les deux avantages différents de l'éloquence dont, à notre époque, il semble que les prédicateurs et les avocats fassent surtout profession, je verrais mieux le lent en prédicateur, et l'autre en avocat.

2. C'est que la charge du premier lui donne autant de loisir qu'il lui plaît pour se préparer, et que son intervention se déroule ensuite **d'une seule traite**, sans qu'il en **perde le fil**, alors que les occasions qui s'offrent à l'avocat le contraignent

d'**entrer en lice à toute heure**, que les réponses imprévisibles de la partie adverse le font **dévier** de sa route et qu'il lui faut alors **sur-le-champ** adopter un nouveau plan.

3. Mais à l'inverse, pourtant, voici ce qui arriva lors de l'entrevue du **Pape Clément** et du roi François à Marseille : monsieur Poyet, homme **nourri toute sa vie au** barreau et avocat de grande réputation, chargé de faire le discours à l'adresse du Pape, l'avait préparé longtemps à l'avance, au point, à ce qu'on dit, de l'avoir apporté de Paris tout fait.

4. Et voilà que le jour même où il devait prononcer son discours, le Pape, craignant qu'on lui tînt des propos qui eussent pu offenser les ambassadeurs des autres Princes qui l'entouraient, informa le roi du sujet qui lui semblait le plus approprié au moment et au lieu, et qui se trouva malheureusement être complètement différent de celui sur lequel monsieur Poyet avait tant transpiré ! De sorte que sa **harangue** devenait inutile, et qu'il lui en fallait sur le champ recomposer une autre... Et comme il s'en sentait incapable, il fallut que **Monsieur le Cardinal Du Bellay** s'en chargeât.

5. Le rôle de l'avocat est plus difficile que celui de prédicateur. Et pourtant nous trouvons plus de médiocres, à mon avis, chez les avocats que chez les prédicateurs, au moins en France.

6. Il semble que ce soit plutôt la caractéristique de l'esprit d'avoir une réaction prompte et soudaine, et celle du jugement d'en avoir une lente et posée. Mais celui qui demeure complètement muet s'il n'a pas le loisir de se préparer, et celui à qui ce loisir même ne donne pas l'avantage de mieux parler, sont tous deux également bizarres. On dit de **Severus Cassius** qu'il parlait mieux sans y avoir pensé, qu'il devait plus à la chance qu'à son talent, qu'il tirait avantage d'être dérangé quand il parlait, et que ses adversaires craignaient de le piquer au vif, de peur que la colère ne le fît redoubler d'éloquence.

7. Je connais par expérience **ce tempérament qui ne peut supporter une réflexion préalable, appliquée et laborieuse** : s'il ne procède gaiement et librement, il ne fait rien qui vaille. **De certains ouvrages, nous disons qu'ils sentent la sueur, à cause de cette sorte de rudesse et d'âpreté que le travail imprime dans les œuvres où il a tenu une grande place.** Mais outre cela, le souci de bien faire, cette contraction de l'esprit trop tendu vers son entreprise, le brise et le contrarie, comme l'eau qui, trop pressée par son abondance et sa violence, ne peut trouver d'issue

suffisante, même s'il existe un **orifice**.

8. Le tempérament dont je parle ne demande pas à être secoué et **aiguillonné** par de fortes passions, comme la colère de Cassius, car ce mouvement serait trop brutal pour lui ; il lui faut être réchauffé et réveillé par des causes extérieures, immédiates et **fortuites**. S'il est laissé à lui-même, il ne fait que traîner et **languir** : l'agitation est sa vie et son charme.

9. Je n'ai pas une bonne maîtrise de moi : le hasard a chez moi un plus grand rôle que je n'en ai moi-même ; **l'occasion qui se présente, la compagnie qui m'entoure, le mouvement même de ma voix, tout cela tire plus profit de mon esprit que lorsque je le sonde et l'utilise par-devers moi.** Aussi ses paroles valent mieux que ses écrits, si l'on peut faire un choix entre deux choses sans valeur.

10. **Il m'arrive aussi de ne pas me trouver là où je me cherche, et je me trouve plus par le fait du hasard que par l'exercice de mon jugement.** Supposons que je lance quelque subtilité en écrivant (disons plate pour un autre, mais piquante pour moi, — mais laissons toutes ces **précautions oratoires**, chacun le dit comme il peut). A peine ai-je lancé cette subtilité que je la perds de vue, et que je ne sais plus ce que je voulais dire ! Un étranger en découvre parfois le sens avant moi... Si je prenais les ciseaux partout où cela m'arrive, je retrancherais tout de ce que j'ai écrit ! **Le hasard viendra une autre fois tirer cela au clair, mieux encore qu'en plein midi**, et je m'étonnerai alors de mes hésitations passées.

【注释】

- Jamais toutes les faveurs ne furent données à tous. 人不是生来就有各种才能的。
- promptitude *n.f.* 迅速，敏捷
- répartie *n.f.* 敏捷的答辩，巧妙的回答
- d'une seule traite 一口气地，不停顿地
- perdre le fil 思路中断
- entrer en lice 参加竞赛，加入争论
- à toute heure 在任何时刻，随时
- dévier *v.i.* 偏离，背离
- sur-le-champ 立刻，马上
- Pape Clément 克莱芒教皇

- nourrir toute sa vie à 一生从事……
- harangue *n.f.* 演讲，讲话
- Monsieur le Cardinal Du Bellay 杜贝莱主教大人
- Severus Cassius 赛维吕斯·卡西乌斯
- Ce tempérament qui ne peut supporter une réflexion préalable, appliquée et laborieuse. 这类天性不会在事前深思熟虑。
- De certains ouvrages, nous disons qu'ils sentent la sueur, à cause de cette sorte de rudesse et d'âpreté que le travail imprime dans les œuvres où il a tenu une grande place. 我们说，有的作品艰涩深奥，看得出是夜以继日、呕心沥血完成的。
- orifice *n.m.* 口子，开口
- aiguillonner *v.t.* 刺激，激励
- fortuit, e *adj.* 偶然的，意外的
- languir *v.i.* 无精打采，焦急地等待
- L'occasion qui se présente, la compagnie qui m'entoure, le mouvement même de ma voix, tout cela tire plus profit de mon esprit que lorsque je le sonde et l'utilise par-devers moi. 用心思、动脑筋，不及机会与伙伴的出现，甚至自己声音的变化那样使我有主意。
- Il m'arrive aussi de ne pas me trouver là où je me cherche, et je me trouve plus par le fait du hasard que par l'exercice de mon jugement. 我就是遇上这种情况：苦思冥想找不到要说的话，信手拈来反而表达得更加传神。
- précautions oratoires 客套话，婉转的措辞
- tirer une affaire au clair 把一件事弄清楚
- Le hasard viendra une autre fois tirer cela au clair, mieux encore qu'en plein midi. 幸而白天有的时候，我写的东西比中午的太阳还要明白。

【课后思考】

1. 用自己的话谈谈蒙田的写作风格。

2. 蒂博代认为，蒙田的贡献之一，就是"在龙萨（Ronsard）之后，当法国文学倾向于成为一种思想的文学（une littérature d'idées）之际"，他的《随笔集》让法国文学对于"思想的文学"有了自觉的意识。联系选文，谈谈你对蒂博代这一观点的看法。

【参考文献】

1. 蒙田. 蒙田全集. 马振骋，译. 上海：上海书店出版社，2017.
2. Montaigne. Essais II. Paris : Gallimard, 1962.

第三编
La troisième partie

17 世纪法国文学

Le XVIIe siècle

第八章 动物世界：拉封丹和《寓言诗》
Le monde animal: La Fontaine et *Les Fables*

【导读】

拉封丹（Jean de la Fontaine，1621—1695），出身于法国香槟省萨多·蒂埃里堡的一个水泽森林管理人兼狩猎官家庭。因从小生活在农村，所以他对各种动物的生活习性十分熟悉，这也为其后来动物寓言诗中的动物形象的构建提供了依据。拉封丹的主要著作有《寓言诗》（*Les Fables*，1668—1694）、《故事诗》（*Contes et nouvelles en vers*，1664 年开始出版）等，其中较知名的动物寓言故事有《狼和狗》（*Le Loup et le Chien*）、《两只骡子》（*Les deux Mulets*）、《蝉和蚂蚁》（*La Cigale et la Fourmi*）、《两只鸽子》（*Les deux pigeons*）等。

1641 年，拉封丹在巴黎学习法律和神学的经历让他目睹了当时社会背景下法院的黑暗与腐败。紧接着 1658 年，拉封丹的资助者富凯被捕入狱，拉封丹为其鸣冤遭到攻击，开始了自己的逃亡生活，后来在布荣公爵夫人和奥尔良公爵夫人的庇护下才得以重返巴黎。他的一生可以说并不顺遂。他没有出身于法国上层社会，过往的生活经历让他能融入市民阶层，了解他们的疾苦。同时因其求学经历和文学才华，他又得以接触当时法国社会的上层阶级，看到并深刻感受到他们的黑暗与腐朽。这些经历使得他能以简洁易懂的语言和诙谐的形式展现社会悲剧。1684 年，拉封丹当选法兰西学院院士。

拉封丹的寓言故事具有两大特点：故事整体结构的协调性和语言的简洁性。他的寓言诗不仅保留了寓言体裁特有的讽喻性，同时也丢弃了传统寓言诗的道德说教模式，富有极强的艺术感染力。在他笔下，每个形象都是舞台上不可或缺的演员，且相互之间彼此关联，构成寓言故事的核心内容。另外，拉封丹出色地掌握了简化结构和细化细节的艺术手法，善于利用市民阶层的语言，并能灵活运用自由诗，将寓言舞台化、戏剧化，从而使原本单调的故事和动物形象显得生动有趣。他还擅长使用多种手法塑造寓言形象，比如拟人、对比、比喻等。

拉封丹的寓言故事大多取材于伊索寓言、费德鲁斯寓言和古印度寓言，作者同时结合自己的生活经历与时代背景来进行改编和创作。他习惯用民间语言，通过动物形象，以喜剧形式诙谐地讽刺当时法国上层社会的丑陋行径和罪恶面，嘲讽教会的黑暗和经院哲学的腐朽。[①]他的作品反映出当时法国上层社会中的贪婪和虚荣、强权与腐败等黑暗面，体现了他对当时法国社会现状的讽刺，同时也表达了自己对理想社会和自由的追求与向往。比如在《狼和狗》中，狼宁愿挨饿也不愿戴上枷锁失去自由。

本章所选的寓言故事分别是《乌鸦和狐狸》（Le Corbeau et le Renard）、《狼和狗》（Le Loup et le Chien）。我们可以看到，拉封丹寓言采用了诗歌形式，全诗句尾押韵，从而读起来朗朗上口，富有节奏感和韵律美。比如在《乌鸦和狐狸》的第一小节，perché 和 alléché、un fromage 和 ce langage 都是押韵的。内容上，拉封丹主要以拟人手法塑造动物形象。

【片段阅读一】

Le Corbeau et le Renard

Maître **corbeau**, sur un arbre **perché**,

Tenait en son bec un fromage.

Maître renard, par l'odeur **alléché**,

Lui tint à peu près ce langage :

Hé ! Bonjour Monsieur du Corbeau.

Que vous êtes joli ! Que vous me semblez beau !

Sans mentir, si votre **ramage**

Se rapporte à votre plumage,

Vous êtes le phénix des hôtes de ces bois.

À ces mots, le corbeau ne se sent pas de joie ;

Et pour montrer sa belle voix,

Il ouvre un large bec, laisse tomber sa proie.

Le renard s'en saisit, et dit :

Mon bon monsieur, apprenez que tout **flatteur**

---

① Voir Corradi Federico, Book-review: La Fontaine devant ses biographes; Deux siècles de lecture critique indirecte (1650—1850), « Bibliothèque du XVIIe siècle», Revue d'Histoire littéraire de la France, Volume 121, Issue 3, 2021: 723-725.

Vit **aux dépens de** celui qui l'écoute.

Cette leçon vaut bien un fromage sans doute.

Le corbeau honteux et confus,

Jura, mais un peu tard, qu'on ne l'y prendrait plus.

【注释】

- corbeau *n.m.* 乌鸦
- percher *v.i.* 栖息
- alléché *v.t.* 用美食引诱，诱惑，吸引
- ramage *n.m.* 鸟的鸣啭
- flatteur, euse *n.* 奉承者，谄媚者
- aux dépens de 靠……养活，损害……，牺牲……

【片段阅读二】

Le Loup et le Chien

Un Loup n'avait que les os et la peau,

Tant les Chiens faisaient bonne garde.

Ce Loup rencontre un **dogue** aussi puissant que beau,

Gras, poli, qui **s'était fourvoyé**

L'attaquer, le mettre en quartiers,

Sire Loup l'eût fait volontiers.

Mais il fallait livrer bataille

Et le mâtin était de taille

À se défendre hardiment.

Le Loup donc l'aborde **humblement**,

Entre en propos, et lui fait compliment

Sur son **embonpoint**, qu'il admire.

Il ne tiendra qu'à vous, beau sire,

D'être aussi gras que moi, lui repartit le Chien.

Quittez les bois, vous ferez bien :

Vos pareils y sont misérables,

Cancres, hères, et pauvres diables,

Dont la condition est de mourir de faim.

Car, quoi ? rien d'assuré, **point de franche lippée** ;

Tout à la pointe de l'épée.

Suivez-moi ; vous aurez un bien meilleur destin.

Le Loup reprit : Que me faudra-t-il faire ?

— Presque rien, dit le Chien : donner la chasse aux gens

Portant bâtons, et mendiants ;

Flatter ceux du logis, à son maître **complaire** ;

Moyennant quoi votre salaire

Sera force reliefs de toutes les façons :

Os de poulets, os de pigeons ;

Sans parler de **mainte caresse**.

Le Loup déjà **se forge** une félicité

Qui le fait pleurer de tendresse.

Chemin faisant, il vit le cou du Chien **pelé** :

Qu'est-ce là ? lui dit-il. — Rien. — Quoi ? rien ? — Peu de chose.

— Mais encore ? — Le collier dont je suis attaché

De ce que vous voyez est peut-être la cause.

— Attaché ? dit le Loup : vous ne courez donc pas

Où vous voulez ? — Pas toujours, mais qu'importe ?

— Il importe si bien, que de tous vos repas

Je ne veux en aucune sorte,

Et ne voudrais pas même à ce prix un trésor.

Cela dit, maître Loup s'enfuit, et court encore.

【注释】

- dogue *n.m.* 一种矮胖的看门狗
- se fourvoyer *v.pr.* 迷路，使误入歧途，弄错
- humblement *adv.* 虚心地，谦逊地
- embonpoint *n.m.* （身材）丰腴，丰满
- point de franche lippée 直言不讳

- complaire *v.t.indir.* 讨好，奉承
- maint, e *adj.* 许多，很多
- caresse *n.f.* 爱抚，轻拂
- se forger *v.pr.* 被锻造，被锻炼
- pelé, e *adj.* 毛发掉光的，秃的

【课后思考】

1. 与其他寓言诗人相比，拉封丹的寓言创作风格有何独特性？
2. 请罗列并简要说明《狼和狗》中所使用的修辞格。

【参考文献】

1. 余中先. 法国文学大花园. 武汉：湖北教育出版社，2007.
2. 郑克鲁. 法国文学史教程. 北京：北京大学出版社，2008.
3. Pierre Brunel. Histoire de la Littérature Française. Paris: Bordas, 1972.

第九章　拉辛和《费德尔》
Racine et *Phèdre*

【导读】

让·拉辛（Jean Racine，1639—1699）是 17 世纪法国最有成就的戏剧家之一。他出身贫寒，4 岁就成为孤儿，被波尔-罗亚尔（Port-Royal）修道院的修道士收养。修道院的经历对他日后的创作有很大影响——在这里他博览全书，学习修辞术，阅读古希腊、罗马时期的作品，并对基督教传统有了深刻认识。他于 1658 年到巴黎，与拉封丹有所交流。1664 年其处女作《戴巴依特》（*Thébaïde*）由莫里哀剧团排演，他第二年写出的《亚历山大大帝》（*Alexandrele Grand*）更是颇为成功。他的其他代表作品有《安德洛玛刻》（*Andromaque*，1667）、《讼棍》（*Les plaideurs*，1668）、《布里塔尼居斯》（*Britannicus*，1669）、《蓓蕾尼丝》（*Bérénice*，1670）、《巴雅泽》（*Bajazet*，1672）、《米特里达特》（*Mithridate*，1673）、《伊菲格涅亚》（*Iphigénie en Aulide*，1675）和《费德尔》（*Phèdre*，1677）、《爱斯苔尔》（*Esther*，1689）、《阿达莉》（*Athalie*，1691）。

本章主要介绍和选读的是拉辛的著名悲剧《费德尔》（*Phèdre*）。该剧主要反映了理性与情欲的斗争。王后费德尔爱上了非己所生的王子希波利特，但其表达爱的方式是迫害和流放王子。有一天她终于对希波利特倾诉了情感，但这只让王子感到恐惧和不安。由于 17 世纪的法国社会讲究理性和秩序，这一时期的文学典范也是古典主义文学，因此，这类题材的作品在当时显得有些不合时宜。不过，有学者指出，《费德尔》的优点就在于它避开了严厉、挑剔、讲究的古典主义："这部经典的古典主义悲剧背离了古典主义，不按规章偷偷带货，展示女主角的可怕欲望，使得一切尺度、理性和规则都派不上用场。"[①]

拉辛本人是如何评价自己的作品的呢？他在《费德尔》序言中说："我还

---

① Cf. Christopher Prendergast ed. A History of Modern French Literature. Princton: Princeton UP, 2017: 190.

不敢肯定这个剧是否确是我所有的悲剧中最好的一部……我能肯定的是我从未像在这个剧里这样强调美德。在剧中，即使是微小的错误也受到严厉的惩罚，甚至犯罪的念头也和罪恶本身一样遭人憎恶。爱情产生的缺陷在剧中被看作是真正的短处，表现情感只是为了使公众看到它是万恶之源。剧中处处都以使人认识并憎恶丑恶行为的色调来描绘邪恶。"尽管如此，在著名批评家吕西安·戈德曼（Lucien Goldman）看来，这个剧本写的是悲剧主角"幻想的故事"，就是说剧中人物靠幻想在现实世界生活并把自己幻想出来的法则强加给现实世界。此外，费德尔作为"弥诺斯和帕西法厄的女儿"，本是希腊神话和希腊悲剧中的人物，拉辛在重写这一悲剧时可以说是在"发现"和"试图接近"希腊悲剧这一有"突变"和"发现"的伟大传统，并在"错误""犯罪和命中注定的行为"等方面与希腊悲剧相似，但又与希腊悲剧不同的是，拉辛在自己的剧本中没有保留"合唱队"。同时，这部剧仍然保留了冉森教派的悲剧的特点："空幻而没有道德和人的价值的世界，作为旁观者的沉默的上帝，主人公的孤独等。"①

【片段阅读】

Phèdre

ACTE II, SCÈNE 5

À la nouvelle de la mort de Thésée, Phèdre vient voir Hippolyte pour parler de son fils. Elle finit par lui avouer son amour.

PHÈDRE (*à Œnone, sa* **confidente**)

Le voici. Vers mon cœur tout mon sang se retire.

J'oublie, en le voyant, ce que je viens lui dire.

ŒNONE

Souvenez-vous d'un fils qui n'espère qu'en vous.

PHÈDRE

On dit qu'un **prompt** départ vous éloigne de nous,

Seigneur. A vos douleurs je viens **joindre** mes larmes ;

Je vous viens pour un fils expliquer mes alarmes.

---

① 吕西安·戈德曼. 隐蔽的上帝. 蔡鸿滨，译. 天津：百花文艺出版社，1998：566-567.

Mon fils n'a plus de père, et le jour n'est pas loin

Qui de ma mort encor doit le rendre témoin.

Déjà mille ennemis **attaquent** son enfance ;

Vous seul pouvez contre eux embrasser sa défense.

Mais un secret remords agite mes esprits :

Je crains d'avoir **fermé votre oreille à ses cris** ;

Je tremble que sur lui votre juste colère

Ne poursuive bientôt une **odieuse** mère.

HIPPOLYTE

Madame, je n'ai point des sentiments si bas.

PHÈDRE

Quand vous me haïriez, je ne m'en plaindrais pas,

Seigneur. Vous m'avez vue attachée à vous nuire ;

Dans le fond de mon cœur vous ne pouviez pas lire.

A votre **inimitié** j'ai pris soin de m'offrir ;

Aux bords que j'habitais je n'ai pu vous souffrir ;

En public, en secret, contre vous déclarée,

J'ai voulu par des mers en être séparée ;

J'ai même défendu, par une expresse loi,

Qu'on osât prononcer votre nom devant moi.

Si pourtant à l'offense on mesure la peine,

Si la haine peut seule attirer votre haine,

Jamais femme ne fut plus digne de pitié,

Et moins digne, Seigneur, de votre inimitié.

HIPPOLYTE

Des droits de ses enfants une mère jalouse

Pardonne rarement au fils d'une autre épouse,

Madame, je le sais. Les soupçons **importuns**

Sont d'un second hymen les fruits les plus communs.

Tout autre aurait pour moi pris les mêmes **ombrages**,

Et j'en aurais peut-être essuyé plus d'**outrages**.

PHÈDRE

Ah ! Seigneur, que le ciel, j'ose ici l'attester,

De cette loi commune a voulu m'excepter !

Qu'un soin bien différent me trouble et me dévore !

HIPPOLYTE

Madame, il n'est pas temps de vous troubler encore.

Peut-être votre époux voit encore le jour ;

Le ciel peut à nos pleurs accorder son retour.

Neptune le protège, et ce dieu **tutélaire**

Ne sera pas en vain imploré par mon père.

PHÈDRE

On ne voit point deux fois le rivage des morts,

Seigneur. Puisque Thésée a vu les sombres bords,

En vain vous espérez qu'un dieu vous le renvoie,

Et l'avare Achéron① ne lâche point sa **proie**.

Que dis-je ? Il n'est point mort, puisqu'il respire en vous.

Toujours devant mes yeux je crois voir mon époux.

Je le vois, je lui parle, et mon cœur… je m'égare,

Seigneur ; ma folle ardeur malgré moi se déclare.

HIPPOLYTE

Je vois de votre amour l'effet prodigieux.

Tout mort qu'il est, Thésée est présent à vos yeux,

Toujours de son amour votre âme est embrasée.

PHÈDRE

Oui, Prince, je languis, je brûle pour Thésée.

Je l'aime, non point tel que l'ont vu les Enfers,

Volage adorateur de mille objets divers,

Qui va du Dieu des morts déshonorer la couche②,

Mais fidèle, mais fier, et même un peu farouche,

Charmant, jeune, traînant tous les cœurs après soi,

Tel qu'on dépeint nos Dieux, ou tel que je vous vois.

---

① Une branche de la rivière souterraine du Styx, sur laquelle Charon transportait en barque les âmes des défunts vers les Enfers.

② Thésée est descendu aux Enfers pour enlever Perséphone, femme de Hadès.

Il avait votre port①, vos yeux, votre langage,
Cette noble pudeur colorait son visage,
Lorsque de notre Crète il traversa les flots,
Digne sujet des vœux des filles de Minos②.
Que faisiez-vous alors ? Pourquoi, sans Hippolyte,
Des héros de la Grèce assembla-t-il l'élite ?
Pourquoi, trop jeune encor, ne pûtes-vous alors
Entrer dans le vaisseau qui le mit sur nos bords ?
Par vous aurait péri le monstre de la Crète③,
Malgré tous les détours de sa vaste retraite.
Pour en développer l'embarras incertain,
Ma sœur④ du fil fatal eût armé votre main.
Mais non, dans ce dessein je l'aurais **devancée**.
L'amour m'en eût d'abord inspiré la pensée.
C'est moi, Prince, c'est moi, dont l'utile secours
Vous eût du Labyrinthe enseigné les détours.
Que de soins m'eût coûtés cette tête charmante !
Un fil n'eût point assez rassuré votre amante :
Compagne du péril qu'il vous fallait chercher,
Moi-même devant vous j'aurais voulu marcher,
Et Phèdre au labyrinthe avec vous descendue
Se serait avec vous retrouvée ou perdue.
HIPPOLYTE
Dieux ! qu'est-ce que j'entends ? Madame, oubliez-vous
Que Thésée est mon père, et qu'il est votre époux ?
PHÈDRE

---

① Allure.

② Roi de Crète, Minos est le père d'Ariane et de Phèdre.

③ C'est-à-dire Minotaure, monstre né de la reine de Crète (Pasiphaé) et d'un taureau blanc. On l'enferme dans un labyrinthe.

④ C'est-à-dire Ariane. Elle a prêté le fil d'or à Thésée pour l'aider à sortir du labyrinthe quand il aura tué Minotaure.

Et sur quoi jugez-vous que j'en perds la mémoire,

Prince ? Aurais-je perdu tout le soin de ma gloire ?

HIPPOLYTE

Madame, pardonnez. J'avoue, en rougissant,

Que j'accusais à tort un discours innocent.

Ma honte ne peut plus soutenir votre vue,

Et je vais…

PHÈDRE

Ah ! cruel, tu m'as trop entendue !

Je t'en ai dit assez pour te tirer d'erreur.

Eh bien ! connais donc Phèdre et toute sa fureur.

J'aime. Ne pense pas qu'au moment que je t'aime,

Innocente à mes yeux, je m'approuve moi-même,

Ni que du fol amour qui trouble ma raison,

Ma lâche **complaisance** ait nourri le poison.

Objet infortuné des vengeances célestes,

Je m'abhorre^① encor plus que tu ne me détestes.

Les Dieux m'en sont témoins, ces Dieux qui dans mon flanc

Ont allumé le feu fatal à tout mon sang ;

Ces Dieux qui se sont fait une gloire cruelle

De séduire le cœur d'une faible mortelle.

Toi-même en ton esprit rappelle le passé.

C'est peu de t'avoir fui, cruel, je t'ai chassé :

J'ai voulu te paraître odieuse, inhumaine,

Pour mieux te résister, j'ai recherché ta haine.

De quoi m'ont profité mes inutiles soins ?

Tu me haïssais plus, je ne t'aimais pas moins.

Tes malheurs te prêtaient encor de nouveaux charmes.

J'ai langui, j'ai séché, dans les feux, dans les larmes.

Il suffit de tes yeux pour t'en persuader,

Si tes yeux un moment pouvaient me regarder.

---

① Déteste.

Que dis-je ? Cet aveu que je te viens de faire,

Cet aveu si honteux, le crois-tu volontaire ?

Tremblante pour un fils que je n'osais trahir,

Je te venais prier de ne le point haïr.

Faibles projets d'un cœur trop plein de ce qu'il aime !

Hélas ! je ne t'ai pu parler que de toi-même !

Venge-toi, punis-moi d'un odieux amour ;

Digne fils du héros qui t'a donné le jour,

Délivre l'univers d'un monstre qui t'irrite.

La veuve de Thésée ose aimer Hippolyte !

Crois-moi, ce monstre affreux ne doit point t'échapper.

Voilà mon cœur : c'est là que ta main doit frapper.

Impatient déjà d'expier son offense,

Au-devant de ton bras je le sens qui s'avance.

Frappe. Ou si tu le crois indigne de tes coups,

Si ta haine m'envie un **supplice** si doux,

Ou si d'un sang trop vil ta main serait trempée,

Au défaut de ton bras prête-moi ton épée.

Donne.

ŒNONE

Que faites-vous, Madame ? Justes Dieux !

Mais on vient. Évitez des témoins odieux ;

Venez, rentrez, fuyez une honte certaine.

【注释】

- confidente *n. f.* 知己，密友
- prompt *adj.* 迅速的，敏捷的；〈转〉急躁易怒的，转瞬即逝的
- joindre *v.t.* 连接，附加
- attaquer *v.t.* 攻击，进攻；起诉；腐蚀
- fermer l'oreille à … 对……充耳不闻
- odieux *a.(m)* 可恨的，可憎的，讨厌的
- inimitié *n.f.* 敌意，敌视

- importun *a.(m)* 纠缠的，使人腻烦的
- ombrage *n.m.* 树荫，阴影；〈转〉怀疑
- outrage *n.m.* 侮辱、凌辱；〈引〉违背
- tutélaire *adj.* 守护的；监护的
- proie *n.f.* 猎物，战利品
- être la proie de 成为……的牺牲品
- être en proie à 被……折磨
- devancer *v.t.* 走在前面，胜过，抢先
- complaisance *n.f.* 好意，顺从，讨好，自满
- supplice *n.m.* 肉刑，酷刑；〈引〉（肉体的）剧痛；〈转〉痛苦，折磨

【课后思考】

1. 如何理解费德尔的理性和情欲之争，以及其在拉辛的时代的历史意义？
2. 拉辛为什么热衷于改写古希腊题材的悲剧故事？

【参考文献】

1. 吕西安·戈德曼. 隐蔽的上帝. 蔡鸿滨，译. 天津：百花文艺出版社，1998.

2. Jean Racine. Phèdre. Paris : Gallimard, 2000.

3. Christopher Prendergast ed. A History of Modern French Literature. Princton: Princeton UP, 2017.

第十章　莫里哀和《唐璜》
Molière et *Don Juan*

【导读】

　　莫里哀（Molière，1662—1673）是 17 世纪伟大的喜剧作家。他的戏剧生涯比较短暂，但却相当丰饶多产。少年时代，他在耶稣会的中学念书并在奥尔良取得法律文凭。20 岁那年，他决定献身戏剧艺术。他早期的作品有喜剧《冒失鬼》（*L'étourdi*，1655）和《爱情的埋怨》（*Le dépit amoureux*，1656），其他代表作有《伪君子》（*Tartuffe*，1664）、《唐璜》（*Don Juan*，1665）、《悭吝人》（*L'avare*，1669）、《无病呻吟》（*La malade imaginaire*，1673）等。

　　本章选读的戏剧是莫里哀的《唐璜》。唐璜本是西班牙历史上的一位著名的花花公子，莫里哀以幽默讽刺的笔法重塑这一形象，让观众在得到愉悦的同时也受到一定的教育。

　　在艺术呈现方式上，莫里哀的"唐璜"有别于拜伦长篇叙事诗中的"唐璜"，读者不妨将二者对照阅读。相对于叙事诗，莫里哀的剧本有三个主要特点：首先，戏剧的舞台表演性质决定了它必须让主人公现身说法，这样剧作家可以让唐璜亲口讲出自己的爱情观、生活观和世界观，从而更好地表现人物形象或揭示其内心世界，达到相应的艺术效果（比如唐璜这样解释自己的爱情观："一切美好的东西都有权利让我们为之着迷。"）；其次，戏剧讲究场景的变化和舞台布置，与叙事诗和小说等文体有根本的区别；再次，该剧本的语言不同于拜伦叙事诗的诗性语言。

　　该剧本对语言学研究也有重要意义。首先，该剧本反映了 17 世纪法语的特点，如把 serment 写作 sermens、把 disais 写作 disois、把 faudrait 写作 faudroit、把 aurait 写作 auroit，学习时可结合法语史加以领会；其次，唐璜的言语行为也是语言学和文学研究关注的对象。

　　本章选段出自剧本开端，内容为唐璜的仆人斯加纳雷尔（Sganarelle）与唐璜未婚妻艾尔维尔（Elvire）的仆人居斯芒（Gusman）之间的对话。在主角未出场之前，剧作家借两个仆人之口先声夺人地展现了唐璜的荒唐形象：他到处寻欢作乐，亵渎神圣的婚约和誓言；他还用各种手段（包括眼泪、叹息、强闯修道院等）征服了艾尔维尔，但刚一得手就想不负责任地逃走，结果被艾尔维尔紧紧跟随着。

注释部分参考了上海译文出版社于 2019 年出版的《李健吾译文集》（第六卷）。

【片段阅读】

Don Juan

ACTE PREMIER
Un palais.
SCÈNE I.—SGANARELLE, GUSMAN.

SGANARELLE, tenant une **tabatière**.

Quoi que puisse dire Aristote et toute la philosophie, il n'est rien d'égal au tabac : c'est la passion des honnêtes gens, et qui vit sans tabac n'est pas digne de vivre. Non-seulement il réjouit et **purge** les cerveaux humains, mais encore il instruit les âmes à la vertu, et l'on apprend avec lui à devenir honnête homme. Ne voyez-vous pas bien, dès qu'on en prend, de quelle manière obligeante on en use avec tout le monde, et comme on est ravi d'en donner à droite et à gauche, partout où l'on se trouve ? On n'attend pas même qu'on en demande, et l'on court au-devant du souhait des gens ; tant il est vrai que le tabac inspire des sentiments d'honneur et de vertu à tous ceux qui en prennent. Mais c'est assez de cette matière, reprenons un peu notre discours. Si bien donc, cher Gusman, que done Elvire, ta maîtresse, surprise de notre départ, s'est mise en campagne après nous, et son cœur, que mon maître a su toucher trop fortement, n'a pu vivre, dis-tu, sans le venir chercher ici. Veux-tu qu'entre nous je te dise ma pensée ? J'ai peur qu'elle ne soit mal payée de son amour, que son voyage en cette ville produise peu de fruit, et que vous eussiez autant gagné à ne bouger de là.

GUSMAN.

Et la raison encore ? Dis-moi, je te prie, Sganarelle, qui peut t'inspirer une peur d'un si mauvais **augure** ? Ton maître t'a-t-il ouvert son cœur là-dessus, et t'a-t-il dit qu'il eût pour nous quelque froideur qui l'ait obligé à partir?

SGANARELLE.

Non pas ; mais, à vue de pays, je connois à peu près le train des choses, et, sans qu'il m'ait encore rien dit, je gagerois presque que l'affaire va là. Je pourrois peut-être me tromper, mais enfin, sur de tels sujets, l'expérience m'a pu donner quelques lumières.

GUSMAN.

Quoi ! ce départ si peu prévu seroit une **infidélité** de don Juan? Il pourroit faire cette injure aux chastes feux de done Elvire ?

SGANARELLE.

Non, c'est qu'il est jeune encore, et qu'il n'a pas le courage...

GUSMAN.

Un homme de sa qualité feroit une action si lâche !

SGANARELLE.

Eh ! oui, sa qualité ! La raison en est belle ; et c'est par là qu'il s'empêcheroit des choses!

GUSMAN.

Mais les saints nœuds du mariage le tiennent engagé.

SGANARELLE.

Eh ! mon pauvre Gusman, mon ami, tu ne sais pas encore, crois-moi, quel homme est don Juan.

GUSMAN.

Je ne sais pas, de vrai, quel homme il peut être, s'il faut qu'il nous ait fait cette **perfidie** ; et je ne comprends point comme, après tant d'amour et tant d'impatience témoignée, tant d'hommages pressans, de vœux, de soupirs et de larmes, tant de lettres passionnées, de protestations ardentes et de sermens **réitérés**, tant de transports enfin, et tant d'emportemens qu'il a fait paroître, jusqu'à forcer, dans sa passion, l'obstacle sacré d'un couvent, pour mettre done Elvire en sa puissance ; je ne comprends pas, dis-je, comme, après tout cela, il auroit le cœur de pouvoir manquer à sa parole.

SGANARELLE.

Je n'ai pas grande peine à le comprendre, moi ; et, si tu connoissois le **pèlerin**, tu trouverois la chose assez facile pour lui. Je ne dis pas qu'il ait changé de sentimens pour done Elvire, je n'en ai point de certitude encore. Tu sais que, par son ordre, je partis avant lui ; et, depuis son arrivée, il ne m'a point entretenu ; mais, par précaution, je t'apprends, *inter nos*, que tu vois, en don Juan mon maître, le plus grand **scélérat** que la terre ait jamais porté, un **enragé**, un chien, un diable, un **Turc**, un **hérétique**, qui ne croit ni ciel, ni saint, ni Dieu, ni **loup-garou**, qui passe cette vie en véritable bête brute ; un **pourceau d'Épicure**, un vrai **Sardanapale**, qui ferme l'oreille à toutes les **remontrances** chrétiennes qu'on lui peut faire, et traite de **billevesées** tout ce que nous croyons. Tu me dis qu'il a épousé ta maîtresse ; crois qu'il auroit plus fait pour sa passion, et qu'avec elle il auroit encore épousé toi, son chien et son chat. Un mariage ne lui coûte rien à contracter ; il ne se sert point d'autres piéges pour attraper les belles, et c'est un épouseur à toutes mains. Dame, demoiselle, bourgeoise, paysanne, il ne trouve rien de trop chaud ni de trop froid pour lui ; et, si je te disois le nom de toutes celles qu'il a épousées en divers lieux, ce seroit un chapitre à durer jusqu'au soir. Tu demeures surpris et changes de couleur à ce discours ; ce n'est là qu'une **ébauche** du personnage, et, pour en achever le portrait, il faudroit bien d'autres coups de pinceau. Suffit qu'il faut que le courroux du ciel l'**accable** quelque jour ; qu'il me vaudrait bien mieux d'être au diable que d'être à lui, et qu'il me fait voir tant d'horreurs, que je souhaiterois qu'il fût déjà je ne sais où ; mais un grand seigneur méchant homme est une terrible chose ; il faut que je lui sois fidèle, en dépit que j'en aie ; la crainte en moi **fait l'office du zèle**, **bride** mes sentimens, et me réduit d'applaudir bien souvent à ce que mon âme déteste. Le voilà qui vient se promener dans ce palais, séparons-nous. Écoute au moins ; je t'ai fait cette confidence avec franchise et cela m'est sorti un peu bien vite de la bouche ; mais, s'il fallait qu'il en vînt quelque chose à ses oreilles, je dirois hautement que tu aurois menti.

SCÈNE II. —DON JUAN, SGANARELLE.

DON JUAN

Quel homme te parloit là ? Il a bien de l'air, ce me semble, du bon Gusman de done Elvire ?

SGANARELLE.

C'est quelque chose aussi à peu près de cela.

DON JUAN.

Quoi ! c'est lui?

SGANARELLE.

Lui-même.

DON JUAN.

Et depuis quand est-il en cette ville ?

SGANARELLE.

D'hier au soir.

DON JUAN.

Et quel sujet l'amène ?

SGANARELLE.

Je crois que vous jugez assez ce qui le peut inquiéter.

DON JUAN.

Notre départ, sans doute ?

SGANARELLE.

Le bonhomme en est tout mortifié et m'en demandoit le sujet.

DON JUAN.

Et quelle réponse as-tu faite ?

SGANARELLE.

Que vous ne m'en aviez rien dit.

DON JUAN.

Mais encore, quelle est ta pensée là-dessus ? Que t'imagines-tu de cette affaire ?

SGANARELLE.

Moi ! Je crois, sans vous faire tort, que vous avez quelque nouvel amour en tête.

DON JUAN.

Tu le crois ?

SGANARELLE.

Oui.

DON JUAN.

Ma foi, tu ne te trompes pas, et je dois t'avouer qu'un autre objet a chassé Elvire de ma pensée.

SGANARELLE.

Eh ! mon Dieu ! je sais mon don Juan sur le bout du doigt, et connois votre cœur pour le plus grand **coureur** du monde ; il se plaît à se promener de liens en liens, et n'aime guère à demeurer en place.

DON JUAN.

Et ne trouves-tu pas, dis-moi, que j'ai raison d'en user de la sorte ?

SGANARELLE.

Eh ! monsieur...

DON JUAN.

Quoi ? Parle.

SGANARELLE.

Assurément que vous avez raison si vous le voulez ; on ne peut pas aller là contre. Mais, si vous ne le vouliez pas, ce seroit peut-être une autre affaire.

DON JUAN.

Eh bien, je te donne la liberté de parler et de me dire tes sentimens.

SGANARELLE.

En ce cas, monsieur, je vous dirai franchement que je n'approuve point votre méthode et que je trouve fort **vilain** d'aimer de tous côtés comme vous faites.

DON JUAN.

Quoi ! tu veux qu'on se lie à demeurer au premier objet qui nous prend, qu'on renonce au monde pour lui, et qu'on n'ait plus d'yeux pour personne ? La belle chose de vouloir **se piquer** d'un faux honneur d'être fidèle, de **s'ensevelir** pour toujours dans une passion, et d'être mort dès sa jeunesse à toutes les autres beautés qui nous peuvent frapper les yeux ! Non, non, la **constance** n'est bonne que pour des ridicules ; toutes les belles ont droit de nous charmer, et l'avantage d'être rencontrée la première ne doit point **dérober** aux autres les justes prétentions qu'elles ont toutes sur nos cœurs. Pour moi, la beauté me **ravit** partout où je la trouve, et je cède facilement à cette douce violence dont elle nous entraîne. J'ai beau être engagé, l'amour que j'ai pour une belle n'engage point mon âme à faire injustice aux autres ; je conserve des yeux pour voir le mérite de toutes, et rends à chacune les hommages et les **tributs** où la nature nous oblige. Quoi qu'il en soit, je ne puis refuser mon cœur à tout ce que je vois d'aimable ; et, dès qu'un beau visage me le demande, si j'en avois dix mille, je les donnerois tous. Les **inclinations** naissantes, après tout, ont des charmes inexplicables, et tout le plaisir de l'amour est dans le changement. On goûte une douceur extrême à réduire, par cent hommages, le cœur d'une jeune beauté ; à voir de jour en jour les petits progrès qu'on y fait ; à combattre, par des transports, par des larmes et des soupirs, l'innocente **pudeur** d'une âme qui a peine à rendre les armes ; à forcer pied à pied toutes les petites résistances qu'elle nous oppose ; à vaincre les **scrupules** dont elle se fait un honneur, et la mener doucement où nous avons envie de la faire venir. Mais, lorsqu'on en est maître une fois, il n'y a plus rien à dire ni rien à souhaiter ; tout le beau de la passion est fini, et nous nous endormons dans la tranquillité d'un tel amour, si quelque objet nouveau ne vient réveiller nos désirs et présenter à notre cœur les charmes attrayans d'une conquête à faire. Enfin, il n'est rien de si doux que de **triompher** de la résistance d'une belle personne ; et j'ai, sur ce sujet, l'ambition des conquérans, qui volent perpétuellement de victoire en victoire, et ne peuvent se résoudre à **borner** leurs souhaits. Il n'est rien qui puisse arrêter **l'impétuosité** de mes désirs ; je me sens un cœur à aimer toute la terre, et, comme Alexandre, je souhaiterois qu'il y eût d'autres mondes pour y pouvoir étendre mes conquêtes amoureuses.

SGANARELLE.

Vertu de ma vie ! comme vous débitez ! Il semble que vous ayez appris cela par cœur, et vous parlez tout comme un livre.

DON JUAN.

Qu'as-tu à dire là-dessus ?

SGANARELLE.

Ma foi, j'ai à dire... Je ne sais que dire ; car vous tournez les choses d'une manière qu'il semble que vous ayez raison ; et cependant il est vrai que vous ne l'avez pas. J'avais les plus belles pensées du monde, et vos discours m'ont brouillé tout cela. Laissez faire ; une autre fois, je mettrai mes raisonnemens par écrit, pour disputer avec vous.

DON JUAN.

Tu feras bien.

SGANARELLE.

Mais, monsieur, cela seroit-il de la permission que vous m'avez donnée, si je vous disois que je suis tant soit peu **scandalisé** de la vie que vous menez ?

DON JUAN.

Comment ! quelle vie est-ce que je mène ?

SGANARELLE.

Fort bonne. Mais, par exemple, de vous voir tous les mois vous marier comme vous faites !

DON JUAN.

Y a-t-il rien de plus agréable ?

SGANARELLE.

Il est vrai. Je conçois que cela est fort agréable et fort divertissant, et je m'en accommoderois assez, moi, s'il n'y avoit point de mal ; mais, monsieur, se jouer ainsi d'un mystère sacré, et...

DON JUAN.

Va, va, c'est une affaire entre le ciel et moi, et nous la **démêlerons** bien ensemble sans que tu t'en mettes en peine.

SGANARELLE.

Ma foi, monsieur, j'ai toujours **ouï** dire que c'est une méchante raillerie que de se railler du ciel, et que les libertins ne font jamais une bonne fin.

DON JUAN.

Holà, maître sot ! Vous savez que je vous ai dit que je n'aime pas les faiseurs de remontrances.

SGANARELLE.

Je ne parle pas aussi à vous, Dieu m'en garde ! Vous savez ce que vous faites, vous ; et, si vous ne croyez rien, vous avez vos raisons : mais il y a de certains petits impertinens dans le monde qui sont libertins sans savoir pourquoi, qui font les esprits forts parce qu'ils croient que cela leur **sied** bien, et, si j'avois un maître comme cela, je lui dirois fort nettement, le regardant en face : Osez-vous bien ainsi vous jouer au ciel, et ne tremblez-vous point de vous moquer comme vous faites des choses les plus saintes ? C'est bien à vous, petit ver de terre, petit **myrmidon** que vous êtes (je parle au maître que j'ai dit), c'est bien à vous à vouloir vous mêler de tourner en raillerie ce que tous les hommes révèrent ! Pensez-vous que, pour être de qualité, pour avoir une **perruque** blonde et bien frisée, des plumes à votre chapeau, un habit bien doré, et des rubans couleur de feu (ce n'est pas à vous que je parle, c'est à l'autre), pensez-vous, dis-je, que vous en soyez plus habile homme, que tout vous soit permis, et qu'on n'ose vous dire vos vérités ? Apprenez de moi, qui suis votre valet, que le ciel punit tôt ou tard les **impies**, qu'une méchante vie amène une méchante mort, et que...

DON JUAN.

Paix !

SGANARELLE.

De quoi est-il question ?

DON JUAN.

Il est question de te dire qu'une beauté me tient au cœur, et qu'entraîné par ses **appas**, je l'ai suivie jusqu'en cette ville.

SGANARELLE.

Et n'y craignez-vous rien, monsieur, de la mort de ce commandeur que vous tuâtes il y a six mois ?

DON JUAN.

Et pourquoi craindre ? ne l'ai-je pas bien tué ?

SGANARELLE.

Fort bien, le mieux du monde ; et il auroit tort de se plaindre.

DON JUAN.

J'ai eu ma grâce de cette affaire.

SGANARELLE.

Oui ; mais cette grâce n'éteint pas peut-être le **ressentiment** des parens et des amis, et...

DON JUAN.

Ah ! n'allons point songer au mal qui nous peut arriver, et songeons seulement à ce qui nous peut donner du plaisir. La personne dont je te parle est une jeune fiancée, la plus agréable du monde, qui a été conduite ici par celui même qu'elle y vient épouser ; et le hasard me fit voir ce couple d'amans trois ou quatre jours avant leur voyage. Jamais je n'ai vu deux personnes être si contentes l'une de l'autre et faire éclater plus d'amour. La tendresse visible de leurs mutuelles ardeurs me donna de l'émotion ; j'en fus frappé au cœur, et mon amour commença par la jalousie. Oui, je ne pus souffrir d'abord de les voir si bien ensemble ; le dépit alluma mes désirs, et je me figurai un plaisir extrême à pouvoir troubler leur intelligence et rompre cet attachement dont la délicatesse de mon cœur se tenoit offensée ; mais jusques ici tous mes efforts ont été inutiles, et j'ai recours au dernier remède. Cet époux prétendu doit aujourd'hui régaler sa maîtresse d'une promenade sur mer. Sans t'en avoir rien dit, toutes choses sont préparées pour satisfaire mon amour, et j'ai une petite barque et des gens, avec quoi, fort facilement, je prétends enlever la belle.

SGANARELLE.

Ah ! monsieur...

DON JUAN.

Hein ?

SGANARELLE.

C'est fort bien fait à vous, et vous le prenez comme il faut. Il n'est rien tel en ce monde que de se contenter.

DON JUAN.

Prépare-toi donc à venir avec moi, et prends soin toi-même d'apporter toutes mes armes, afin que... (Apercevant done Elvire.) Ah ! rencontre **fâcheuse** ! Traître ! tu ne m'avois pas dit qu'elle étoit ici elle-même.

SGANARELLE.

Monsieur, vous ne me l'avez pas demandé.

DON JUAN.

Est-elle folle de n'avoir pas changé d'habit, et de venir en ce lieu-ci avec son **équipage** de campagne ?

【注释】

- tabatière *n.f.* 鼻烟盒
- purger *v.t.* 使净化，清洗；〈古〉赎罪
- augure *n.m.* 预兆，征兆
- infidélité *n.f.* 不忠诚，不准确
- perfidie *n.f.* 背信弃义，阴险恶毒的言行
- réitérer *v.t. et v.i.* 反复做，重申
- pèlerin *n.m.* 朝圣者
- scélérat, e *n.* 无赖，恶棍，坏蛋
- enragé, e *n.* 狂犬病患者
- Turc *n.* 土耳其人，当时借用为野蛮人
- hérétique *adj. et n.* 异端的，违反常规、传统的，异教徒
- loup-garou *n.m.* 狼人
- pourceau *n.m.* 猪
- pourceau d'Épicure 伊壁鸠鲁的猪，意为"酒色之徒"

- Sardanapale 萨尔达纳帕勒，亚述的末代皇帝，冢上立一半醉舞像，碑铭是："行人，吃吧，喝吧，玩儿吧，此外就什么也不做。"通常被用来借指荒唐鬼
- remontrance *n.f.* 告诫，指责
- billevesée *n.f.* 废话，空话
- ébaucher *v.t.* 粗加工；起草；〈转〉开始，开始显露
- accabler *v.t.* 〈书〉压弯；〈古〉压倒；攻击；难以忍受；备加（赞扬等）
- fait office de 充当，代替
- zèle *n.m.* 热心，热情
- brider *v.t.* 压制，抑制，克制
- coureur *n.m.* 好色者，玩弄女性者
- vilain *adj.* 卑鄙的，淘气的，难看的，恶劣的（指天气），严重的，讨厌的
  n. （中世纪的）农民/平民，吝啬鬼，争吵
- se piquer *v.pr.* 自炫，自鸣得意
- s'ensevelir *v.pr.* 把自己深藏起来，沉浸于，埋头于
- constance *n.f.* 忠贞，坚贞
- dérober *v.t.* 偷窃，遮住，使躲开
- ravir *v.t.* 使感到高兴，使心醉神迷
- tribut *n.m.* 贡品
- inclination *n.f.* 倾慕，爱恋
- pudeur *n.f.* 羞耻心，廉耻心
- scrupule *n.m.* 顾虑，顾忌
- triompher (de) *v.t.* 战胜，获胜；〈引〉获得辉煌成就
- borner *v.t.* 立界石；限制，节制
- impétuosité *n.f.* 激烈，猛烈；狂热；急躁
- scandaliser *v.t.* 引起愤慨，使产生反感
- démêler *v.t.* 梳理，整理，弄清楚
- ouïr *v.t.* 听到，听说
- seoir *v.i.* 适合，适宜，相称
- myrmidon *n.m.* 微不足道的人，小人物
- perruque *n.f.* 假发；〈旧〉老顽固
- impie *n.* 不信教的人，亵渎宗教的人
- appas *n.m.pl.* 诱惑力；女性的魅力
- ressentiment *n.m.* 怨恨，愤恨

- fâcheux, se *n.* 讨厌的人，找麻烦的人，不知趣的人
- équipage *n.m.* 装束，打扮

【课后思考】

1. 请用你自己的话复述选文内容。
2. 相较于欧洲文学中其他的唐璜形象，莫里哀对唐璜形象的塑造有何特色？

【参考文献】

1. 郑克鲁. 法国文学史教程. 北京：北京大学出版社，2008.
2. 李健吾. 李健吾译文集（第六卷）. 上海：上海译文出版社，2019.
3. Pierre Brunel. Histoire de la Littérature Française. Paris: Bordas, 1972.

第四编
La quatrième partie

18 世纪法国文学

Le XVIIIe siècle

第十一章　伏尔泰和《老实人》
Voltaire et *Candide*

【导读】

　　伏尔泰（Voltaire，1694—1778），原名弗朗梭阿–马利·阿鲁埃（François-Marie Arouet），是 18 世纪法国启蒙运动的领袖人物，也是著名的启蒙思想家、文学家和哲学家。他出身于巴黎一个公证人家庭，曾在耶稣会学习，打下了坚实的知识基础。他曾因得罪权贵而两度入狱，被关进巴士底监狱。出狱后他去到英格兰开始了流亡生活，并写出了《查理十二史》（*Histoire de Charles XII*，1731）、《扎伊尔》（*Zaïre*，1732）、《哲学通信》（*Lettres philosophiques*，1734）等作品。《哲学通信》发表后，为了躲避当局的迫害，他到夏特莱夫人的城堡隐居多年。此后他的事业多有起伏。他曾于 1745 年被路易十五的凡尔赛宫廷册封为史官，又曾任法兰西学院院士。

　　作为启蒙思想家的伏尔泰除了撰写《哲学通信》哲学著作，还著有《路易十四时代》（*Le siècle de Louis XIV*，1751）等历史著作、《俄狄浦斯王》（*Oedipe*，1718）等戏剧作品、《里斯本灾难之诗》（*Poème sur le désastre de Lisbonne*，1756）等诗作，以及《老实人》（*Candide ou l'Optimisme*，1759）等哲理小说。

　　《老实人》是伏尔泰哲理性最高的小说之一。该作品以主人公的漫游经历为故事线索，叙述了主人公的精神成长过程，即主人公在现实世界中所经历的磨难及挫折，并由此揭示小说主旨："恶的驱逐"造成书中人物之不幸；他们生活的世界纷扰复杂，充斥着腐败、压迫、残酷与不公，与乐观主义强调的"完美"大相径庭。

　　这部哲理小说并不是原原本本地反映、记录现实的写实性文学，而是按照作者的主观愿望加以想象、改写和虚构的作品，其写作目的是想要唤醒人们沉睡的内心，因此蕴含着教化启蒙之目的。换言之，尽管作者有意展示当时社会混乱的局面，但并不是以暴露社会黑暗为最终目的，其真正意图乃是探求解除社会危机的方法——希望通过实行变革让社会变得更美好。小说结尾章节即借老实人与邦葛罗斯等人的谈话点明此主题。

　　伏尔泰在小说叙事上的成功，应当归因于他将哲理小说这种文体发展成为一种集叙事、议论和教诲于一体的独特文体，使之成为启蒙思想家在文学领域中夺取启蒙话语权的手段。18 世纪的法国缺乏言论和出版自由，任何不符合主流信仰的学说都被禁止。为争夺话语权并反抗封建君主专制和教会迫害，法国作家以笔为矛，巧妙地运用这种文体进行语言编码和解码，与专制权威做斗争，以表达变革社会和建立资产阶级王国的理想。

片段阅读一选取的是小说第十二章的片段：昔日年轻貌美的居内贡夫人已变成相貌奇丑的洗衣妇，她的平静叙述在读者心中掀起惊涛骇浪。

片段阅读二选取的是小说结尾处的文字。作者在该部分让邦葛罗斯虚构了一个理想的黄金国，在这个神秘的国度中，人们锦衣玉食、自由相爱，有贤明的国王，人们能在阳光下自由地散步。这正是德国哲学家莱布尼兹所构想的世界。然而伏尔泰对此表示怀疑，他借小说人物之口修正了乐观主义过于天真的看法。

【片段阅读一】

Candid ou l'Optimisme

[J]'ai vieilli dans la misère et dans l'**opprobre**, n'ayant que la moitié d'un derrière, me souvenant toujours que j'étais fille d'un pape ; je voulus cent fois me tuer, mais j'aimais encore la vie. Cette faiblesse ridicule est peut-être un de nos penchants les plus **funeste**s : car y a-t-il rien de plus sot que de vouloir porter continuellement un **fardeau** qu'on veut toujours jeter par terre ? d'avoir son être en horreur, et de tenir à son être ? enfin de caresser le serpent qui nous **dévore**, jusqu'à ce qu'il nous ait mangé le cœur ?

【注释】

- opprobre *n.m.* 〈书〉耻辱，不名誉
- funeste *adj.* 灾难性的，不幸的
- fardeau *n.m.* 负担，负荷
- dévorer *v.t.* 狼吞虎咽，吞食；消耗；折磨

【片段阅读二】

Je sais aussi, dit Candide, qu'il faut **cultiver** notre jardin. Vous avez raison, dit

Pangloss: car quand l'homme fut mis dans le jardin d'Éden, il y fut mis ut operaretur eum, pour qu'il travaillât, ce qui prouve que l'homme n'est pas né pour le repos. Travaillons sans **raisonner**, dit Martin ; c'est le seul moyen de rendre la vie **supportable**.

【注释】

- cultiver *v.t.* 耕种，栽培
- raisonner *v.i.* 争辩，说理
- supportable *adj.* 可忍受的，可接受的

【课后思考】

1. 哲理小说在 18 世纪的法国得到发展，当时的作家竞相通过小说叙事来表达隐含的哲学思想。你认为中国也有这样的小说和小说家吗？请举例说明。
2. 你是否同意"一切皆是尽善尽美"这一观点？

【参考文献】

1. 郑克鲁. 法国文学史教程. 北京：北京大学出版社，2008.
2. Pierre Brunel. Histoire de la Littérature Française. Paris: Bordas, 1972.
3. Voltaire. Candide ou l'optimisme. Paris: Gallimard, 2007.

第十二章　卢梭和《漫步遐想录》

Rousseau et *Les Rêveries du Promeneur Solitaire*

【导读】

　　让-雅克·卢梭（Jean-Jacques Rousseau，1712—1778）出身于日内瓦一个小资产阶级家庭。他的父亲是一个钟表匠人，在卢梭6岁的时候就与他一起读言情小说。卢梭在其自传《忏悔录》的开篇中叙述过自己童年的经历，这些经历表明他的多愁善感与父母对他的影响密切相关。卢梭一生坎坷，幼年即已备尝艰辛。在他10岁那年，其父由于与人争执被迫移居国外，他的父亲委托一个牧师照管他。卢梭少年时代做过学徒、仆役、家教，属于典型的平民阶层。16岁那年，他散步回来发现城门已闭，就决定不回去了，开始到他乡流浪、冒险。也是在这一年，他遇见对他一生影响很大的华伦夫人。美丽的华伦夫人比他大十多岁，那时刚做了寡妇，而且改信了天主教。她温柔、慈爱地收养了卢梭。卢梭对她十分爱慕，亲切地称她为"妈妈"，但后来卢梭成了她的情人，与她同居了一段时间。卢梭的敌人为此攻击他的"半乱伦"行为。受到华伦夫人的影响，卢梭还放弃了原来信仰的基督教新教，改信天主教。在《漫步遐想录》的结尾部分（第十次漫步），他深情地回忆了与华伦夫人的关系，而该书也在这里戛然而止，成为未完成的作品。

　　卢梭的代表作有《论科学和艺术》（*Discours sur les sciences et les arts*，1750）、《论人类不平等的起源和基础》（*Discours sur l'origine et les fondements de l'inégalité parmi les hommes*，1755）、《新爱洛伊斯》（*Julie, ou la nouvelle Héloïse*，1761）、《社会契约论》（*Du contrat social ou Principes du droit politique*，1762）、《爱弥儿》（*Émile: ou De l'éducation*，1762）、《忏悔录》（*Les Confessions*，1782—1789）、《漫步遐想录》（*Les rêveries du promeneur solitaire*，1782）等。

　　本章选文出自《漫步遐想录》的第一次和第五次漫步。在叙事结构上，卢梭显然是有所安排和剪辑的。最初，他是在散步期间或之后随手记下一些人生感悟，这些小感悟成为《漫步遐想录》的底稿——《我的画像》。虽然最后写出来的《漫步遐想录》在叙事方面比较任性，基本上是想到哪里就写到哪里，但卢梭还是把自己的思绪整理得较有条理。

在第一次漫步中，他说："我再度对自己进行严格而坦率的自我审查，就像先前写《忏悔录》时那样。"[1] 可见《漫步遐想录》和《忏悔录》是同一性质的自传。他还说："因此可以将这些书页视作我的《忏悔录》的附录，但我不会将其冠以这样的篇名，因为我感觉自己已经说不出什么与这一篇名相符的东西了。我的心灵已经在苦难中被提炼纯净；我仔细探查，发现自己的习性中已经没剩下什么值得申斥的东西。我还有什么可以忏悔的呢？当凡尘中一切情感都被荡除。"这个时候的卢梭感觉肉身已成为累赘："躯壳对我来说只是一个累赘、一个障碍，我会尽力将其提前摆脱。"他试图记录自己内心的变化："在某些方面，我要针对自身做一些类似物理学家针对空气所做的实验，以便摸清每一天的状态。我把晴雨表用于自己的心灵。"由此可见，如果说《忏悔录》还带了较多现实主义特征，《漫步遐想录》则纯粹是心灵的传记，是一种关于心理、情感和意识的叙事。虽然是一种传记，但这种传记的叙事不同于现实主义叙事，而是带有叙事虚构作品的特点；在某些方面，由于作者的天马行空的遐想，也让这种叙事带了一点"意识流"小说的味道。第一次漫步表明了全书的主旨，说明自己的写作是一种心理探求，也是一种自我娱乐。

卢梭一生坎坷，受人迫害，甚至患上迫害妄想症，因此在这部关于精神和心灵的自传中，他抒发了很多关于人生的感慨，描写了自己人生中的痛苦体验。我们认为这种自传是一种典型的心理叙事。作者的写作可以说是"发愤著书"，因为极度的痛苦和恐惧曾让他陷入精神的谵妄和沉沦："不安和愤慨使我陷入谵妄达十年之久，终于渐渐冷静下来，而在此期间我陷入了一个又一个谬误，犯下一个又一个过错，干出一件又一件蠢事。我的轻率为那些操控我命运的人提供了种种可乘之机，他们对此加以巧妙利用，因而让我陷入永久的沉沦。"（第一次漫步）

第五次漫步谈的是幸福人生，卢梭通过生动的笔触描写了圣皮埃尔岛的迷人风光。卢梭热爱大自然的花花草草，经常以采集植物标本为最大乐趣，到老年还以极大的热情开始研究植物学。他最为推崇的是他自己在圣皮埃尔岛上那段隐居生活，以及那种彻底回归大自然的生活状态。他的这种理想显然也影响了那位和他关系密切的法国作家贝纳丹·德·圣皮埃尔——《保尔和维吉妮》（该书被林纾译为《离恨天》）的作者。看过该书的读者大概都不会忘记男女主

---

① 本章译文均采用由四川人民出版社于 2016 年出版的《漫步遐想录》（陈平译）。

角在与世隔绝的大自然中的幸福生活。读者也会觉得卢梭对圣皮埃尔岛上生活的动人叙述与《保尔和维吉尼》中的相关段落有很多相似之处。比如：

> 一些伯尔尼人来看我时，经常见我腰缠布袋爬到大树上，采满一袋水果就用绳子吊到地上。早上的活动让我心情舒畅，所以到吃晚饭休息的时候我就感觉心旷神怡。但是如果午饭拖得太长而天气又很好，我就不能等待很久。当大家还在桌上的时候我就溜出来，独自一人跳上一条船，趁着湖面风平浪静把船划到湖当中。我就在那里仰躺在船上，看着天空，任由小船在湖水中漂荡。一些时候我会这样待上几个小时，沉浸在上千种混乱而甜蜜的梦想中。我的梦中并无持久而确定的东西，但对我来说却比人们所谓的"人生乐趣"好上一百倍。我常常待到太阳落山才想到回去，这时我发现自己与小岛的距离已经如此之远，以至于我必须奋力划船，才能赶在天黑以前划到岸边。在别的时候，我不会到湖心去，而是沿着小岛青翠的岸边行船，那里湖水清澈、绿树清新，常常吸引我到水中洗浴。但我最常采取的路线还是由大岛划到小岛，然后下船，度过午饭后的时光……到暮色苍茫时，我就由岛的最高处走下来，欣然挪步到湖边某个僻静的沙滩。在那里，我专注地感受波浪的声响和湖水的荡漾，荡涤心中杂念，陷入甜蜜遐想中，常常浑然不觉夜色降临。湖面潮起潮落，水声不绝于耳，时而发出轰鸣，对我的耳膜和眼球形成冲击，也弥补了遐想所造成的内在意念的散逸，让我不经思索就能欣喜地感受到自己的存在。湖面上映出的千万种形影，时而让我生出一些模糊而短暂的念头，让我感叹世间万事的变化无常。但这些轻微的印象很快就被不断轻摇着我的均一单调的波浪运动抹除了。我心里并无什么想法，我已经被这样的景致迷住了。直到看了时间，看到约定的归家信号，我才依依不舍地离开。

（第五次漫步）

【片段阅读一】

Les rêveries du promeneur solitaire

Première promenade

Me voici donc seul sur la terre, n'ayant plus de frère, de prochain, d'ami, de société que moi-même. Le plus sociable et le plus aimant des humains en a été proscrit. Par un accord **unanime** ils ont cherché dans les **raffinements** de leur haine quel tourment pouvait être le plus cruel à mon âme sensible, et ils ont brisé violemment tous les liens qui m'attachaient à eux. J'aurais aimé les hommes en dépit d'eux-mêmes. Ils n'ont pu qu'en cessant de l'être se dérober à mon affection. Les voilà donc étrangers, inconnus, nuls enfin pour moi puisqu'ils l'ont voulu. Mais moi, détaché d'eux et de tout, que suis-je moi-même ? Voilà ce qui me reste à chercher. Malheureusement cette recherche doit être précédée d'un coup d'œil sur ma position. C'est une idée par laquelle il faut nécessairement que je passe pour arriver d'eux à moi.

Depuis quinze ans et plus que je suis dans cette étrange position, elle me paraît encore un rêve. Je m'imagine toujours qu'une indigestion me tourmente, que je dors d'un mauvais sommeil et que je vais me réveiller bien soulagé de ma peine en me retrouvant avec mes amis. Oui, sans doute, il faut que j'aie fait sans que je m'en aperçusse un saut de la veille au sommeil, ou plutôt de la vie à la mort. Tiré je ne sais comment de l'ordre des choses, je me suis vu précipité dans un chaos incompréhensible où je n'aperçois rien du tout ; et plus je pense à ma situation présente et moins je puis comprendre où je suis.

Eh ! Comment aurais-je pu prévoir le destin qui m'attendait ? comment le puis-je concevoir encore aujourd'hui que j'y suis livré ? Pouvais-je dans mon bon sens supposer qu'un jour, moi le même homme que j'étais, le même que je suis encore, je passerais, je serais tenu sans le moindre doute pour un monstre, un **empoisonneur**, un **assassin**, que je deviendrais l'horreur de la race humaine, le jouet de la **canaille**, que toute la salutation que me feraient les passants serait de cracher sur moi, qu'une génération tout entière s'amuserait d'un accord unanime à **m'enterrer tout vivant** ? Quand cette étrange révolution se fit, pris au dépourvu, j'en fus d'abord bouleversé. Mes **agitations**, mon **indignation** me plongèrent dans un délire qui n'a pas eu trop de dix ans pour se calmer, et dans cet intervalle, tombé d'erreur en erreur, de faute en faute, de sottise en sottise, j'ai fourni par mes **imprudences** aux directeurs de ma destinée autant d'instruments qu'ils ont habilement mis en œuvre pour la fixer sans retour.

Je me suis débattu longtemps aussi violemment que vainement. Sans adresse, sans art, sans **dissimulation**, sans prudence, franc, ouvert, impatient, emporté, je n'ai fait en me débattant que m'enlacer davantage et leur donner incessamment de nouvelles prises qu'ils n'ont eu garde de négliger. Sentant enfin tous mes efforts inutiles et me tourmentant à pure perte, j'ai pris le seul parti qui me restait à prendre, celui de me soumettre à ma destinée sans plus **regimber** contre la **nécessité**.

【注释】

- unanime *adj.* 意见一致的，全体一致的
- raffinement *n.m.* 〈贬〉处心积虑，过分考究
- empoisonneur *n.* 令人讨厌的人
- assassin *n.m.* 杀人犯，凶手
- canaille *n.f.* 无赖，恶棍
- enterrer tout vivant 活埋
- agitation *n.f.* 躁动不安
- indignation *n.f.* 愤慨，义愤填膺
- imprudence *n.f.* 轻率，冒失
- dissimulation *n.f.* 掩盖，掩饰
- regimber *v.i.* 反抗，抗拒
- nécessité *n.f.* 不可避免的事

【片段阅读二】

Cinquième promenade

[E]t souvent des Bernois qui me venaient voir m'ont trouvé juché sur de grands arbres, ceint d'un sac que je remplissais de fruits, et que je dévalais ensuite à terre avec une corde. L'exercice que j'avais fait dans la matinée et la bonne humeur qui en est inséparable me rendaient le repos du dîner très agréable ; mais quand il se prolongeait trop et que le beau temps m'invitait, je ne pouvais si longtemps attendre ; et pendant qu'on était encore à table, je m'esquivais et j'allais me jeter seul dans un bateau que je conduisais au milieu du lac quand l'eau était calme, et là, m'étendant tout de mon long dans le bateau les yeux tournés vers le ciel, je me laissais aller et dériver lentement au gré de l'eau, quelquefois pendant plusieurs heures, plongé dans mille rêveries confuses mais délicieuses, et qui sans avoir aucun objet bien déterminé ni constant ne laissaient pas d'être à mon gré cent fois préférables à tout ce que j'avais trouvé de plus doux dans ce qu'on appelle les plaisirs de la vie.

Souvent averti par le baisser du soleil de l'heure de la retraite je me trouvais si loin de l'île que j'étais forcé de travailler de toute ma force pour arriver avant la nuit close. D'autre fois, au lieu de m'écarter en pleine eau je me plaisais à côtoyer les verdoyantes rives de l'île dont les limpides eaux et les ombrages frais m'ont souvent engagé à m'y baigner. Mais une de mes navigations les plus fréquentes était d'aller de la grande à la petite île, d'y débarquer et d'y passer l'après-dînée… Quand le soir approchait je descendais des cimes de l'île et j'allais volontiers m'asseoir au bord du lac, sur la grève, dans quelque asile caché ; là le bruit des vagues et l'agitation de l'eau fixant mes sens et chassant de mon âme toute autre agitation la plongeaient dans une rêverie délicieuse où la nuit me « surprenait souvent sans que je m'en fusse aperçu. Le flux et reflux de cette eau, son bruit continu mais renflé par intervalles frappant sans relâche mon oreille et mes yeux, suppléaient aux mouvements internes que la rêverie éteignait en moi et suffisaient pour me faire sentir avec plaisir mon existence, sans prendre la peine de penser. De temps à autre naissait quelque faible et courte réflexion sur l'instabilité des choses de ce monde dont la surface des eaux m'offrait l'image: mais bientôt ces impressions légères s'effaçaient dans l'uniformité du mouvement continu qui me berçait, et qui sans aucun concours actif de mon âme ne laissait pas de m'attacher au point qu'appelé par l'heure et par le signal convenu je ne pouvais m'arracher de là sans effort.

【课后思考】

1. 请分析选文的文体特征。

2. 选文描述了卢梭的丰富情感，但也写出了他的宁静和理性。请分析他所做的理性思考。

【参考文献】

1. 郑克鲁. 法国文学史教程. 北京：北京大学出版社，2008.

2. Pierre Brunel. Histoire de la Littérature Française. Paris: Bordas, 1972.

3. Jean-Jacques Rousseau. Les Rêveries du Promeneur solitaire. Paris: Gallimard, 1972

第十三章 米什莱和《法国史》
Michelet et *Histoire de France*

【导读】

儒勒·米什莱（Jules Michelet，1798—1874）是法国著名历史学家和散文作者。他可能是真正理解卢梭的一位历史学家。他把卢梭看作革命精神的传承者。他还认为，历史写作应当善于把握精神实质，无论是对历史人物还是对事件都应当这样。

米什莱于 1798 年出身于一个印刷工人家庭，因而对无产阶级有感情。由于其阶级出身，他对劳动、对人民大众有天然的热爱。他于 1846 年发表的《人民》（*Le peuple*）就描写了人民的苦难。他于 1819 年获得教师资格，1821 年取得博士文凭，曾任巴黎高师、索邦、法兰西学院讲席教授。1831 年，他出任国家档案馆历史部主任，这让他有机会获得珍稀文献，并以此为基础编写了著名的《法国史》（*Histoire de France*，1833—1844 完成前六卷，1855—1867 年还有续写）。

米什莱的历史写作比较感性，往往通过想象和情感去触摸法兰西。他对历史的叙述更着重于把握某种精神的实质，在描写历史人物时，则带有一些抒情的韵味，有时还加入心理描写。本章所选的《法国史》第三卷中关于卢梭的部分即是如此。在这部分，米什莱将卢梭和他的作品置于具体的历史语境中，谈到了《新爱洛伊斯》发表时引起轰动，造成一时洛阳纸贵的情形。正如《红楼梦》的读者会与宝、黛产生共情，在卢梭的时代，人们也会把自己代入卢梭小说中的角色，仿佛人人都是男主角圣普乐。这就带来了巨大的文学启蒙效果，对于推翻封建专制、提倡个性自由发挥了重要作用。

此前，卢梭的《爱弥儿》是缓慢地获得成功，并未得到广泛的认同，虽然也有人对它加以盛赞；《社会契约论》最初只能在荷兰出版，并遭到查禁，阅读它的只是一些社会精英。巨大的成功属于《新爱洛伊斯》，这是文学史上最大、最独特的一种成功。当时的人们争相借阅（用十个苏读一小时[①]），白天

---

① 当时的货币单位为"苏"，人们阅读一个小时需要支付十个苏。

借不到的就晚上借。在该书出现之前，社会风气不仅不属于谈论爱情，而且对其冷嘲热讽，甚至想把这个词从词典里删去；该书出版之后，人人都以爱情为荣，人人都是圣普乐。直到 1793 年，女主角朱莉还是一个女王般的存在。米什莱真实还原了该书当时受欢迎的状况。对这样深刻、强烈的影响力该做如何解释？作为史学家，米什莱在《法国史》中觉得，该书虽有缺陷，但却真正是一部爱情与苦痛之书。此外，在书中可以见到真实的卢梭，与《忏悔录》和《漫步遐想录》一样都属于卢梭的精神自传，其发自内心，自然天成；而卢梭的其他作品则有较多的人工雕琢痕迹。给予卢梭生命的是诸多女性，是他称为"妈妈"的华伦夫人之流。卢梭的柔情全留在了华伦夫人所在的安纳西（Annecy）。所以，米什莱在一个阳光灿烂的 9 月专程去安纳西探访卢梭的写作语境。他的感受是，快到 10 点的时候，安纳西的清晨显得无比柔和，让人无心工作，所以他与友人坐在湖边一棵美丽的柳树下静静地感受。

【片段阅读】

Histoire de France

Volume III, Chapitre IV

Rousseau nous apprend lui-même que l'*Emile* eut un succès fort lent, de grands éloges particuliers, mais peu d'**approbation** publique. *Le Contrat social*, imprimé en Hollande, extrêmement **prohibé**, repoussé à la frontière, entra tard, difficilement, fut lu par une rare élite. Le grand, l'immense succès, fut celui de l'*Héloïse*.

C'est le plus grand succès, l'unique, qu'offre l'histoire littéraire. Rien de tel avant, rien après. Ce livre inspira une vive, une ardente curiosité. On s'en arrachait les volumes. On les louait, dit Brizard, à tout prix (douze sous par heure). Qui ne les trouvait pour le jour, les louait au moins pour la nuit. Ce ne fut pas chose de mode. Les **mœurs** en restèrent changées. Le mot d'amour, dit Walpole, avait été pour ainsi dire **rayé** par le ridicule, **biffé** du dictionnaire. On n'osait se dire amoureux. Chacun, après l'*Héloïse*, s'en **vante**, et tout homme est Saint-Preux. L'impression ne passe pas. Cela dure trente ans, toujours. Jusqu'en plein 93, Julie règne. Les Girondins la trouvent dans Mme Roland.

Comment expliquer un effet et si vif, et si profond ? C'est qu'avec tous ses défauts, c'est pourtant un livre sorti de l'amour et de la douleur. Malgré toute sa rhétorique, ses **déclamations d'écolier**, c'est ici le vrai Rousseau, comme dans la

Lettre sur les Spectacles, les *Confessions*, les *Rêveries*.

Ses autres ouvrages sont oeuvres artificielles, fort laborieusement arrangées.

Le vrai Rousseau est né des femmes, né de Mme de Warens. Il le dit nettement lui-même. Avant elle, il ne parlait pas, était **noué et muet**. Hors de sa présence, il n'avait aucune facilité. Devant elle, liberté parfaite, facilité d'**élocution**, langue abondante et chaleureuse. Séparé, et jeté au loin sur le dur pavé de Paris, il **se grima** en Romain, en citoyen, en sauvage. Il suivit Mably, Morelly, avec le talent, la force âpre qu'il est si aisé de prendre. Et avec cela, noué. Il ne **reconquit** sa nature, ne fut de nouveau dénoué que par Mme d'Houdetot. La **grimace** disparut, le Caton, le Genevois. Et dans la passion vraie reparut le Savoyard. Tout le monde va voir les Charmettes ; mais la grande impression fut bien plus à Annecy. Les Charmettes où Rousseau déjà est un homme, un maître de musique, lisant MM. de Port-Royal, faisant un peu d'astronomie, sont un lieu plus sérieux. La mollesse inexprimable qui nous fond toujours le cœur en lisant le second livre, le troisième, des *Confessions*, est propre à l'air doux, **languissant**, quelque peu fiévreux d'Annecy. Il y a là de la Maremme. Plus d'un a voulu y mourir (Eug. Sue).

En 1865, par un beau mois de septembre, je me trouvai à Annecy, travaillant comme toujours. Mais, vers les dix heures, la matinée était si douce, plus moyen de travailler. Nous allâmes nous asseoir au lac, sous un fort beau **saule**, vieux, qui rappelle que le jardin public était un **marécage**, en face de l'agréable et **marécageux** Albigny. Dans une brume légère qui **gazait** à demi l'horizon, nous regardions la petite île des cygnes, leurs plumes **fugitives** qui volaient, nageaient sur l'eau. Les **coteaux simulaient** un peu, tout autour, ceux de la Saône. A droite, le petit palais qui fut de saint François de Sales ; derrière, la ville, les églises, les couvents, la Visitation (où rêva Mme Guyon). Il y avait eu des orages, et quelques gouttes de pluie tombaient encore par moments. Un habitant d'Annecy, assis sur le même banc, nous expliqua que le lac s'infiltre assez loin sous la plaine. Il se verse lentement dans un **affluent** du Rhône. Jadis il était bien plus lent. Ses eaux paresseuses (tout au contraire de celles des lacs suisses, qui montent l'été) baissent alors sensiblement, laissent ici et là des **lagunes**, des **flaques** mortes. Il y a, dit-on, peu de fièvre, mais quelque chose de doux, de mou qui vous ralentit. Et l'âme aussi ne se sent que trop de ces molles douceurs.

Les nombreux **canaux** qui font de l'intérieur de la ville comme une petite

Venise (sans caractère, sans monuments, de si peu de mouvement), rendent cette langueur plus sensible. Ils ont de petits brouillards **vaporeux**, jolis d'effet, plus qu'agréables à l'**odorat**. Ajoutez des rues en arcades, des passages obscurs mal tenus, des fenêtres du XVIe siècle, d'autres étroites et antiques, vieux vilains trous ornés de fleurs. Ces fleurs boivent l'**impureté** des canaux avec délices et n'en sont que plus charmantes.

Rousseau dit se rappeler tout cela avec **volupté**. L'étroite rue sous l'église (fermée alors en **impasse**) où logeait Mme de Warens, entre l'évêque, les Cordeliers et la Maîtrise où il apprend la musique, c'est au vrai l'ancienne Savoie. Derrière la maison, le canal lourd et d'une eau peu **limpide**. Mais par-dessus il voyait la campagne, « un peu de vert ». Tous les germes de Rousseau sont là. Il y resta longtemps ; mais surtout pendant six mois, il ne fit que les vingt pas qui séparaient les deux maisons, celle de maman et la Maîtrise. Tout lui est resté, dit-il, dans la même vivacité, la température de l'air, les beaux costumes des prêtres, le son des cloches, l'odeur, odeur bien mêlée sans doute et des fleurs et des canaux, des drogues pharmaceutiques que faisait la charmante femme, et qu'elle le forçait de goûter. Là ce **cantique** entendu la nuit qui le fit tant songer. Là la rêveuse promenade qu'il fit un jour de dimanche, pendant qu'elle était à **vêpres**, pensant à elle, avec elle espérant vivre et mourir ... Mais moi-même ne rêvais-je pas ? Voilà que, sans le vouloir, je vais et je suis ce flot.

Plus de vingt ans passent. En vain. Le flux, le reflux des misères, la vie dure de l'homme de lettres dans l'agitation de Paris, les **avortements**, les demi-succès, les amis encyclopédistes, l'effort vers le paradoxe, la folle attaque aux sciences, l'hymne absurde à la vie sauvage, le **travestissement** romain, cela passe. Efforts vrais pourtant, sincères. Honnête tentative pour vivre de son travail, accorder la vie réelle avec la vie de pensée.

Ces vingt années passent. En vain. Sous tant de choses voulues, empruntées, artificielles, subsiste le Rousseau d'Annecy.

【注释】

- approbation *n.f.* 赞成；称赞，赞赏
- prohiber *v.t.* 禁止

- mœur *n.f.* 道德，品行；习俗，风俗，风尚
- rayer *v.t.* 划去，圈去
- biffer *v.t.* 划掉，删去
- vanter *v.t.* 夸奖，赞扬；吹嘘
- se vanter *v.pr.* 自吹自擂，吹牛
- déclamation d'écolier 学生式的文笔
- déclamation *n.f.* 朗诵，朗诵技巧；夸张的运用，夸张的文笔
- écolier, ère *n.* 小学生；新手，初学者
- noué, e *adj.* 患佝偻病的，发育不良的
- muet, te *adj.* 哑的，不会说话的
- élocution *n.f.* 咬字，发音
- se grimer *v.pr.* 化妆
- reconquérir *v.t.* 收复，夺回；重新获得
- grimace *n.f.* 鬼脸，怪相；矫饰的表情，伪装的神态
- languissant, e *adj.* 衰弱的，虚弱的；〈书〉因爱情而忧郁惆怅的
- saule *n.m.* 柳树
- marécage *n.m.* 泥沼，泥塘
- marécageux, se *adj.* 沼泽的，低洼的
- gazer *v.t.* 给蒙上一层纱
- fugitif, ve *adj.* 逃跑的，逃走的；瞬间的，短暂的
- coteau(x) *n.m.* 山丘，山坡
- simuler *v.t.* 假装，佯作
- affluent *n.m.* 支流
- lagune *n.f.* 潟湖，环礁湖
- flaque *n.f.* 水洼，水坑
- canal(canaux) *n.m.* 运河，水渠
- vaporeux, se *adj.* 烟雾弥漫的，朦胧的
- odorat *n.m.* 嗅觉
- impureté *n.f.* 不纯；杂质，混杂物
- volupté *n.f.* 快感，精神的满足
- impasse *n.f.* 死路，死胡同
- limpide *adj.* 清澈的，透明的
- cantique *n.m.* 圣歌，赞美歌，感恩歌

- vêpre *n.f.* 晚祷，晚课
- avortement *n.m.* （计划、事业等）失败
- travestissement *n.m.* 歪曲，曲解；篡改，伪造

【课后思考】

1. 米什莱为什么要去安纳西？他在那里感受到了什么？

2. 结合卢梭《忏悔录》的第二和第三部分，分析安纳西为何对卢梭如此重要。

【参考文献】

1. 郑克鲁. 法国文学史教程. 北京：北京大学出版社，2008.

2. Jules Michelet. Histoire de France. Paris: A Lacroix & Co., 1876-1877.

3. Pierre Brunel. Histoire de la Littérature Française. Paris: Bordas, 1972.

第十四章　孟德斯鸠和《波斯人信札》
Montesquieu et *Lettres Persanes*

【导读】

　　孟德斯鸠，全名查理-路易·德·塞孔达（Charles-Louis de Secondat, baron de Montesquieu，1689—1755），出身于波尔多的一个贵族之家，青年时期学习法律并于 1716 年成为吉耶纳省最高法院院长，还当上了波尔多科学院院士。1721 年，他在荷兰阿姆斯特丹匿名发表了书信体小说《波斯人信札》（*Lettres persanes*），一举成名。这次成功为他打开了沙龙的大门，1721—1728 年，他活跃于巴黎各大沙龙。孟德斯鸠兴趣广泛，尤其偏爱历史、政治和法律。1726 年，他离开法院，潜心著述，并于 1728 年成为法兰西学院院士。之后五年，他游历欧洲各国，考察包括德国、奥地利、匈牙利、意大利、英国、荷兰在内的各国的宗教、风俗、经济及政治体制。这段游历开阔了孟德斯鸠的视野，深化了他的思想，为《论法的精神》（*De l'esprit des lois*，1748）提供了充足材料。1734 年，他在阿姆斯特丹发表了《罗马盛衰原因论》（*Considérations sur les causes de la grandeur des Romains et de leur décadence*），分析了罗马兴盛和衰败的原因，利用古罗马的历史资料阐明其政治主张。《论法的精神》于 1748 年在日内瓦出版，是一部综合性的政治学著作。在书中，孟德斯鸠提倡资产阶级的自由和平等，同时又强调自由的实现要受法律约束。他还提出三权分立理论，即立法权、执法权和司法权必须相互制衡，这样才能形成保护公民自由民主权利的政体。这部书奠定了近代西方政治与法律的基础，在当时就受到极大欢迎。

　　《波斯人信札》首次出版于 1721 年。为躲避祸端，孟德斯鸠在荷兰阿姆斯特丹将其秘密出版。该书一经出版就大为畅销，但第二年就被禁止发行。但孟德斯鸠也因《波斯人信札》的出版而进入巴黎上流社会，成为巴黎沙龙的常客。

　　《波斯人信札》是一部书信体的哲理小说。该书讲述了波斯贵族郁斯贝克（Usbek）和黎伽（Rica）一路向西游历并抵达法国，期间他们不断给朋友、家人写了 161 封信。孟德斯鸠借这本书表达了自己对于东西方宗教、政治、社会

习俗等的看法，其中不乏新颖论点。在看似杂乱的书信中，读者可以提取到 1711
—1720 年这十年间的两条故事线索：第一条线索是主线，即郁斯贝克和黎伽一
路向西最终抵达巴黎的游历；第二条线索是郁斯贝克的后房故事。小说就是当
时社会的微型缩影，揭露了黑暗的宗教社会、不端的学术风尚、腐朽的贵族阶
级，讽刺了社会习俗的荒谬，称得上是微型的社会百科全书。该书值得重点关
注的是孟德斯鸠构思的视角，他以外国人——波斯人的视角来审视时下的法国
社会，制造了一定的社会和文化距离感。这样既能够避免教会和世俗帝王的责
难以及保守人士的攻击，又能跳出本国人的视野，让人们重新审视那些本已司
空见惯的社会现象，达到令人反思的目的。

　　本章节选的这封信（Lettre 55）的落款日期是 1714 年，正值路易十四统治
晚期，当时法国社会的弊病仍被表面的繁华所掩盖。

　　节选的这封信充分对照了妇女的婚姻在波斯和法国的不同情形，也较好地
彰显了该书的特色——在看似平平无奇的叙述中夹杂着辛辣的讽刺和戏谑。对
比波斯和法国的丈夫对于占有妻子的态度：在波斯，丈夫唯恐大家知道自家有
美妇，用面纱和囚禁的方式死死地守护自己妻子的最后的"贞洁"；而在法国，
好吃醋的丈夫是被社会所谴责的，妻子应该是大众的财产。被谴责的丈夫也不
必觉得亏损，因为就像君主失去一地又去抢夺另一地一样，丈夫也可以享受别
人妻子带来的快乐。作者在这里用了类比的手法，妻子对于丈夫来说就像城池
对于君主的意义，拥有不占有，失去了自己的还可以抢夺他人的。这种不以夫
妻间的不忠为耻、反以之为荣的社会风气，被作者淋漓尽致地表现了出来，具
有极大的针砭时弊的意义。其中，"荒唐鬼（insensé）"等词语平实贴切、生
动形象，有助于读者理解文章蕴含的丰富的哲思和深刻的寓意。

【片段阅读】

Lettres persanes

（Lettre 55）

　　Aussi n'y a-t-il point de pays où ils soient en si petit nombre que chez les
Français. Leur tranquillité n'est pas **fondée** sur la confiance qu'ils ont en leurs
femmes ; c'est au contraire sur la mauvaise opinion qu'ils en ont. Toutes les sages
précautions des Asiatiques, les voiles qui les couvrent, les prisons où elles sont
détenues, la **vigilance** des **eunuques**, leur paraissent des moyens plus propres à
exercer l'industrie de ce sexe qu'à la lasser. Ici les maris prennent leur parti de

bonne grâce, et regardent les **infidélités** comme des coups d'une étoile inévitable. Un mari qui voudrait seul posséder sa femme serait regardé comme un **perturbateur** de la joie publique, et comme un **insensé** qui voudrait jouir de la lumière du soleil à l'exclusion des autres hommes.

Ici, un mari qui aime sa femme est un homme qui n'a pas assez de mérite pour se faire aimer d'une autre ; qui abuse de la nécessité de la loi, pour **suppléer aux agréments qui lui manquent** ; qui se sert de tous ses avantages **au préjudice d'**une société entière ; qui s'approprie ce qui ne lui avait été donné qu'en engagement ; et qui agit, autant qu'il est en lui, pour renverser une convention **tacite,** qui fait le bonheur de l'un et de l'autre sexe. Ce titre de mari d'une jolie femme, qui se cache en Asie avec tant de soin, se porte ici sans inquiétude. On se sent en état de **faire diversion** partout. Un prince **se console de** la perte d'une place, par la prise d'une autre : dans le temps que le Turc nous prenait Bagdad, n'**enlevions-nous** pas au Mogol la forteresse de Candahar ?

Un homme qui, en général, souffre les infidélités de sa femme, n'est point désapprouvé ; au contraire, on le **loue de** sa prudence : il n'y a que les cas particuliers qui déshonorent.

…

De Paris, le 7 de la lune de Zilcadé, 1714

【注释】

- être fondé sur 以……为基础，建立在……之上
- vigilance *n.f.* 警惕，严密看管
- eunuque *n.m.* 阉奴
- infidélité *n.f.* 不忠贞的行为
- perturbateur, trice *n.* 捣乱分子
- insensé, e *n.* 失去理智的人
- suppléer aux agréments qui lui manquent 弥补他缺少的乐趣
- au préjudice de 有损于
- tacite *adj.* 心照不宣的，不言而喻的
- faire diversion 使散心，使得到消遣
- se consoler de *v.pr.* 不再为……而痛苦

- s'enlever *v.pr.* 抢夺
- louer qqn. de 因为……表扬某人

【课后思考】

1. 请查阅资料后思考书信体小说及其历史问题，并谈谈书信体小说和书信集有什么区别。

2. 请阐述小说以波斯人作为主人公的原因。

【参考文献】

1. 孟德斯鸠. 波斯人信札. 罗大冈，译. 北京：人民文学出版社，2012.

2. Montesquieu. Lettres persanes. Paris: Gallimard, 2006.

第五编
La cinquième
partie

19 世纪法国文学

Le XIXe siècle

第十五章　马拉美的诗歌与诗学
Mallarmé poésie et poétique

【导读】

马拉美（Stéphane Mallarmé，1842—1898）出身于巴黎一个官员家庭，是法国著名象征主义诗人和散文家，著有长诗《希罗狄亚德》（*Hérodiade*，1875）、《牧神的午后》（*L'après-midi d'un faune*，1876）、《骰子一掷，不会改变偶然》（*Un coup de dés jamais n'abolira le hazard*，1897）等名篇。1876年，其作品《牧神的午后》在法国诗坛引起轰动。此后，马拉美在家中举办的诗歌沙龙成为当时法国文化界最著名的沙龙，一些著名的诗人、音乐家、画家都是这里的常客，如魏尔伦、兰波、德彪西、罗丹夫妇等。因为沙龙在星期二举行，因此被称为"马拉美的星期二"。马拉美与兰波、魏尔伦同为法国早期象征主义诗歌的代表人物。

马拉美才华横溢，早年就写了不少诗歌，但他越成熟越谨慎，写诗极慢、极认真。他的著名的十四行诗（商籁体），据说一年只能创作一首。他可以写下几千页的散文笔记，但写下的诗歌仅有几百首，甚至对这些诗歌都不满意，在其遗嘱中示意烧毁，好在执行者没照办。

他在当时的诗坛无疑是领袖，每个星期二都有很多诗人聚集到他位于罗马大街的寓所听他讲诗。就马拉美的诗学而言，他追求的是一种柏拉图式的纯净，这一点与其他诗人不同。他在形式上追求完美，其文本具有一种自足性（形式上达到完美，仿佛可以自给自足了，可以成为一个纯粹的美的世界了）。瓦雷里（Valéry）曾说，马拉美的诗歌寻求的是某种带有绝对性的东西，即寻求绝对的美。在这个意义上，他是柏拉图的信徒。[①]用瓦雷里的话来说，他的作品

---

① La perfection formelle, l'autonomie qu'elle confère au texte-l'absolu souligné par Valéry—sont les caractères les plus évidents des poèmes de Mallarmé.（Pierre Brunel. Histoire de la Littérature Française. Paris: Bordas, 1972.）

有一种内在的平衡力量。[1]瓦雷里的话很经典，可以帮助我们理解马拉美的诗学、美学，以及他的诗歌。

有读者在读了他的一些诗歌之后，觉得他写的内容像是对于某件事或某样物品的思考，很缥缈很跳脱，很难将自己脑海里一闪而过的形象连贯起来。这样的阅读感受在某种程度上是对的，因为马拉美希望达到的美学效果正是如此。他的诗学品质是经过长期艰苦细致的工作而获得的（一年只能写一首十四行诗）。当然他还拥有毋庸置疑的天赋，对语言、对诗歌的对象都进行过深邃的思考。他认为现实世界是不纯洁、不纯净的，所以他要给大家一个理想的诗歌世界，一个充满了创造性精神的诗歌世界。

若想要进一步理解他的诗歌和诗艺，我们还可以联系他的一些蕴含哲理的诗作来进行深入解读。比如，要理解他的散文诗《为戴泽特所赋短章》（*Prose pour des Esseintes*），[2]就需要读懂关键的几句：

> Car j'installe, par la science,
> L'hymne des cœurs spirituels
> En l'œuvre de ma patience,
> Atlas, herbiers et rituels.
> Nous promenions notre visage
> (Nous fûmes deux, je le maintiens)
> Sur maints charmes de paysage,

应该看出，马拉美这首诗当中的"科学（science）"一词表达的是"诗艺"，他要为心灵谱写"赞歌（hymne）"。耐心工作，认真写诗，就是他的诗学宣言，也是打开他的诗歌世界的一把钥匙。此外，他也善于融情于景，"让许多美妙景色映上我们的脸"，通过象征等手法实现主客体的交融。

再比如《马拉美夫人的扇子》（*Éventail de Madame Mallarmé*），该诗虽写的是日常琐事，但音韵特别美，颇有化腐朽为神奇之效果。诗中最后两句实写

---

① 参见瓦雷里原话：Ses petites compositions merveilleusement achevées s'imposaient comme des types de perfection, tant les liaisons des mots avect les mots, des vers avec les vers, des mouvements avec les rythmes étaient assurées ; tant chacune d'elles donnait l'idéc d'un objet en quelque sorte absolu dû à un équilibre de forces intrinsèques…

② 该诗译文可参见：马拉美诗全集. 葛雷，梁栋，译. 杭州：浙江文艺出版社，1997.

扇子（Toujours tel il apparaisse / Entre tes mains sans paresse），其余部分是诗人对诗艺本身所做的探索，虽难懂，但很美，像李商隐的诗。

Éventail de Madame Mallarmé

Avec comme pour langage

Rien qu'un battement aux cieux

Le futur vers se dégage

Du logis très précieux

Aile tout bas la courrière

Cet éventail si c'est lui

Le même par qui derrière

Toi quelque miroir a lui

Limpide (où va redescendre

Pour chassée en chaque grain

Un peu d'invisible cendre

Seule à me rendre chagrin)

Toujours tel il apparaisse

Entre tes mains sans paresse.

本章选读的片段阅读一出自马拉美在牛津大学的演讲，该演讲题为《音乐与文学》（De la musique et des lettres）。他是法国的大知识分子、文坛领袖，而且是到牛津大学这样的学术圣殿演讲，自然不免要咬文嚼字，追求风雅。他在演讲中对诗歌的节奏、形式等诗学问题进行了探讨。具体而言，他先说了英法文学的事，然后以"On a touché au vers"作为转折点，开始说诗歌韵律的严谨性与丰富性。之后他接着说，他给听众带来了惊人的有关诗学变革的消息。他说，政府都会变，但诗歌的韵律学却似乎一成不变；法国政治都经历大革命了，而诗歌韵律在天翻地覆的政治革命中竟然稳如泰山，没人注意到它也该有变化了；那些闹革命的人就没想到，诗歌中的教条也是会变化的吗？他指出，他的牛津之行就是要见证诗坛革命。诗歌和散文不一样，而前不久文学创作的繁荣其实是为散文冠上了诗歌的头衔。马拉美要见证的是自由诗或散文诗的繁盛。马拉美的诗学继承波德莱尔，后者最大也最被忽视的贡献就是散文诗。这里，马拉美提到诗句（vers），认为它们被写出来就是一切。有风格、有韵律的正是诗歌，而那些注重铺陈排比的散文作者，他们的作品如同断裂的诗句

（vers rompu），具有隐含的韵律。后面的酒神杖（thyrse）是用来指代古希腊神话中的酒神——就是说，散文已经沉醉在它自己的韵律中了。自此以后，那个获得散文诗头衔的东西将得到发展。

片段阅读二选取的是马拉美的名篇《牧神的午后》。说起《牧神的午后》，大多数人会想起德彪西所谱的同名乐曲，这首传世名作就是受马拉美的诗启发而作的。在创作《牧神的午后》时，德彪西将自己丰富的想象力融入细腻精致的音乐中，充分利用了管弦乐队的色彩与音响，还原出原诗中朦胧缠绵、神秘飘忽的美好意境。

《牧神的午后》是集象征、暗示、梦幻之大成的一部匠心名作。诗歌以出自罗马神话的牧神为主人公。牧神名潘，人面羊耳、人臂羊腿，半人半羊。他居住在山野之间且生性放荡，为执掌自然和山林乡野的天神。在古希腊神话中，半人半羊的潘是创造力、音乐、诗歌与性爱的象征。传说牧神追求一位水仙女（或称"林泽仙女"），仙女无处藏身，化作芦苇，从此牧神便以芦作笛，以芦笛寄托自己的情思，和芦笛结下了不解之缘。

《牧神的午后》讲述的是西西里岛上的午后，烈日当空，半人半兽的牧神正在树荫下午睡。恍惚间他看到了水畔的精灵，并且和精灵度过了一段缠绵悱恻的时光。但是当牧神醒来后，他再分不清之前的浪漫究竟是梦境还是真实。全诗以牧神为背景，以自问自答、抒情独白贯穿全诗。

从主题上来说，诗歌第一节便从梦境讲起，曾经与仙女的艳遇把牧神带入残缺玫瑰般的梦幻。随后梦境的画卷徐徐展开，带着一丝自卑情绪的牧神热烈地表达自己对女神的爱慕和思念："我的激情已熟透而绛红，每个石榴都会爆裂并做蜜蜂之嗡嗡，我们的血钟情于那把它俘虏的人，为愿望的永恒蜂群而奔流滚滚。"尽显牧神对仙女的情感浓烈，追求执拗。节节攀升的温度使虚无的梦境如现实般真实，牧神的爱意被烧成西西里岛最著名的活火山——埃特纳火山，而美神维纳斯亲自下阶迎接牧神。"我捉住了仙后!"牧神的一声惊呼成了全诗的高潮，但这突然爆发的最强音也在一刹那间消失，全诗又回到了焦渴与平静、梦幻与追求的不稳定的和弦之中。处在失望中却又满怀希望的结束句，与全诗的开始句遥相呼应，余韵悠长："别了，仙女们，我还会看见你们化成的影。"牧神从沉睡到惊醒，到陷入亦真亦幻的回忆，到再次沉睡，循环往复的结构就浓缩在这梦幻柔情的千字语言中。

从语言上来说，《牧神的午后》很好地呈现了诗人所追求的"纯粹的本质"。"你滞留在昏迷的疲倦中/为压倒凉爽之晨的炎热所窒息/不要水声呢喃/让我的笛声潇洒林丛/只有风儿把声音散入淅沥的霖雨之前/从玲珑的笛管中喷出/在不被涟漪搅扰的天边/那充满灵感的嘹呖而恬静的笛声/响遏行云。"这个片段优美生动地展现了自然物和音乐的纯美。

此外，诗人也还利用牧神的心理来表现人性，透过牧神的视角来表现其对仙女西林克斯的爱欲和其交织着爱、自卑和恐惧的复杂心理，使得该诗在心理题材角度也具有独特鉴赏价值。

【片段阅读一】

De la musique et des lettres

Jusqu'ici et depuis longtemps, deux nations, l'Angleterre, la France, les seules, parallèlement ont montré la **superstition** d'une Littérature. L'une à l'autre tendant avec **magnanimité** le flambeau, ou le retirant et tour à tour éclaire l'influence ; mais c'est l'objet de ma **constatation**, moins cette alternative (expliquant un peu une présence, parmi vous, jusqu'à y parler ma langue) que, d'abord, la visée si spéciale d'une continuité dans les chefs-d'œuvre. À nul égard, le génie ne peut cesser d'être exceptionnel, altitude de fronton inopinée dont dépasse l'angle ; cependant, il ne projette, comme partout ailleurs, d'espaces vagues ou à l'abandon, entretenant au contraire une ordonnance et presque un **remplissage** admirable d'édicules moindres, colonnades, fontaines, statues - spirituels - pour produire, dans un ensemble, quelque palais ininterrompu et ouvert à la royauté de chacun, d'où naît le goût des patries : lequel en le double cas, hésitera, avec délice, devant une rivalité d'architectures, comparables et sublimes.

Un intérêt de votre part, me conviant à des renseignements sur quelques circonstances de notre état littéraire, ne le fait pas à une date oiseuse.

J'apporte en effet des nouvelles. Les plus surprenantes. Même cas ne se vit encore.

On a touché au vers.

Les gouvernements changent ; toujours la prosodie reste intacte : soit que, dans les révolutions, elle passe inaperçue ou que l'attentat ne s'impose pas avec l'opinion que ce dogme dernier puisse varier.

Il convient d'en parler déjà, ainsi qu'un invité voyageur tout de suite se décharge par traits haletants de témoignage d'un accident su et le poursuivant : en raison que le vers est tout, dès qu'on écrit. Style, versification s'il y a cadence et c'est pourquoi toute prose d'écrivain **fastueux**, soustraite à ce laisser-aller en usage, ornementale, vaut en tant qu'un vers rompu, jouant avec ses timbres et encore les rimes dissimulées ; selon un thyrse plus complexe. Bien l'épanouissement de ce qui naguères obtint le titre de poème en prose très strict, numérique, direct, à jeux conjoints, le mètre, antérieur, subsiste ; auprès.

Sûr, nous en sommes là, présentement. La séparation.

Au lieu qu'au début de ce siècle, l'ouïe puissante romantique combina l'élément jumeau en ses ondoyants alexandrins, ceux à coupe ponctuée et enjambements ; la fusion se défait vers l'intégrité. Une heureuse trouvaille avec quoi paraît à peu près close la recherche d'hier, aura été le vers libre, modulations (dis-je, souvent) individuelle, parce que toute âme est un nœud rythmique.

Après, les dissensions. Quelques initiateurs, il le fallait, sont partis loin, pensant en avoir fini avec un canon (que je nomme, pour sa garantie) officiel : il restera, aux grandes cérémonies. Audace, cette désaffectation, l'unique ; dont rabattre.

Ceux qui virent tout de mauvais œil estiment que du temps probablement vient d'être perdu.

Pas.

À cause que de vraies œuvres ont jailli, indépendamment d'un débat de forme et, ne les reconnût-on, la qualité du silence, qui les remplacerait, à l'entour d'un instrument surmené, est précieuse. Le vers, aux occasions, fulmine, rareté (quoiqu'ait été l'instant vu que tout, mesuré, l'est) : comme la Littérature, malgré le besoin, propre à vous et à nous, de la perpétuer dans chaque âge, représente un produit singulier. Surtout la métrique française, délicate, serait d'emploi intermittent : maintenant, grâce à des repos balbutiants, voici que de nouveau peut s'élever, d'après une intonation parfaite, le vers de toujours, fluide, restauré, avec des compléments peut être suprêmes.

【注释】

- superstition *n.f.* 迷信；〈转〉过分的迷恋，过分的执着
- magnanimité *n.f.* 宽宏大量，大度
- constatation *n.f.* 评价，看法；观察，察看
- remplissage *n.m.* 填满，装满；冗长的废话，无用的部分
- fastueux, se *adj.* 令人厌倦的，枯燥乏味的

【片段阅读二】

L'après-midi d'un faune

Le Faune :
Ces nymphes, je les veux perpétuer.
Si clair,
Leur incarnat léger, qu'il voltige dans l'air
Assoupi de sommeils touffus.

Aimai-je un rêve ?
Mon doute, amas de nuit ancienne, s'achève
En maint rameau subtil, qui, demeuré les vrais
Bois même, prouve, hélas ! que bien seul je m'offrais
Pour triomphe la faute idéale de roses.

Réfléchissons...

ou si les femmes dont tu gloses
Figurent un souhait de tes sens fabuleux !
Faune, l'illusion s'échappe des yeux bleus
Et froids, comme une source en pleurs, de la plus chaste :
Mais, l'autre tout soupirs, dis-tu qu'elle contraste
Comme brise du jour chaude dans ta toison ?
Que non ! par l'immobile et lasse **pâmoison**
Suffoquant de chaleurs le matin frais s'il lutte,
Ne murmure point d'eau que ne verse ma flûte
Au bosquet arrosé d'accords ; et le seul vent
Hors des deux tuyaux prompts à s'exhaler avant
Qu'il disperse le son dans une pluie aride,
C'est, à l'horizon pas remué d'une ride
Le visible et serein souffle artificiel
De l'inspiration, qui regagne le ciel.

O bords siciliens d'un calme marécage
Qu'à l'envi de soleils ma vanité saccage
Tacite sous les fleurs d'étincelles, CONTEZ
« Que je coupais ici les creux roseaux domptés
*» Par le talent ; quand, sur l'or **glauque** de lointaines*
» Verdures dédiant leur vigne à des fontaines,
» Ondoie une blancheur animale au repos :
» Et qu'au prélude lent où naissent les pipeaux
» Ce vol de cygnes, non ! de naïades se sauve
» Ou plonge...

Inerte, tout brûle dans l'heure fauve
Sans marquer par quel art ensemble détala
Trop d'hymen souhaité de qui cherche le *la* :
Alors m'éveillerai-je à la ferveur première,
Droit et seul, sous un flot antique de lumière,
Lys ! et l'un de vous tous pour l'ingénuité.

Autre que ce doux rien par leur lèvre ébruité,
Le baiser, qui tout bas des perfides assure,
Mon sein, vierge de preuve, atteste une morsure
Mystérieuse, due à quelque auguste dent ;
Mais, bast ! arcane tel élut pour confident
Le jonc vaste et jumeau dont sous l'azur on joue :
Qui, détournant à soi le trouble de la joue,
Rêve, dans un solo long, que nous amusions
La beauté d'alentour par des confusions
Fausses entre elle-même et notre chant crédule ;
Et de faire aussi haut que l'amour se module
Évanouir du songe ordinaire de dos
Ou de flanc pur suivis avec mes regards clos,
Une sonore, vaine et monotone ligne.

Tâche donc, instrument des fuites, ô maligne

Syrinx, de refleurir aux lacs où tu m'attends !

Moi, de ma rumeur fier, je vais parler longtemps

Des déesses ; et par d'idolâtres peintures

À leur ombre enlever encore des ceintures :

Ainsi, quand des raisins j'ai sucé la clarté,

Pour bannir un regret par ma feinte écarté,

Rieur, j'élève au ciel d'été la grappe vide

Et, soufflant dans ses peaux lumineuses, avide

D'ivresse, jusqu'au soir je regarde au travers.

O nymphes, regonflons des SOUVENIRS divers.

« *Mon œil, trouant les joncs, dardait chaque encolure*

» *Immortelle, qui noie en l'onde sa brûlure*

» *Avec un cri de rage au ciel de la forêt ;*

» *Et le splendide bain de cheveux disparaît*

» *Dans les clartés et les frissons, ô* **pierreries** *!*

» *'J'accours ; quand, à mes pieds, s'entrejoignent (meurtries*

» *De la langueur goûtée à ce mal d'être deux)*

» *Des dormeuses parmi leurs seuls bras hasardeux ;*

» *Je les ravis, sans les désenlacer, et vole*

» *À ce massif, haï par l'ombrage frivole,*

» *De roses tarissant tout parfum au soleil,*

» *Où notre ébat au jour consumé soit pareil.*

Je t'adore, courroux des vierges, ô délice

Farouche du sacré fardeau nu qui se glisse

Pour fuir ma lèvre en feu buvant, comme un éclair

Tressaille ! la frayeur secrète de la chair :

Des pieds de l'inhumaine au cœur de la timide

Qui délaisse à la fois une innocence, humide

De larmes folles ou de moins tristes vapeurs.

«*Mon crime, c'est d'avoir, gai de vaincre ces peurs*

» *Traîtresses, divisé la touffe échevelée*

» *De baisers que les dieux gardaient si bien mêlée :*

» *Car, à peine j'allais cacher un rire ardent*

» *Sous les replis heureux d'une seule (gardant*

» *Par un doigt simple, afin que sa candeur de plume*

» *Se teignît à l'émoi de sa sœur qui s'allume,*

» *La petite, naïve et ne rougissant pas :*

» *Que de mes bras, défaits par de vagues trépas,*

» *Cette proie, à jamais ingrate se délivre*

» *Sans pitié du sanglot dont j'étais encore ivre.*

Tant pis ! vers le bonheur d'autres m'entraîneront

Par leur tresse nouée aux cornes de mon front :

Tu sais, ma passion, que, pourpre et déjà mûre,

Chaque grenade éclate et d'abeilles murmure ;

Et notre sang, épris de qui le va saisir,

Coule pour tout l'essaim éternel du désir.

À l'heure où ce bois d'or et de cendres se teinte

Une fête s'exalte en la feuillée éteinte :

Etna ! c'est parmi toi visité de Vénus

Sur ta lave posant tes talons ingénus,

Quand tonne une somme triste ou s'épuise la flamme.

Je tiens la reine !

O sûr châtiment...

Non, mais l'âme

De paroles vacante et ce corps alourdi

Tard succombent au fier silence de midi :

Sans plus il faut dormir en l'oubli du blasphème,

Sur le sable altéré gisant et comme j'aime

Ouvrir ma bouche à l'astre efficace des vins !

Couple, adieu ; je vais voir l'ombre que tu devins.

【注释】

- pâmoison *n.f.* 昏厥，不省人事（用于俗语或戏谑）
- glauque *adj.* 青绿色的，海蓝色的
- pierreries *n.f.* (*pl.*) （做首饰用的）宝石

【课后思考】

1. 请从其他角度（如心理角度等）赏析本诗。
2. 请借鉴诗人的写作手法和风格，创作一首与梦境有关的小诗。

【参考文献】

1. Arthur Symons. The Symbolist Movement in Literature. NY: Dutton, 1958.
2. Stéphane Mallarmé. Œuvres complètes. Paris: Gallimard, 1998.

第十六章　巴尔扎克和《夏倍上校》
Balzac et *Le Colonel Chabert*

【导读】

　　巴尔扎克（Honoré de Balzac，1799—1850）出身于法国中部图尔城一个法国大革命后致富的资产阶级家庭，是 19 世纪伟大的批判现实主义作家。他于 1816 年进入法律学校学习，毕业后不顾父母反对，毅然走上了文学创作之路。1829 年，他发表了长篇小说《朱安党人》（*Les chouans*），迈出现实主义创作的第一步。1831 年出版的《驴皮记》（*La peau de chagrin*）使他声名大振。在 19 世纪三四十年代，他以惊人的毅力创作了大量作品，代表作有《高老头》（*Le Père Goriot*，1834）、《欧也妮·葛朗台》（*Eugénie Grandet*，1833）等。他一生塑造了 2472 个栩栩如生的人物形象，写出了 91 部小说，合称《人间喜剧》（*La Comédie humaine*，1829—1847）。该书被誉为"资本主义社会的百科全书"，又被称为"法国社会风俗研究"。其中，《夏倍上校》（*Le Colonel Chabert*，1832）和《高老头》属于私人生活场景，《幻灭》（*Illusions perdues*，1837—1843）等属于外省生活场景，《烟花女盛衰记》（*Splendeurs et misères des courtisans*，1838—1847）、《纽沁根银行》（*La maison Nucingen*，1838）等属于巴黎生活场景，《幽谷百合》（*Le lys dans la vallée*，1835）等属于乡村生活场景。[1]但即便写私人生活，巴尔扎克的作品也带有深刻的历史烙印。

　　本章选段出自《夏倍上校》，这是巴尔扎克的一部中篇小说。小说是以 19 世纪的法语写的，内容涉及法律、历史等方面的知识，在巴尔扎克的整个作品体系中属于比较有深度的作品，要想彻底看懂并不容易。但书中的要点并非特别难于把握，大多数读者都能较好地认识到当时社会追求金钱的风气，而作品在某种程度上成了对当时法国有钱人奢侈生活的一种批判。对当时的律师这类人物的性格特点或职业特点，读者也容易产生探求的兴趣。此外，通过夏倍上校所说的"从死人堆里爬出来，却被淹没在活人的制度之下"这一情况，读者也能认识到该故事是在讽刺当时的社会制度。有读者曾这样描述自己的读后感

---

① Voir Pierre Brunel. Histoire de la Littérature Française. Paris: Bordas, 1972: 460.

想："那个律师虽然看起来像是正面人物，但他在想方设法让上校的妻子妥协时，仍然是在用利害关系来迫使对方妥协。我其实并不是很明白律师这个角色到底是不是正面人物，因为从描写上看，我总觉得有贬义在里面，但是从他做的事，以及最后他说巴黎让他感觉恶心等看，我又觉得这个人是有正面意义的，而其他人物就很难说有正面意义了。至于上校本人，只能说太天真了。"该读者较好地理解了小说在某些层面的意义。如果我们想要追求更高层次的理解，就还需要学习更多的有关法国文学、历史和法律方面的知识。

《夏倍上校》的内涵相当丰富。就表面情节来说，它描写了当时社会上千千万万个日常诉讼案中的一个：为了钱，妻子可以忘恩负义，不承认自己的丈夫和恩人，并最终将丈夫逼上绝路。夏倍上校没有死在硝烟弥漫、枪林弹雨的战场，却被昔日相爱之人的贪婪和绝情残忍"杀害"，成为收容所那个疯疯癫癫的老人——伊阿桑德。世事炎凉，曾经的上校意气风发，是帝政时代的伯爵、皇帝器重的大人物，过着显赫优渥的生活，而如今他颠沛流离、穷困潦倒。对于夏倍上校来说，但尔维先生是第一个愿意相信他，并愿意给他钱让他证明自己身份的人。在得到十块金币后，上校愣住了。在傅雷的译文中，我们读到这样的语句："世界上有些幸福，你早已经不信会实现的了，真实现的时候，简直像晴天霹雳一样会伤害你的心。"可以说，但尔维给了夏倍上校一丝希望，这样的希望，让他在不可终日的黑暗中看到了一丝亮光，像冬日的暖阳。

就小说的历史语境而言，它反映的是拿破仑之后反动势力复辟时期的情况。夏倍上校曾作为拿破仑的士兵，在战争中险些死去。他虽然复活了，但他的存在却像一个幽灵。小说开篇正是通过外表描写把他描绘成一个幽灵。在法律和社会层面，他的确就是一个幽灵。创伤研究大师凯茜·卡鲁斯（Cathy Caruth）曾指出，当作者描写夏倍上校到巴黎去争取属于自己的一切时，我们实际上得到了一个关于历史和法律的隐喻，即一个已经被宣布死亡的人是否可以在法律层面复活。[①]

由此可见，夏倍上校不仅仅代表他本人，还代表了一个时代的社会制度和社会力量的斗争，代表了那些在革命前后（或拿破仑战争期间）丢掉财产的贵族的情况。巴尔扎克的小说涉及的问题是他们是否可以在法律层面收回自己的财产。

巴尔扎克小说的特别之处在于它再现了历史记忆和相关法律问题。通过法律层面的演述，小说让死者的回归不仅仅成为拿破仑时代一个战斗英雄的回归，

① Cf. Cathy Caruth. The Claims of the Dead: History, Haunted Property, and the Law. Critical Inquiry, 2022, 28(2): 419-441.

而且成为一个让死者在法律面前发出声音的特定案例，其反映的是幸存者与法律的关系，以及法律的"创伤性过去"问题——卡鲁斯认为这对于历史上遭受过暴行的人们的法律权利问题也有启发意义。法律的"创伤性过去"所涉及的问题主要是如何在法律层面为个人所经受的创伤讨回公道。具体在小说叙述层面，这个故事直接对待的问题是：律师如何回应幸存者对于财产的所有权要求。①

此外，由于故事发生在波旁复辟时期，因而拿破仑军队中的一个战士的回归也回应了这一时期的历史性回归，即革命前某些因素的回归；同时小说似乎还隐喻了拿破仑被流放之后的回归。在卡鲁斯看来，夏倍上校的回归就如同一个幽灵的回归，隐喻了历史、政治、战争和法律等层面的幽灵式重复和回归。②

一开始，一个已经毁容、面目全非、幽灵般的陌生人对事务所的人说，他自己就是那个著名的上校，要求律师帮他讨回某种形式的法律公道，以便得到合法身份，领回他自己的财产和妻子。但尔维律师与夏倍上校的对话发生在深夜，这也意味着夏倍上校的问题是不能在白天见光的，某种程度上反映了司法制度下暗流涌动的社会状况。

最后，了解历史上的《拿破仑法典》对我们理解小说的社会历史语境也有一些帮助。法国史学家傅勒（Furet）认为：复辟后，波旁王朝路易十八所制定的新王朝宪章，其主旨之一就是既要保留拿破仑时代的一些民法律令（含督政府、第一帝国时期以及此前大革命时期的律令），又要取消革命时期留下的委员会等机构或机制；另一主旨是维护贵族的财产和利益（étend la garantie du nouveau régime aux grades, pensions, honneurs et rentes）。③这就是说：大革命和第一帝国之后，路易十八代表的波旁王朝复辟，该政权继承了大革命的《人权宣言》和《拿破仑法典》，同时又把贵族的财产和土地还给贵族；大资产阶级

---

① Cf. Cathy Caruth. The Claims of the Dead: History, Haunted Property, and the Law. Critical Inquiry, 2022, 28(2): 419-441.

② 同①.

③ 傅勒原文：Le titre III organise l'ordre judiciaire en conservant l'essentiel de ce qui avait été établi sous le Consulat et en supprimant commissions et tribunaux extraordinaires, symboles de l'arbitraire napoléonien. L'article 68 décrète : « Le Code civil et les lois actuellement existantes qui ne sont pas contraires à la présente Charte, restent en vigueur jusqu'à ce qu'il y soit légalement dérogé. » Ainsi est entérinée toute l'œuvre juridique, législative et administrative de la Révolution et de l'Empire. Et pour qu'il ne subsiste aucune ambiguïté quant aux intérêts acquis, le titre IV, de la Charte, intitulé « Droits particuliers garantis par l'État », étend la garantie du nouveau régime aux grades, pensions, honneurs et rentes.

Voir François Furet. La Révolution française. Hachette, 1988: 28.

和贵族利用政治来巩固、扩大自身利益，是革命后的既得利益者；夏倍上校则代表拿破仑那段历史，他的回归可以隐喻拿破仑的"百日回归"，同时也隐喻了革命前、革命中、革命后各派力量的较量。

【片段阅读】

Le Colonel Chabert

Vers une heure du matin, le prétendu colonel Chabert vint frapper à la porte de maître Derville, avoué près le Tribunal de Première Instance du département de la Seine. Le portier lui répondit que monsieur Derville n'était pas rentré. Le vieillard **allégua** le rendez-vous et monta chez ce célèbre **légiste**, qui, malgré sa jeunesse, passait pour être une des plus fortes têtes du Palais. Après avoir sonné, le **défiant solliciteur** ne fut pas médiocrement étonné de voir le premier clerc occupé à ranger sur la table de la salle à manger de son patron les nombreux dossiers des affaires qui *venaient* le lendemain en ordre utile. Le clerc, non moins étonné, salua le colonel en le priant de s'asseoir : ce que fit le plaideur.

— Ma foi, monsieur, j'ai cru que vous plaisantiez hier en m'indiquant une heure si **matinale** pour une consultation, dit le vieillard avec une fausse gaieté d'un homme ruiné qui s'efforce de sourire.

— Les clercs plaisantaient et disaient vrai tout ensemble, reprit le Principal en continuant son travail. Monsieur Derville a choisi cette heure pour examiner ses causes, en résumer les moyens, en ordonner la conduite, en disposer les *défenses*. Sa prodigieuse intelligence est plus libre en ce moment, le seul où il obtienne le silence et la tranquillité nécessaires à la conception des bonnes idées. Vous êtes, depuis qu'il est avoué, le troisième exemple d'une consultation donnée à cette heure **nocturne**. Après être rentré, le patron discutera chaque affaire, lira tout, passera peut-être quatre ou cinq heures à sa besogne ; puis, il me sonnera et m'expliquera ses intentions. Le matin, de dix heures à deux heures, il écoute ses clients, puis il emploie le reste de la journée à ses rendez-vous. Le soir, il va dans le monde pour y entretenir ses relations. Il n'a donc que la nuit pour creuser ses procès, fouiller les arsenaux du **Code** et faire ses plans de bataille. Il ne veut pas perdre une seule cause, il a l'amour de son art. Il ne se charge pas, comme ses confrères, de toute espèce d'affaire. Voilà sa vie, qui est singulièrement active. Aussi gagne-t-il beaucoup d'argent.

En entendant cette explication, le vieillard resta silencieux, et sa bizarre figure prit une expression si **dépourvue** d'intelligence, que le clerc, après l'avoir regardé, ne s'occupa plus de lui. Quelques instants après, Derville rentra, mis en costume de bal ; son Maître clerc lui ouvrit la porte, et se remit à achever le classement des dossiers. Le jeune avoué demeura pendant un moment stupéfait en entrevoyant dans le **clair-obscur** le singulier client qui l'attendait. Le colonel Chabert était aussi parfaitement immobile que peut l'être une figure en cire de ce cabinet de Curtius où Godeschal avait voulu mener ses camarades. Cette immobilité n'aurait peut-être pas été un sujet d'étonnement, si elle n'eût complété le spectacle surnaturel que présentait l'ensemble du personnage. Le vieux soldat était sec et maigre. Son front, volontairement caché sous les cheveux de sa perruque lisse, lui donnait quelque chose de mystérieux. Ses yeux paraissaient couverts d'une taie transparente : vous eussiez dit de la **nacre** sale dont les reflets bleuâtres **chatoyaient** à la lueur des bougies. Le visage pâle, **livide, et en lame de couteau**, s'il est permis d'emprunter cette expression vulgaire, semblait mort. Le cou était serré par une mauvaise cravate de soie noire. L'ombre cachait si bien le corps à partir de la ligne **brune** que décrivait ce **haillon**, qu'un homme d'imagination aurait pu prendre cette vieille tête pour quelque silhouette due au hasard, ou pour un portrait de Rembrandt, sans cadre. Les bords du chapeau qui couvrait le front du vieillard projetaient un sillon noir sur le haut du visage. Cet effet bizarre, quoique naturel, faisait **ressortir**, par la **brusquerie** du contraste, les **rides** blanches, les sinuosités froides, le sentiment décoloré de cette physionomie cadavéreuse. Enfin l'absence de tout movement dans le corps, de toute chaleur dans le regard, s'accordait avec une certaine expression de **démence** triste, avec les dégradants symptômes par lesquels se caractérise l'idiotisme, pour faire de cette figure je ne sais quoi de funeste qu'aucune parole humaine ne pourrait exprimer. Mais un observateur, et surtout un avoué, aurait trouvé de plus en cet homme **foudroyé** les signes d'une douleur profonde, les indices d'une misère qui avait dégradé ce visage, comme les gouttes d'eau tombées du ciel sur un beau marbre l'ont à la longue défiguré. Un médecin, un auteur, un **magistrat** eussent pressenti tout un drame à l'aspect de cette sublime horreur dont le moindre mérite était de ressembler à ces fantaisies que les peintres s'amusent à dessiner au bas de leurs pierres lithographiques en causant avec leurs amis.

En voyant l'**avoué**, l'inconnu tressaillit par un movement convulsif semblable à celui qui échappe aux poètes quand un bruit inattendu vient les détourner d'une féconde rêverie, au milieu du silence et de la nuit. Le vieillard se découvrit promptement et se leva pour saluer le jeune homme ; le **cuir** qui garnissait l'intérieur de son chapeau étant sans doute fort gras, sa **perruque** y resta **collée** sans qu'il s'en aperçût, et laissa voir à nu son crâne horriblement mutilé par **une cicatrice transversal** qui prenait à l'**occiput** et venait mourir à l'œil droit, en formant partout une grosse **couture** saillante. L'**enlèvement** soudain de cette perruque sale, que le pauvre homme portait pour cacher sa blessure, ne donna nulle envie de rire aux deux gens de loi, tant ce crâne **fendu** était **épouvantable** à voir. La première pensée que suggérait l'aspect de cette blessure était celle-ci :

— Par là s'est **enfuie** l'intelligence !

— Si ce n'est pas le colonel Chabert, ce doit être un fier troupier ! pensa Boucard.

— Monsieur, lui dit Derville, à qui ai-je l'honneur de parler ?

— Au colonel Chabert.

— Lequel ?

— Celui qui est mort à Eylau, répondit le vieillard.

En entendant cette singulière phrase, le clerc et l'avoué se jetèrent un regard qui signifiait : — C'est un fou !

— Monsieur, reprit le colonel, je désirerais ne confier qu'à vous le secret de ma situation.

Une chose digne de remarque est l'intrépidité naturelle aux avoués. Soit l'habitude de recevoir un grand nombre de personnes, soit le profond sentiment de la protection que les lois leur accordent, soit confiance en leur ministère, ils entrent partout sans rien craindre, comme les prêtres et les médecins. Derville fit un signe à Boucard, qui disparut.

— Monsieur, reprit l'avoué, pendant le jour je ne suis pas trop avare de mon temps ; mais au milieu de la nuit les minutes me sont précieuses. Ainsi, soyez bref et concis. Allez au fait sans digression. Je vous demanderai moi-même les éclaircissements qui me sembleront nécessaires. Parlez.

Après avoir fait asseoir son singulier client, le jeune home s'assit lui-même devant la table ; mais, tout en prêtant son attention au discours du **feu** colonel, il feuilleta ses dossiers.

— Monsieur, dit le défunt, peut-être savez-vous que je commandais un régiment de cavalerie à Eylau. J'ai été pour beaucoup dans le succès de la célèbre charge que fit Murat, et qui décida le gain de la bataille. Malheureusement pour moi, ma mort est un fait historique consigné dans *les Victoires et Conquêtes*, où elle est rapportée en détail. Nous fendîmes en deux les trois lignes russes, qui, s'étant aussitôt reformées, nous obligèrent à les retraverser en sens contraire. Au moment où nous revenions vers l'Empereur, après avoir dispersé les Russes, je rencontrai un gros de cavalerie ennemie. Je me précipitai sur ces entêtés-là. Deux officiers russes, deux vrais géants, m'attaquèrent à la fois. L'un d'eux m'appliqua sur la tête un coup de sabre qui fendit tout jusqu'à un bonnet de soie noire que j'avais sur la tête, et m'ouvrit profondément le crâne. Je tombai de cheval. Murat vint à mon secours, il me passa sur le corps, lui et tout son monde, quinze cents hommes, excusez du peu ! Ma mort fut annoncée à l'Empereur, qui, par prudence (il m'aimait un peu, le patron !), voulut savoir s'il n'y aurait pas quelque chance de sauver l'homme auquel il était **redevable** de cette vigoureuse attaque. Il envoya, pour me reconnaître et me rapporter aux ambulances, deux chirurgiens en leur disant, peut-être trop négligemment, car il avait de l'ouvrage : « — Allez donc voir si, par hasard, mon pauvre Chabert vit encore » Ces sacrés carabins, qui venaient de me voir foulé aux pieds par les chevaux de deux régiments, se dispensèrent sans doute de me tâter le pouls et dirent que j'étais bien mort. L'acte de mon décès fut donc probablement dressé d'après les règles établies par la jurisprudence militaire.

En entendant son client s'exprimer avec une lucidité parfaite et raconter des faits si vraisemblables, quoique étranges, le jeune avoué laissa ses dossiers, posa son coude gauche sur la table, se mit la tête dans la main, et regarda le colonel fixement.

— Savez-vous, monsieur, lui dit-il en l'interrompant, que je suis l'avoué de la comtesse Ferraud, veuve du colonel Chabert ?

— Ma femme ! Oui, monsieur. Aussi, après cent démarches infructueuses chez des gens de loi qui m'ont tous pris pour un fou, me suis-je déterminé à venir vous trouver. Je vous parlerai de mes malheurs plus tard. Laissez-moi d'abord vous établir les faits, vous expliquer plutôt comme ils ont dû se passer, que comme ils sont arrivés. Certaines circonstances, qui ne doivent être connues que du Père éternel, m'obligent à en présenter plusieurs comme des hypothèses. Donc, monsieur, les blessures que j'ai reçues auront probablement produit un **tétanos**, ou m'auront mis dans une crise analogue à une maladie nommée, je crois, catalepsie. Autrement comment concevoir que j'aie été, suivant l'usage de la guerre, **dépouillé** de mes vêtements, et jeté dans la fosse aux soldats par les gens chargés d'enterrer les morts ? Ici, permettez-moi de placer un détail que je n'ai pu connaître que postérieurement à l'événement qu'il faut bien appeler ma mort. J'ai rencontré, en 1814, à Stuttgard un ancient maréchal-des-logis de mon régiment. Ce cher homme, le seul qui ait voulu me reconnaître, et de qui je vous parlerai tout à l'heure, m'expliqua le phénomène de ma conservation, en me disant que mon cheval avait reçu un boulet dans le flanc au moment où je fus blessé moi-même. La bête et le cavalier s'étaient donc abattus comme des **capucins de cartes**. En me renversant, soit à droite, soit à gauche, j'avais été sans doute couvert par le corps de mon cheval qui m'empêcha d'être écrasé par les chevaux, ou atteint par des boulets. Lorsque je revins à moi, monsieur, j'étais dans une position et dans une atmosphère dont je ne vous donnerais pas une idée en vous en entretenant jusqu'à demain. Le peu d'air que je respirais était **méphitique**. Je voulus me mouvoir, et ne trouvai point d'espace. En ouvrant les yeux, je ne vis rien. La rareté de l'air fut l'accident le plus menaçant, et qui m'éclaira le plus vivement sur ma position. Je compris que là où j'étais, l'air ne se renouvelait point, et que j'allais mourir. Cette pensée m'ôta le sentiment de la douleur inexprimable par laquelle j'avais été réveillé. Mes oreilles tintèrent violemment. J'entendis, ou crus entendre, je ne veux rien affirmer, des gémissements poussés par le monde de cadavres au milieu duquel je gisais. Quoique la mémoire de ces moments soit bien ténébreuse, quoique mes souvenirs soient bien confus, malgré les impressions de souffrances encore plus profondes que je devais éprouver et qui ont brouillé mes idées, il y a des nuits où je crois encore entendre ces soupirs étouffés ! Mais il y a eu quelque chose de plus horrible que les cris, un silence que je n'ai jamais retrouvé nulle part, le vrai silence du tombeau. Enfin, en levant les mains, en tâtant les morts, je reconnus un vide entre ma tête et le fumier humain supérieur. Je pus donc mesurer l'espace qui m'avait été laissé par un hasard dont la cause m'était inconnue. Il paraît, grâce à l'insouciance ou à la précipitation avec laquelle on nous avait jetés pêle-mêle, que deux morts s'étaient croisés au-dessus de moi de manière à décrire un angle semblable à celui de deux cartes mises l'une contre l'autre par un enfant qui pose les fondements d'un château. En

furetant avec promptitude, car il ne fallait pas flâner, je rencontrai fort heureusement un bras qui ne tenait à rien, le bras d'un Hercule ! un bon os auquel je dus mon salut. Sans ce secours inespéré, je périssais ! Mais, avec une rage que vous devez concevoir, je me mis à travailler les cadavres qui me séparaient de la couche de terre sans doute jetée sur nous, je dis nous, comme s'il y eût eu des vivants ! J'y allais **ferme**, monsieur, car me voici ! Mais je ne sais pas aujourd'hui comment j'ai pu parvenir à percer la couverture de chair qui mettait une barrière entre la vie et moi. Vous me direz que j'avais trois bras ! Ce levier, dont je me servais avec habileté, me procurait toujours un peu de l'air qui se trouvait entre les cadavres que je déplaçais, et je ménageais mes aspirations. Enfin je vis le jour, mais à travers la neige, monsieur ! En ce moment, je m'aperçus que j'avais la tête ouverte. Par bonheur, mon sang, celui de mes camarades ou la peau meurtrie de mon cheval peut-être, que sais-je ! m'avait, en se coagulant, comme **enduit d'un emplâtre** naturel. Malgré cette **croûte**, je m'évanouis quand mon crâne fut en contact avec la neige. Cependant, le peu de chaleur qui me restait ayant fait fondre la neige autour de moi, je me trouvai, quand je repris connaissance, au centre d'une petite ouverture par laquelle je criai aussi long-temps que je le pus. Mais alors le soleil se levait, j'avais donc bien peu de chances pour être entendu. Y avait-il déjà du monde aux champs ? Je me haussais en faisant de mes pieds un ressort dont le point d'appui était sur les défunts qui avaient les reins solides. Vous sentez que ce n'était pas le moment de leur dire : *Respect au courage malheureux* ! Bref, monsieur, après avoir eu la douleur, si le mot peut rendre ma rage, de voir pendant long-temps, oh ! oui, longtemps ! ces sacrés Allemands se sauvant en entendant une voix là où ils n'apercevaient point d'homme, je fus enfin dégagé par une femme assez hardie ou assez curieuse pour s'approcher de ma tête qui semblait avoir poussé hors de terre comme un champignon. Cette femme alla chercher son mari, et tous deux me transportèrent dans leur pauvre **baraque**. Il parait que j'eus une rechute de catalepsie, passez-moi cette expression pour vous peindre un état duquel je n'ai nulle idée, mais que j'ai jugé, sur les **dires** de mes hôtes, devoir être un effet de cette maladie. Je suis resté pendant six mois entre la vie et la mort, ne parlant pas, ou déraisonnant quand je parlais. Enfin mes hôtes me firent admettre à l'hôpital d'Heilsberg. Vous comprenez, monsieur, que j'étais sorti du ventre de la fosse aussi nu que de celui de ma mère ; en sorte que, six mois après, quand, un beau matin, je me souvins d'avoir été le colonel Chabert, et qu'en recouvrant ma raison je voulus obtenir de ma garde plus de respect qu'elle n'en accordait à un pauvre diable, tous mes camarades de **chambrée** se mirent à rire. Heureusement pour moi, le chirurgien avait répondu, par amour-propre, de ma guérison, et s'était naturellement intéressé à son malade. Lorsque je lui parlai d'une manière suivie de mon ancienne existence, ce brave homme, nommé Sparchmann, fit constater, dans les formes **juridiques** voulues par le droit du pays, la manière miraculeuse dont j'étais sorti de la fosse des morts, le jour et l'heure où j'avais été trouvé par ma bienfaitrice et par son mari ; le genre, la position exacte de mes blessures, en joignant à ces différents procès-verbaux une description de ma personne. Eh bien, monsieur, je n'ai ni ces pièces importantes, ni la déclaration que j'ai faite chez un notaire d'Heilsberg, en vue d'établir mon identité ! Depuis le jour où je fus chassé de cette ville par les événements de la guerre, j'ai constamment erré comme un vagabond, mendiant mon pain, traité de fou lorsque je racontais mon aventure, et sans avoir ni trouvé, ni gagné un sou pour me procurer les actes qui pouvaient prouver mes dires, et me rendre à la vie sociale. Souvent, mes douleurs me retenaient durant des semestres entiers dans de petites villes où l'on prodiguait des soins au Français malade, mais où l'on riait au nez de cet homme dès qu'il prétendait être le colonel Chabert. Pendant longtemps ces rires, ces doutes me mettaient dans une fureur qui me nuisit et me fitmême enfermer comme fou à Stuttgard. A la vérité, vous pouvez juger, d'après mon récit, qu'il y avait des raisons suffisantes pour faire **coffrer** un homme ! Après deux ans de détention que je fus obligé de subir, après avoir entendu mille fois mes gardiens disant : « Voilà un pauvre homme qui croit être le colonel Chabert ! » à des gens qui répondaient : « Le pauvre homme ! » je fus convaincu de l'impossibilité de ma propre aventure, je devins triste, résigné, tranquille, et renonçai à me dire le colonel Chabert, afin de pouvoir sortir de prison et revoir la France. Oh ! monsieur, revoir Paris ! c'était un délire que je ne…

À cette phrase inachevée, le colonel Chabert tomba dans une rêverie profonde que Derville respecta.

— Monsieur, un beau jour, reprit le client, un jour de printemps, on me donna la clef des champs et dix thalers, sous prétexte que je parlais très sensément sur toutes sortes de sujets et que je ne me disais plus le colonel Chabert. Ma foi, vers cette époque, et encore aujourd'hui, par moments, mon nom m'est désagréable. Je voudrais n'être pas moi. Le sentiment de mes droits me tue. Si ma maladie m'avait ôté tout souvenir de mon existence passée, j'aurais été heureux ! J'eusse repris du service sous un nom quelconque, et qui sait ? je serais peut-être devenu **feld-maréchal** en Autriche ou en Russie.

— Monsieur, dit l'avoué, vous brouillez toutes mes idées. Je crois rêver en vous écoutant. De grâce, arrêtons-nous pendant un moment.

— Vous êtes, dit le colonel d'un air mélancolique, la seule personne qui m'ait si patiemment écouté. Aucun homme de loi n'a voulu m'avancer dix napoléons afin de faire venir d'Allemagne les pièces nécessaires pour commencer mon procès…

— Quel procès ? dit l'avoué, qui oubliait la situation douloureuse de son client en entendant le récit de ses misères passées.

— Mais, monsieur, la comtesse Ferraud n'est-elle pas ma femme ! Elle possède trente mille livres de rente qui m'appartiennent, et ne veut pas me donner deux liards. Quand je dis ces choses à des avoués, à des hommes de bon sens ; quand je propose, moi, mendiant, de plaider contre un comte et une comtesse ; quand je m'élève, moi, mort, contre un acte de décès, un acte de mariage et des actes de naissance, ils m'**éconduisent**, suivant leur caractère, soit avec cet air froidement poli que vous savez prendre pour vous débarrasser d'un malheureux, soit brutalement, en gens qui croient rencontrer un **intrigant** ou un fou. J'ai été enterré sous des morts, mais maintenant je suis enterré sous des vivants, sous des actes, sous des faits, sous la société tout entière, qui veut me faire rentrer sous terre !

— Monsieur, veuillez poursuivre maintenant, dit l'avoué.

— *Veuillez*, s'écria le malheureux vieillard en prenant la main du jeune homme, voilà le premier mot de politesse que j'entends depuis… Le colonel pleura. La reconnaissance étouffa sa voix. Cette pénétrante et **indicible** éloquence qui est dans le regard, dans le geste, dans le silence même, acheva de convaincre Derville et le toucha vivement.

— Ecoutez, monsieur, dit-il à son client, j'ai gagné ce soir trois cents francs au jeu ; je puis bien employer la moitié de cette somme à faire le bonheur d'un homme. Je commencerai les poursuites et **diligences** nécessaires pour vous procurer les pièces dont vous me parlez, et jusqu'à leur arrivée je vous remettrai cent sous par jour. Si vous êtes le colonel Chabert, vous saurez pardonner la **modicité** du prêt à un jeune homme qui a sa fortune à faire. Poursuivez.

Le prétendu colonel resta pendant un moment immobile et stupéfait : son extrême malheur avait sans doute détruit ses croyances. S'il courait après son illustration militaire, après sa fortune, après lui-même, peut-être était-ce pour obéir à ce sentiment inexplicable, en germe dans le cœur de tous les hommes, et auquel nous devons les recherches des alchimistes, la passion de la gloire, les découvertes de l'astronomie, de la physique, tout ce qui pousse l'homme à se grandir en se multipliant par les faits ou par les idées. L'ego, dans sa pensée, n'était plus qu'un objet secondaire, de même que la vanité du triomphe ou le plaisir du gain deviennent plus chers au **parieur** que ne l'est l'objet du **pari**. Les paroles du jeune avoué furent donc comme un miracle pour cet homme **rebuté** pendant dix années par sa femme, par la justice, par la création sociale entière. Trouver chez un avoué ces dix pièces d'or qui lui avaient été refusées pendant si long-temps, par tant de personnes et de tant de manières ! Le colonel ressemblait à cette dame qui, ayant eu la fièvre durant quinze années, crut avoir changé de maladie le jour où elle fut guérie. Il est des félicités auxquelles on ne croit plus ; elles arrivent, c'est la foudre, elles consument. Aussi la reconnaissance du pauvre homme était-elle trop vive pour qu'il pût l'exprimer. Il eût paru froid aux gens superficiels, mais Derville devina toute une probité dans cette stupeur. Un **fripon** aurait eu de la voix.

— Où en étais-je ? dit le colonel avec la naïveté d'un enfant ou d'un soldat, car il y a souvent de l'enfant dans le vrai soldat, et presque toujours du soldat chez l'enfant, surtout en France.

— A Stuttgard. Vous sortiez de prison, répondit l'avoué.

— Vous connaissez ma femme ? demanda le colonel.

— Oui, répliqua Derville en inclinant la tête.

— Comment est-elle ?

— Toujours ravissante.

Le vieillard fit un signe de main, et parut dévorer quelque secrète douleur avec cette résignation grave et solennelle qui caractérise les hommes éprouvés dans le sang et le feu des champs de bataille.

— Monsieur, dit-il avec une sorte de gaieté ; car il respirait, ce pauvre colonel, il sortait une seconde fois de la tombe, il venait de fondre une **couche** de neige moins soluble que celle qui jadis lui avait glacé la tête, et il aspirait l'air comme s'il quittait un **cachot**. — Monsieur, dit-il, si j'avais été joli garçon, aucun de mes malheurs ne me serait arrivé. Les femmes croient les gens quand ils farcissent leurs phrases du mot amour. Alors elles **trottent**, elles vont, elles **se mettent en quatre**, elles intriguent, elles affirment les faits, elles font le diable pour celui qui leur plaît. Comment aurais-je pu intéresser une femme ? j'avais une face de *requiem*, j'étais vêtu comme un sans-culotte, je ressemblais plutôt à un **Esquimau** qu'à un Français, moi qui jadis passais pour le plus joli des **muscadins**, en 1799 ! moi, Chabert, comte de l'Empire ! Enfin, le jour même où l'on me jeta sur le **pavé** comme un chien, je rencontrai le maréchal des logis de qui je vous ai déjà parlé. Le camarade se nommait Boutin. Le pauvre diable et moi faisions la plus belle paire de **rosses** que j'aie jamais vue ; je l'aperçus à la promenade, si je le reconnus, il lui fut impossible de deviner qui j'étais. Nous allâmes ensemble dans un **cabaret**. Là, quand je me nommai, la bouche de Boutin se fendit en éclats de rire comme un **mortier** qui **crève**. Cette gaieté, monsieur, me causa l'un de mes plus vifs chagrins ! Elle me révélait sans **fard** tous les changements qui étaient survenus en moi ! J'étais donc méconnaissable, même pour l'œil du plus humble et du plus reconnaissant de mes amis ! jadis j'avais sauvé la vie à Boutin, mais c'était une revanche que je lui devais. Je ne vous dirai pas comment il me rendit ce service. La scène eut lieu en Italie, à Ravenne. La maison où Boutin m'empêcha d'être poignardé n'était pas une maison fort décente. A cette époque je n'étais pas colonel, j'étais simple cavalier, comme Boutin. Heureusement cette histoire comportait des détails qui ne pouvaient être connus que de nous seuls ; et, quand je les lui rappelai, son incrédulité diminua. Puis je lui contai les accidents de ma bizarre existence. Quoique mes yeux, ma voix fussent, me dit-il, singulièrement altérés, que je n'eusse plus ni cheveux, ni dents, ni sourcils, que je fusse blanc comme un **Albinos**, il finit par retrouver son colonel dans le mendiant, après mille interrogations auxquelles je répondis victorieusement. Il me raconta ses aventures, elles n'étaient pas moins extraordinaires que les miennes : il revenait des confins de la Chine, où il avait voulu pénétrer après s'être échappé de la Sibérie. Il m'apprit les désastres de la campagne de Russie et la première abdication de Napoléon. Cette nouvelle est une des choses qui m'ont fait le plus de mal ! Nous étions deux **debris** curieux après avoir ainsi roulé sur le globe comme roulent dans l'Océan les cailloux emportés d'un rivage à l'autre par les tempêtes. Λ nous deux nous avions vu l'Egypte, la Syrie, l'Espagne, la Russie, la Hollande, l'Allemagne, l'Italie, la **Dalmatie**, l'Angleterre, la Chine, la Tartarie, la

Sibérie ; il ne nous manquait que d'être allés dans les Indes et en Amérique ! Enfin, plus **ingambe** que je ne l'étais, Boutin se chargea d'aller à Paris le plus lestement possible afin d'instruire ma femme de l'état dans lequel je me trouvais. J'écrivis à madame Chabert une lettre bien détaillée. C'était la quatrième, monsieur ! si j'avais eu des parents, tout cela ne serait peut-être pas arrivé ; mais, il faut vous l'avouer, je suis un enfant d'hôpital, un soldat qui pour patrimoine avait son courage, pour famille tout le monde, pour patrie la France, pour tout protecteur le bon Dieu. Je me trompe ! j'avais un père, l'Empereur ! Ah ! s'il était debout, le cher homme ! et qu'il vît son Chabert, comme il me nommait, dans l'état où je suis, mais il se mettrait en colère. Que voulez-vous ! notre soleil s'est couché, nous avons tous froid maintenant. Après tout, les événements politiques pouvaient justifier le silence de ma femme ! Boutin partit. Il était bien heureux, lui ! Il avait deux **ours** blancs supérieurement dressés qui le faisaient vivre. Je ne pouvais l'accompagner; mes douleurs ne me permettaient pas de faire de longues étapes. Je pleurai, monsieur, quand nous nous séparâmes, après avoir marché aussi long-temps que mon état put me le permettre en compagnie de ses ours et de lui. A Carlsruhe j'eus un accès de **névralgie** à la tête, et restai six semaines sur la **paille** dans une auberge ! Je ne finirais pas, monsieur, s'il fallait vous raconter tous les malheurs de ma vie de mendiant. Les souffrances morales, auprès desquelles pâlissent les douleurs physiques, excitent cependant moins de pitié, parce qu'on ne les voit point. Je me souviens d'avoir pleuré devant un hôtel de Strasbourg où j'avais donné jadis une fête, et où je n'obtins rien, pas même un morceau de pain. Ayant déterminé de concert avec Boutin l'itinéraire que je devais suivre, j'allais à chaque bureau de poste demander s'il y avait une lettre et de l'argent pour moi. Je vins jusqu'à Paris sans avoir rien trouvé. Combien de désespoirs ne m'a-t-il pas fallu dévorer ! « Boutin sera mort », me disais-je. En effet, le pauvre diable avait **succombé** à Waterloo. J'appris sa mort plus tard et par hasard. Sa mission auprès de ma femme fut sans doute **infructueuse**. Enfin j'entrai dans Paris en même temps que les **Cosaques**. Pour moi c'était douleur sur douleur. En voyant les Russes en France, je ne pensais plus que je n'avais ni souliers aux pieds ni argent dans ma poche. Oui, monsieur, mes vêtements étaient en lambeaux. La veille de mon arrivée je fus forcé de **bivouaquer** dans les bois de Claye. La fraîcheur de la nuit me causa sans doute un accès de je ne sais quelle maladie, qui me prit quand je traversai le **faubourg** Saint-Martin. Je tombai presque évanoui à la porte d'un marchand de fer. Quand je me réveillai j'étais dans un lit à l'Hôtel-Dieu. Là je restai pendant un mois assez heureux. Je fus bientôt renvoyé. J'étais sans argent, mais **bien portant** et sur le bon pavé de Paris. Avec quelle joie et quelle promptitude j'allai rue du Mont-Blanc, où ma femme devait être logée dans un hôtel à moi ! Bah ! la rue du Mont-Blanc était devenue la rue de la Chaussée-d'Antin. Je n'y vis plus mon hôtel, il avait été vendu, **démoli**. Des **spéculateurs** avaient bâti plusieurs maisons dans mes jardins. Ignorant que ma femme fût mariée à monsieur Ferraud, je ne pouvais obtenir aucun renseignement. Enfin je me rendis chez un vieil **avocat** qui jadis était chargé de mes affaires. Le bonhomme était mort après avoir cédé sa clientèle à un jeune homme. Celui-ci m'apprit, à mon grand étonnement, l'ouverture de ma **succession**, sa liquidation, le mariage de ma femme et la naissance de ses deux enfants. Quand je lui dis être le colonel Chabert, il se mit à rire si franchement que je le quittai sans lui faire la moindre observation. Ma détention de Stuttgard me fit songer à Charenton, et je résolus d'agir avec prudence. Alors, monsieur, sachant où demeurait ma femme, je m'acheminai vers son hôtel, le cœur plein d'espoir. Eh bien, dit le colonel avec un mouvement de rage concentrée, je n'ai pas été reçu lorsque je me fis annoncer sous un nom d'emprunt, et le jour où je pris le mien je fus consigné à sa porte. Pour voir la comtesse rentrant du bal ou du spectacle, au matin, je suis resté pendant des nuits entières collé contre la **borne** de sa porte cochère. Mon regard plongeait dans cette voiture qui passait devant mes yeux avec la rapidité de l'éclair, et où j'entrevoyais à peine cette femme qui est mienne et qui n'est plus à moi ! Oh ! dès ce jour j'ai vécu pour la vengeance, s'écria le vieillard d'une voix **sourde** en se dressant tout à coup devant Derville. Elle sait que j'existe ; elle a reçu de moi, depuis mon retour, deux lettres écrites par moi-même. Elle ne m'aime plus! Moi, j'ignore si je l'aime ou si je la déteste ! je la désire et la maudis tour à tour. Elle me doit sa fortune, son bonheur ; eh bien, elle ne m'a pas seulement fait parvenir le plus léger secours ! Par moments je ne sais plus que devenir !

A ces mots, le vieux soldat retomba sur sa chaise, et redevint immobile. Derville resta silencieux, occupé à contempler son client.

— L'affaire est grave, dit-il enfin machinalement. Même en admettant l'authenticité des pièces qui doivent se trouver à Heilsberg, il ne m'est pas prouvé que nous puissions triompher tout d'abord. Le procès ira successivement devant trois tribunaux. Il faut réfléchir à tête reposée sur une semblable cause, elle est tout exceptionnelle.

— Oh ! répondit froidement le colonel en relevant la tête par un mouvement de fierté, si je succombe, je saurai mourir, mais en compagnie.

Là, le vieillard avait disparu. Les yeux de l'homme énergique brillaient rallumés aux feux du désir et de la vengeance.

— Il faudra peut-être **transiger**, dit l'avoué.

— Transiger, répéta le colonel Chabert. Suis-je mort ou suis-je vivant ?

— Monsieur, reprit l'avoué, vous suivrez, je l'espère, mes conseils. Votre cause sera ma cause. Vous vous apercevrez bientôt de l'intérêt que je prends à votre situation, presque sans exemple dans les **fastes** judiciaires. En attendant, je vais vous donner un mot pour mon notaire, qui vous remettra, sur votre **quittance**, cinquante francs tous les dix jours. Il ne serait pas convenable que vous vinssiez chercher ici des secours. Si vous êtes le colonel Chabert, vous ne devez être à la merci de personne. Je donnerai à ces avances la forme d'un prêt. Vous avez des biens à recouvrer, vous êtes riche.

Cette dernière délicatesse arracha des larmes au vieillard. Derville se leva brusquement, car il n'était peut-être pas de costume qu'un avoué parût s'émouvoir ; il passa dans son cabinet, d'où il revint avec une lettre non cachetée qu'il remit au comte Chabert. Lorsque le pauvre homme la tint entre ses doigts, il sentit deux pièces d'or à travers le papier.

【注释】

- alléguer *v.t.* 引证，援引；提出（理由或借口）
- légiste *m.* 法学家，法律学家；*adj.* 法学的
- défiant *adj.* 多疑的；不信任的，怀疑的
- solliciteur, se *n.* 恳请者，央求者；求职者
- matinal *adj.* 早晨的；早起的，习惯于早起的
- nocturne *adj.* 夜间的；夜间发生的，夜间活动的
- code *n.m.* 法典，法规；〈口〉法律；规则，规章
- dépourvu *adj.* 没有……的，缺乏……的（后接 de）
- clair-obscur *n.m.* （绘画）明暗，明暗对比；采用明暗对比的美术作品；昏暗的光线，半明半暗的光线；〈哲〉暧昧的论点

- nacre *n.f.* 珍珠质，珍珠层；〈书〉珠色
- chatoyer *v.i.* 闪耀，闪闪发光；绚丽多彩
- livide *adj.* 〈书〉青灰色的，铅色的；土色的；苍白的，无血色的
- lame de couteau 刀尖，刀片
- brun, e *adj.* 褐色的；被晒黑的；*n.* 棕色头发及有浅黑色皮肤的人；*n.m.* 棕色，褐色，咖啡色；*n.f.* 黑啤，棕色烟丝的卷烟
- haillon *n.m.* 破衣服
- ressortir *v.i.* 突出来，烘托出来；清晰地显出；*v.t.* 重新推出，重新利用；*v.t.indir.* + à 〈法律〉属……管辖
- brusquerie *n.f.* 粗暴，生硬，唐突；〈书〉仓促
- ride *n.f.* 皱纹；波纹，涟漪；〈地质〉褶皱；波痕
- démence *n.f.* 精神错乱；荒唐，发狂；〈医〉痴呆
- foudroyer *v.t.* 以闪电劈倒；摧毁，打垮；使错愕，使震惊
- magistrat *n.m.* 行政官员，法官
- avoué *n.m.* 〈法律〉诉讼代理人
- cuir *n.m.* 皮革，动物厚皮；〈转〉联诵的错误
- perruque *n.f.* 假发，老顽固；〈口〉私活，挪用雇主的工具
- coller *v.t.dir.* 粘贴；贴近；〈俗〉强加给；*v.t. indir.* + à 贴切，符合，适合；*v.i.* 粘住，紧贴
- cicatrice *n.f.* 疤痕，伤疤；创伤
- transversal *adj.* 横向的；横截的；跨领域的，跨学科的，跨部门的
- occiput *n.m.* 后脑壳，枕（骨）部
- couture *n.f.* 缝纫，针线活；时装业，服装业；长条伤疤
- enlèvement *n.m.* 除去，去掉；抢走，夺走；夺取，突然攻克；拐走，劫持
- fendu *adj.* 裂开的，有开口的；长的（指嘴、眼等）
- épouvantable *adj.* 可怕的，令人恐惧的；糟糕的，恶劣的；过度的，极端的
- enfuir(s') *v.pr.* 逃跑，逃离；流出，溢出；〈诗〉消逝
- feu *n.m.* 火，火花，火灾；炉灶；点火物；辛辣味；光芒；灼热；热情
- redevable *adj.* 负债的；感恩的，受惠的；*n.* 负债者
- tétanos *n.m.* 破伤风
- dépouiller *v.t.* 剥（动物）皮；去除；抛开；剥夺；分析，整理
- capucins de cartes *n.* 一种儿童游戏（把折好的纸片竖立排好，把最后一张推倒，其余的即顺次倒下）

- méphitique *adj.* 有毒的，恶臭的（气体）

- fureter *v.i.* 到处搜索，东张西望；到处打听，到处探听

- ferme *adj.* 坚固的，坚实的；稳固的；*adv.* 坚定地；*n.f.* 出租（土地），租赁，包税；农场，农庄

- enduit *n.m.* 涂料，涂层；（器官上的）黏性分泌物；〈建筑〉抹灰，粉刷

- emplâtre *n.m.* 膏药，（补轮胎的）补片；〈口〉容易使人饱胀的食物

- croûte *n.f.* 面包皮，吃剩的面包块；馅饼皮；干酪皮；〈引〉硬壳，硬的外层

- baraque *n.f.* 木板屋，木棚；〈口〉难堪的房子，破房子

- dires *n.m.* 证言，声明，供述；(*pl.*) 话语，言语

- chambrée *n.f.* 寝室；合住一间寝室的人

- juridiques *adj.* 法律的，法学的；司法上的

- coffrer *v.t.* 为……安装镶板、支架；设置模板；〈俗〉关进监狱

- feld-maréchal *n.m.* 陆军元帅；〈旧〉骑兵军官

- éconduire *v.t.* 拒绝，回绝；打发走

- intrigant *adj.* 玩弄阴谋的，使用诡计的；*n.* 阴谋家

- indicible *adj.* 说不出的，难以表达的

- diligences *n.f.* 勤奋，勤勉；根据……的要求；细致，迅速；努力

- modicité *n.f.* 微薄，低廉；平庸，低下

- parieur *n.m.* 打赌者，赌客

- pari *n.m.* 打赌，赌注，赌博

- rebuter *v.t.* 使扫兴，使气馁；使讨厌，使不愉快；〈旧〉严词拒绝

- fripon *n.* 淘气鬼，调皮鬼；*adj.* 淘气的，调皮的；〈古〉骗子，无赖

- couche *n.f.* 床；层，涂层；阶层；底板

- cachot *n.m.* 单人囚室，黑牢；监狱，禁闭室

- trotter *v.i.* 快步走，小跑；奔走，奔忙；反复出现，萦绕

- se mettent en quatre（相当于 faire tous ses efforts）竭尽全力

- esquimau,aude *adj.* 因纽特人的；*n.* 因纽特人；*n.m.* 因纽特语

- muscadins *n.m.* 〈古〉花花公子，纨绔子弟；麝香糖

- pavé *n.m.* 铺路石，垫脚石；地面，马路；〈口〉报纸上的大块文章；厚厚的书；方块，厚厚的牛排

- rosse *n.f.* 〈旧〉劣马；恶人；〈转〉〈信〉无用的人

- cabaret *n.m.* 〈旧〉小酒馆，夜总会；酒器，茶具

- mortier *n.m.* 研钵；迫击炮；〈建筑〉灰浆，砂浆

- crever *v.i.* 爆烈，破裂，裂开；〈引〉充满，充盈
- fard *n.m.* 脂粉，化妆用品；掩饰，伪装
- albinos *adj.* 〈医〉患白化病的
- debris *n.m.* 碎片，残骸，碎屑；(*pl.*) 剩余，残余
- dalmatie *n.f.* 〈南斯拉夫〉达尔马提亚（地区）
- ingambe *adj.* 矫健的，步履轻快的
- ours *n.m.* 熊，公熊；孤僻的人；（报纸杂志上的）刊头
- névralgie *n.f.* 〈医〉神经痛，头痛
- paille *n.f.* 稻草，麦秸
- succomber *v.i.* 屈服，支持不住；死亡；*v.t.indir.*+ à 屈服，抵挡不住
- infructueux, se *a.* 〈旧〉不结果实的；没有益处的，无好处的；无成果的
- cosaque *n.m.* 哥萨克人，哥萨克骑兵；à la ~ 粗暴地
- bivouaquer *v.i.* 露营，宿营
- faubourg *n.m.* 市郊，教区
- portant *adj.* 支撑的；être bien ~（健康状况方面）身体好，身体壮实
- démolir *v.t.* 拆毁，破坏；推翻，摧毁；打倒，击败；〈俗〉以武力教训；使精神不振
- spéculateur *n.m.* 投机者，投机商
- avocat,*e n.* 律师，辩护人；说情人
- succession *n.f.* 〈法律〉（财产的）继承，遗产；继位；连续；系列
- borne *n.f.* 界石，界标；里程碑；石桩；(*pl.*) 边界，疆界；界限，极限
- sourd *adj.* 耳聋的；沉闷的，低沉的；不鲜艳的；暗中的，隐隐约约的
- transiger *v.i.* 和解，互让了结；妥协，让步；姑息
- faste *n.m.* 大事记
- quittance *n.f.* 收据

【课后思考】

1. 巴尔扎克的小说与法国历史有着密切关系，请从"小说证史"的角度谈谈你对《夏倍上校》的看法。
2. 巴尔扎克的哪些作品涉及了法国大革命这段历史？

【参考文献】

1. 巴尔扎克. 巴尔扎克作品集（第 1 册）. 傅雷，译. 北京：北京日报出版社，2017.

2. Pierre Brunel. Histoire de la Littérature Française. Paris: Bordas, 1972.

3. Cathy Caruth. The Claims of the Dead: History, Haunted Property, and the Law. Critical Inquiry, 2022, 28(2): 419-441.

4. François Furet. Penser la Révolution française. Paris: Gallimard, 1983.

5. François Furet. La Révolution française. Hachette, 1988.

6. Alexis de Tocqueville. Œuvres complètes. Paris: Gallimard, 1984-1991.

第十七章　雨果的创作
L'œuvre créative de Hugo

【导读】

　　维克多·雨果（Victor Hugo，1802—1885）出身于军官家庭，在中学时就爱好文学。他经历了"从帝国走到共和的83年历程"，其文学创作和思想倾向也经历过由守旧到开明的复杂转变。

　　雨果的创作历程长达60余年，其作品包括诗歌、小说、剧本、哲理论著等，代表作有戏剧《克伦威尔》（*Cromwell*，1827）、《欧那尼》（*Hernani*，1830）、《吕布拉》（*Ruy Blas*，1838），诗集《东方诗集》（*les Orientales*，1829）、《惩罚集》（*les Châtiments*，1853）、《静观集》（*les Contemplations*，1856）、《世纪传说》（*la Légende des siècles*，1859—1883），长篇小说《巴黎圣母院》（*Notre-Dame de Paris*，1831）、《九三年》（*Quatrevingt-treize*，1874）、《悲惨世界》（*Les Misérables*，1862）等。

　　本章选段分别出自《巴黎圣母院》《就英法联军远征中国给巴特勒上尉的信》和《明日清晨》。雨果非常反感人们把他的作品抽取出来作为选段，然而吊诡的是，他的作品很适合选取片段进行鉴赏。①

　　据《巴黎圣母院》译者李玉民先生所说，该书是现实主义和浪漫主义相结合的巨著，是他的"人类命运三部曲"中的第一部。书中人物"具有15世纪巴黎风俗的鲜明色彩，都可以用'奇异'两个字来概括。推选丑大王的狂欢节、奇迹宫丐帮的夜生活、落魄诗人格兰古瓦的摔罐成亲、聋人法官开庭制造冤案、敲钟人飞身救美女，等等，这些场面，虽不如丐帮攻打圣母院那样壮观，但是同样奇异，有的也同样惊心动魄，催人泪下。书中人物虽然生活在15世纪，却一个个栩栩如生：人见人爱的纯真美丽的姑娘爱丝美拉达、残疾丑陋但心地善良的卡西莫多、人面兽心又阴险毒辣的宗教鹰犬弗罗洛……"②

---

① Voir Victor Hugo. Notre-dame de Paris. une anthologie. Paris: Gallimard, 2017: 7.

② 雨果. 巴黎圣母院. 李玉民，译. 北京：北京燕山出版社，2008：3.

　　本章选取的是《巴黎圣母院》的片段，主要描写诗人格兰古瓦看到爱丝美拉达时的场景，其他人物如卡西莫多、弗罗洛也都在这部分出场。选文对卡西莫多的入场做了重点描写，提到他有自尊，但因丑陋而被人恨。

　　在格兰古瓦眼中，爱丝美拉达是仙女抑或天使。她在波斯地毯上旋转舞蹈，光芒四射。观者目不转睛，惊艳到合不上口。她的小白羊（Djali）则表演了一些绝技，比如说出月份、日子和时刻。作者在集中描写爱丝美拉达时有条不紊、多而不乱，颇见特色，依次描写了她的美貌、她的舞蹈和她的歌声等。作者对她的歌声的描写很有意思，形容她的歌声是柔和的八度起伏，声音中充满欢乐："她像小鸟一样歌唱，感动了人，像天鹅在水中荡出涟漪。"①

　　《就英法联军远征中国给巴特勒上尉的信》选自《雨果文集》第 11 卷，是以英法联军侵华为背景的文章。巴特勒上尉本想利用雨果的显赫声望，让他为远征中国的所谓"胜利"捧场，但雨果这位正直的作家没有狭隘的民族主义情绪，反而代表了人类的良知。他在这封信中强烈谴责英法联军火烧圆明园的强盗行径。雨果的难能可贵之处，在于不仅他的立场不是狭隘的民族主义，而且他能站在世界和人类的角度公开斥责强盗一般的反动政权，称其颠倒黑白，不以此为耻、反以为荣。他还珍视人类文明成果，尊重人类文明的创造者。他指出，"岁月创造的一切都是属于人类的"。他盛赞中华民族，表达对中国人民的同情和尊敬，愤怒谴责侵略者的罪行。

　　《明日清晨》出自《静观集》第四章，归属于"今日"部分。这一章包括雨果献给女儿的 17 首诗歌。雨果经常会在自己的作品中表达自己深沉而睿智的思想，但这一次，他只是一个失去了女儿的父亲。雨果不加任何修饰地直接表达了他的哀悼。该诗描写了诗人在前往女儿墓地扫墓前复杂而悲伤的情绪，表达

---

　　① 原文：Cette mélancolique rêverie l'absorbait de plus en plus, lorsqu'un chant bizarre, quoique plein de douceur, vint brusquement l'en arracher. C'était la jeune égyptienne qui chantait.

　　Il en était de sa voix comme de sa danse, comme de sa beauté. C'était indéfinissable et charmant ; quelque chose de pur, de sonore, d'aérien, d'ailé, pour ainsi dire. C'étaient de continuels épanouissements, des mélodies, des cadences inattendues, puis des phrases simples semées de notes acérées et sifflantes, puis des sauts de gammes qui eussent dérouté un rossignol, mais où l'harmonie se retrouvait toujours, puis de molles ondulations d'octaves qui s'élevaient et s'abaissaient comme le sein de la jeune chanteuse. Son beau visage suivait avec une mobilité singulière tous les caprices de sa chanson, depuis l'inspiration la plus échevelée jusqu'à la plus chaste dignité. On eût dit tantôt une folle, tantôt une reine.

了诗人对女儿深深的爱意和丧女之后悲痛的心情。诗歌语言优美亲切而真诚，风格清新而哀伤，是雨果的诗歌名作。

雨果毕生致力于探索生与死的奥秘，其中一个重要的原因是其大女儿的去世。1843 年，她的大女儿莱奥波尔迪娜（Léopoldine）与丈夫一同在海难中丧生。这一噩耗给雨果的心灵带来了巨大的震动，对他的文学创作与思想产生了巨大影响，他开始向神秘主义和唯灵论寻求生命的答案。[①] 《静观集》是雨果诗歌创作的代表作之一，它不仅是反映雨果思想的重要文本，更是浪漫主义诗歌的巅峰。在《静观集》中，雨果经历了对生与死的沉思。以莱奥波尔迪娜之死为界限，我们可以将其划分为"昨日"和"今日"两部分。

这首诗在开篇就向我们抛出了一系列疑问：为什么主人公选择明日清晨出发？他在想着谁？他的目的地又是哪里？但这一切还没有答案，我们只知道他在准备动身前往一个地方，因为在那里有一个人在等他，而这个人对他来说十分重要。他是如此专心地踏上了自己的这趟旅程，以至于完全忘却了自己周围的环境，仿佛大自然的一切风景都与他无关。他将双手放在胸前，那么虔诚、那么专注，就像一个正在祈祷的信徒。他的心情又是怎样的呢？他是欣喜还是兴奋，抑或是悲伤？诗歌的第八行给出了答案（Triste, et le jour pour moi sera comme la nuit）。通过比喻的手法，诗人生动地表达了自己悲痛欲绝的心情。在一系列心境描写之后，我们虽然知道了主人公的悲伤心境，却仍然不知道他此行的目的。直到这首诗的结尾，他才告诉我们一切：他此行是来为自己逝去的亲人扫墓（Et quand j'arriverai, je mettrai sur ta tombe un bouquet de houx vert et de bruyère en fleur）。诗人轻声细语地表达了对女儿的一往情深。他一改自己在其他作品中热情的风格，营造了一个宁静却充满了爱的氛围，温暖而含蓄。这首诗虽然只有 12 行，却达到了一种惊人的效果，它朦胧的情感与文字相得益彰，即使仅有 12 行，其效果却胜过千行。[②]

---

① 陈翠萍. L'amour et la mort dans Les Contemplations—analyse textuelle sur Les Contemplations de Victor Hugo. 西安：西安外国语大学，2014.

② 郑克鲁. 失女之痛：雨果《静观集》中的组诗《给女儿的诗》. 名作欣赏，1989（5）：76-83.

【片段阅读一】

Notre-Dame de Paris
Livre II
III – « Besos para golpes »

Lorsque Pierre Gringoire arriva sur la place de Grève, il était **transi**. Il avait pris par le Pont-aux-Meuniers pour éviter la **cohue** du Pont-au-Change et les drapelets de Jehan Fourbault ; mais les roues de tous les moulins de l'évêque l'avaient **éclaboussé** au passage, et sa **souquenille** était trempée. Il lui semblait en outre que la chute de sa pièce le rendait plus **frileux** encore. Aussi se hâta-t-il de s'approcher du feu de joie qui brûlait magnifiquement au milieu de la place. Mais une foule considérable faisait cercle à l'entour.

« Damnés Parisiens ! se dit-il à lui-même, car Gringoire en vrai poète dramatique était sujet aux monologues, les voilà qui m'**obstruent** le feu ! Pourtant j'ai bon besoin d'un coin de **cheminée**. Mes souliers boivent, et tous ces maudits moulins qui ont pleuré sur moi ! Diable d'évêque de Paris avec ses moulins ! Je voudrais bien savoir ce qu'un évêque peut faire d'un moulin ! Est-ce qu'il s'attend à devenir d'évêque **meunier** ? S'il ne lui faut que ma malédiction pour cela, je la lui donne, et à sa cathédrale, et à ses moulins ! Voyez un peu s'ils se dérangeront, ces **badauds**. Je vous demande ce qu'ils font là ! Ils **se chauffent** ; beau plaisir ! Ils regardent brûler un cent de **bourrées ;** beau spectacle ! »

En examinant de plus près, il s'aperçut que le cercle était beaucoup plus grand qu'il ne fallait pour se chauffer au feu du roi, et que cette **affluence** de spectateurs n'était pas uniquement attirée par la beauté du cent de bourrées qui brûlait.

Dans un vaste espace laissé libre entre la foule et le feu, une jeune fille dansait.

Si cette jeune fille était un être humain, ou une fée, ou un ange, c'est ce que Gringoire, tout philosophe sceptique, tout poète ironique qu'il était, ne put décider dans le premier moment, tant il fut **fasciné** par cette éblouissante vision.

Elle n'était pas grande, mais elle le semblait, tant sa fine taille s'élançait **hardiment**. Elle était brune, mais on devinait que le jour sa peau devait avoir ce beau reflet doré des Andalouses et des Romaines. Son petit pied aussi était andalou, car il était tout ensemble à l'étroit et à l'aise dans sa gracieuse chaussure. Elle dansait, elle tournait, elle **tourbillonnait** sur un vieux tapis de Perse, jeté **négligemment** sous ses pieds ; et chaque fois qu'en **tournoyant** sa rayonnante figure passait devant vous, ses grands yeux noirs vous jetaient un éclair.

Autour d'elle tous les regards étaient fixes, toutes les bouches ouvertes ; et en effet, tandis qu'elle dansait ainsi, au **bourdonnement** du **tambour de basque** que ses deux bras ronds et purs élevaient au-dessus de sa tête, mince, **frêle** et vive comme une **guêpe**, avec son **corsage** d'or sans pli, sa robe **bariolée** qui se gonflait, avec ses épaules nues, ses jambes fines que sa jupe découvrait par moments, ses cheveux noirs, ses yeux de flamme, c'était une surnaturelle créature.

« En vérité, pensa Gringoire, c'est une **salamandre**, c'est une **nymphe**, c'est une déesse, c'est **une bacchante du mont Ménaléen** ! »

En ce moment une des **nattes** de la chevelure de la « salamandre » se détacha, et **une pièce de cuivre jaune** qui y était attachée roula à terre.

« Hé non ! dit-il, c'est une bohémienne. »

Toute illusion avait disparu.

Elle se remit à danser. Elle prit à terre deux épées dont elle appuya la pointe sur son front et qu'elle fit tourner dans un sens tandis qu'elle tournait dans l'autre. C'était en effet tout bonnement une bohémienne. Mais quelque désenchanté que fût Gringoire, l'ensemble de ce tableau n'était pas sans prestige et sans magie ; le feu de joie l'éclairait d'une lumière crue et rouge qui tremblait toute vive sur le cercle des visages de la foule, sur le front brun de la jeune fille, et au fond de la place jetait un **blême** reflet mêlé aux vacillations de leurs ombres, d'un côté sur la vieille façade noire et ridée de la Maison-aux-Piliers, de l'autre sur **les bras de pierre du gibet.**

Parmi les mille visages que cette lueur **teignait** d'**écarlate**, il y en avait un qui semblait plus encore que tous les autres absorbé dans la contemplation de la danseuse. C'était une figure d'homme, austère, calme et sombre. Cet homme, dont le costume était caché par la foule qui l'entourait, ne paraissait pas avoir plus de trente-cinq ans ; cependant il était chauve ; à peine avait-il aux **tempes** quelques touffes de cheveux rares et déjà gris ; son front large et haut commençait à se creuser de rides ; mais dans ses yeux enfoncés éclatait **une jeunesse extraordinaire, une vie ardente, une passion profonde**. Il les tenait sans cesse attachés sur la bohémienne, et tandis que la folle jeune fille de seize ans dansait et **voltigeait** au plaisir de tous, sa rêverie, à lui, semblait devenir de plus en plus sombre. De temps en temps un sourire et un soupir se rencontraient sur ses lèvres, mais le sourire était plus douloureux que le soupir.

La jeune fille, **essoufflée**, s'arrêta enfin, et le peuple l'applaudit avec amour.

« Djali », dit la bohémienne.

Alors Gringoire vit arriver une jolie petite chèvre blanche, alerte, éveillée, lustrée, avec des cornes dorées, avec des pieds dorés, avec un **collier** doré, qu'il n'avait pas encore aperçue, et qui était restée jusque-là **accroupie** sur un coin du tapis et regardant danser sa maîtresse.

« Djali, dit la danseuse, à votre tour. »

Et s'asseyant, elle présenta gracieusement à la chèvre son tambour de basque.

« Djali, continua-t-elle, à quel mois sommes-nous de l'année ? »

La chèvre leva son pied de devant et frappa un coup sur le tambour. On était en effet au premier mois. La foule applaudit.

« Djali, reprit la jeune fille en tournant son tambour de basque d'un autre côté, à quel jour du mois sommes-nous ? »

Djali leva son petit pied d'or et frappa six coups sur le tambour.

« Djali, poursuivit l'égyptienne toujours **avec un nouveau manège du tambour**, à quelle heure du jour sommes-nous ? »

Djali frappa sept coups. Au même moment l'horloge de la Maison-aux-Piliers sonna sept heures.

Le peuple était émerveillé.

« Il y a de la **sorcellerie** là-dessous », dit une voix **sinistre** dans la foule. C'était celle de l'homme chauve qui ne quittait pas la bohémienne des yeux.

Elle tressaillit, se détourna ; mais les applaudissements éclatèrent et couvrirent la morose exclamation.

Ils l'effacèrent même si complètement dans son esprit qu'elle continua d'interpeller sa chèvre.

« Djali, comment fait maître Guichard Grand-Remy, **capitaine des pistoliers** de la ville, à la procession de la **Chandeleur** ? »

Djali se dressa sur ses pattes de derrière et se mit à **bêler**, en marchant avec une si gentille gravité que le cercle entier des spectateurs éclata de rire à cette parodie de la dévotion intéressée du capitaine des pistoliers.

« Djali, reprit la jeune fille **enhardie** par le succès croissant, comment prêche maître Jacques Charmolue, **procureur** du roi en cour d'église ? »

La chèvre prit **séance** sur son derrière, et se mit à bêler, en agitant ses pattes de devant d'une si étrange façon que, hormis le mauvais français et le mauvais latin, geste, accent, attitude, tout Jacques Charmolue y était.

Et la foule d'applaudir de plus belle.

« **Sacrilège** ! **profanation** ! » reprit la voix de l'homme chauve.

« Ah ! dit-elle, c'est ce vilain homme ! » puis, allongeant sa lèvre inférieure au-delà de la lèvre supérieure, elle fit une petite **moue** qui paraissait lui être familière, **pirouetta** sur le **talon**, et se mit à recueillir dans un tambour de basque les dons de la multitude.

Les grands-blancs, les petits-blancs, les targes, les liards-à-l'aigle pleuvaient. Tout à coup elle passa devant Gringoire. Gringoire mit si étourdiment la main à sa poche qu'elle s'arrêta. « Diable ! » dit le poète en trouvant au fond de sa poche la réalité, c'est-à-dire le vide. Cependant la jolie fille était là, le regardant avec ses grands yeux, lui tendant son tambour, et attendant. Gringoire suait à grosses gouttes. S'il avait eu le **Pérou** dans sa poche, certainement il l'eût donné à la danseuse ; mais Gringoire n'avait pas le Pérou, et d'ailleurs l'Amérique n'était pas encore découverte.

Heureusement un incident inattendu vint à son secours.

« T'en iras-tu, sauterelle d'Égypte ? » cria une voix aigre qui partait du coin le plus sombre de la place.

La jeune fille se retourna effrayée. Ce n'était plus la voix de l'homme chauve ; c'était une voix de femme, une voix dévote et méchante.

Du reste, ce cri, qui fit peur à la bohémienne, mit en joie une troupe d'enfants qui **rôdait** par là.

« C'est la **recluse** de la Tour-Roland, s'écrièrent-ils avec des rires désordonnés, c'est la sachette qui gronde ! Est-ce qu'elle n'a pas soupé ? portons-lui quelque reste du **buffet** de ville ! »

Tous se précipitèrent vers la Maison-aux-Piliers.

Cependant Gringoire avait profité du trouble de la danseuse pour s'éclipser. La **clameur** des enfants lui rappela que lui aussi n'avait pas soupé. Il courut donc au buffet. Mais les petits drôles avaient de meilleures jambes que lui ; quand il arriva, ils avaient fait table rase. Il ne restait même pas un misérable **camichon** à cinq sols la livre. Il n'y avait plus sur le mur que les **sveltes** fleurs de **lys**, entremêlées de **rosier**s, peintes en 1434 par Mathieu Biterne. C'était un maigre souper.

C'est une chose **importune** de se coucher sans souper ; c'est une chose moins riante encore de ne pas souper et de ne savoir où coucher. Gringoire en était là. Pas de pain, pas de **gîte** ; il se voyait pressé de toutes parts par la nécessité, et il trouvait la nécessité fort **bourrue**. Il avait depuis longtemps découvert cette vérité, que Jupiter a créé les hommes dans un accès de **misanthropie**, et que, pendant toute la vie du sage, sa destinée tient en état de siège sa philosophie. Quant à lui, il n'avait jamais vu le **blocus** si complet ; il entendait son estomac battre la **chamade**, et il trouvait très déplacé que le mauvais destin prît sa philosophie par la famine.

Cette mélancolique rêverie l'absorbait de plus en plus, lorsqu'un chant bizarre, quoique plein de douceur, vint brusquement l'en arracher. C'était la jeune égyptienne qui chantait.

Il en était de sa voix comme de sa danse, comme de sa beauté. C'était indéfinissable et charmant ; quelque chose de pur, de sonore, d'aérien, d'**ailé**, pour ainsi dire. C'étaient de continuels **épanouissements**, des mélodies, des cadences inattendues, puis des phrases simples semées de notes **acérées** et sifflantes, puis des **sauts de gammes** qui eussent dérouté un rossignol, mais où l'harmonie se retrouvait toujours, puis de molles ondulations d'octaves qui s'élevaient et s'abaissaient comme le sein de la jeune chanteuse. Son beau visage suivait avec une mobilité singulière tous les caprices de sa chanson, depuis l'inspiration la plus **échevelée** jusqu'à la plus chaste dignité. On eût dit **tantôt** une folle, **tantôt** une reine. Les paroles qu'elle chantait étaient d'une langue inconnue à Gringoire, et qui paraissait lui être inconnue à elle-même, tant l'expression qu'elle donnait au chant se rapportait peu au sens des paroles. Ainsi ces quatre vers dans sa bouche étaient d'une gaieté folle :

> *Un cofre de gran riqueza*
> *Hallaron dentro un pilar,*
> *Dentro del, nuevas banderas*
> *Con figuras de espantar.*

Et un instant après, à l'accent qu'elle donnait à cette stance :

Alarabes de cavallo
Sin poderse menear,
Con espadas, y los cuellos,
Ballestas de buen echar.

Gringoire se sentait venir les larmes aux yeux. Cependant son chant respirait surtout la joie, et elle semblait chanter, comme l'oiseau, par sérénité et par insouciance.

La chanson de la bohémienne avait troublé la rêverie de Gringoire, mais comme le **cygne** trouble l'eau. Il l'écoutait avec une sorte de **ravissement** et d'oubli de toute chose. C'était depuis plusieurs heures le premier moment où il ne se sentît pas souffrir.

Ce moment fut court.

La même voix de femme qui avait interrompu la danse de la bohémienne vint interrompre son chant.

« Te tairas-tu, **cigale** d'enfer ? » cria-t-elle, toujours du même coin obscur de la place.

La pauvre cigale s'arrêta court. Gringoire **se boucha** les oreilles.

« Oh ! s'écria-t-il, maudite **scie ébréchée**, qui vient briser la lyre ! »

Cependant les autres spectateurs murmuraient comme lui : « Au diable la sachette ! » disait plus d'un. Et la vieille **trouble-fête** invisible eût pu avoir à se repentir de ses agressions contre la bohémienne, s'ils n'eussent été distraits en ce moment même par la procession du pape des fous, qui, après avoir **parcouru force rues et carrefours**, débouchait dans la place de Grève, avec toutes ses torches et toute sa rumeur.

Cette procession, que nos lecteurs ont vue partir du Palais, s'était organisée chemin faisant, et recrutée de tout ce qu'il y avait à Paris de **marauds,** de voleurs oisifs, et de vagabonds **disponibles** ; aussi présentait-elle un aspect respectable lorsqu'elle arriva en Grève.

D'abord marchait l'Égypte. Le duc d'Égypte, en tête, à cheval, avec ses comtes à pied, lui tenant la **bride** et l'**étrier** ; derrière eux, les égyptiens et les égyptiennes pêle-mêle avec leurs petits-enfants criant sur leurs épaules ; tous, duc, comtes, **menu**

peuple, en haillons et en oripeaux. Puis c'était **le royaume d'argot** : c'est-à-dire tous les voleurs de France, **échelonnés** par ordre de dignité ; les moindres passant les premiers. Ainsi défilaient quatre par quatre, avec les divers **insignes** de leurs grades dans cette étrange faculté, la plupart **éclopés**, ceux-ci boiteux, ceux-là **manchot**s, **les courtauds de boutanche**, **les coquillarts, les hubins, les sabouleux, les calots, les francs-mitoux, les polissons, les piètres, les capons, les malingreux, les rifodés, les marcandiers, les narquois, les orphelins, les archisuppôts, les cagoux** ; dénombrement à fatiguer Homère. Au centre du **conclave** des cagoux et des archisuppôts, on avait peine à distinguer le roi de l'argot, **le grand coësre**, accroupi dans une petite charrette traînée par deux grands chiens. Après le royaume des argotiers, venait **l'empire de Galilée**. Guillaume Rousseau, empereur de l'empire de Galilée, marchait majestueusement dans sa robe de pourpre tachée de vin, précédé de baladins **s'entrebattant** et dansant des pyrrhiques, entouré de ses **massiers**, de ses **suppôts**, et des clercs de la chambre des comptes. Enfin venait la **basoche**, avec ses mais couronnés de fleurs, ses robes noires, sa musique digne du sabbat, et ses grosses chandelles de cire jaune. Au centre de cette foule, les grands officiers de la confrérie des fous portaient sur leurs épaules un **brancard** plus surchargé de cierges que la châsse de Sainte-Geneviève en temps de peste. Et sur ce brancard **resplendissait, crossé, chapé et mitré,** le nouveau pape des fous, le sonneur de cloches de Notre-Dame, Quasimodo le Bossu.

Chacune des sections de cette procession grotesque avait sa musique particulière. Les égyptiens faisaient détonner leurs **balafos** et leurs tambourins d'Afrique. Les argotiers, race fort peu musicale, en étaient encore à la **viole**, au **cornet à bouquin** et à **la gothique rubebbe** du douzième siècle. L'empire de Galilée n'était guère plus avancé ; à peine distinguait-on dans sa musique quelque misérable **rebec** de l'enfance de l'art, encore emprisonné dans le ré-la-mi. Mais c'est autour du pape des fous que se déployaient, dans une **cacophonie** magnifique, toutes les richesses musicales de l'époque. Ce n'étaient que dessus de rebec, hautes-contre de rebec, tailles de rebec, sans compter les flûtes et les cuivres. Hélas ! nos lecteurs se souviennent que c'était l'orchestre de Gringoire.

Il est difficile de donner une idée du degré d'épanouissement orgueilleux et **béat** où le triste et hideux visage de Quasimodo était parvenu dans le trajet du Palais à la Grève. C'était la première jouissance d'**amour-propre** qu'il eût jamais éprouvée. Il n'avait connu jusque-là que l'humiliation, le dédain pour sa condition, le dégoût pour sa personne. Aussi, tout sourd qu'il était, savourait-il en véritable pape les acclamations de cette foule qu'il haïssait pour s'en sentir haï. Que son peuple fût un ramas de fous, de **perclus**, de voleurs, de mendiants, qu'importe ! c'était toujours un peuple, et lui un souverain. Et il prenait au sérieux tous ces applaudissements ironiques, tous ces respects dérisoires, auxquels nous devons dire qu'il se mêlait pourtant dans la foule un peu de crainte fort réelle. Car le bossu était robuste ; car le **bancal** était agile ; car le sourd était méchant : trois qualités qui tempèrent le ridicule.

Du reste, que le nouveau pape des fous se rendît compte à lui-même des sentiments qu'il éprouvait et des sentiments qu'il inspirait, c'est ce que nous sommes loin de croire. L'esprit qui était logé dans ce corps manqué avait nécessairement lui-même quelque chose d'incomplet et de sourd. Aussi, ce qu'il ressentait en ce moment était-il pour lui absolument vague, indistinct et confus. Seulement la joie perçait, l'orgueil dominait. Autour de cette sombre et malheureuse figure, il y avait rayonnement.

Ce ne fut donc pas sans surprise et sans effroi que l'on vit tout à coup, au moment où Quasimodo, dans cette demi-ivresse, passait triomphalement devant la Maison-aux-Piliers, un homme s'élancer de la foule et lui arracher des mains, avec un geste de colère, sa **crosse de bois doré**, insigne de sa folle papauté.

Cet homme, ce **téméraire**, c'était le personnage au front chauve qui, le moment auparavant, mêlé au groupe de la bohémienne, avait glacé la pauvre fille de ses paroles de menace et de haine. Il était revêtu du costume **ecclésiastique**. Au moment où il sortit de la foule, Gringoire, qui ne l'avait point remarqué jusqu'alors, le reconnut : « Tiens ! dit-il, avec un cri d'étonnement, c'est mon maître en **Hermès**, dom Claude Frollo, **l'archidiacre** ! Que diable veut-il à ce vilain **borgne** ? Il va se faire dévorer. »

Un cri de terreur s'éleva en effet. Le formidable Quasimodo s'était précipité à bas du brancard, et les femmes détournaient les yeux pour ne pas le voir déchirer l'archidiacre. Il fit un bond jusqu'au prêtre, le regarda, et tomba à genoux.

Le prêtre lui arracha sa **tiare**, lui brisa sa crosse, lui **lacéra** sa **chape de clinquant**.

Quasimodo resta à genoux, baissa la tête et joignit les mains.

Puis il s'établit entre eux un étrange dialogue de signes et de gestes, car ni l'un ni l'autre ne parlait. Le prêtre, debout, irrité, menaçant, **impérieux** ; Quasimodo, **prosterné**, humble, suppliant. Et cependant il est certain que Quasimodo eût pu écraser le prêtre avec le pouce.

Enfin l'archidiacre, secouant rudement la puissante épaule de Quasimodo, lui fit signe de se lever et de le suivre.

Quasimodo se leva.

Alors la confrérie des fous, la première stupeur passée, voulut défendre son pape si brusquement détrôné. Les égyptiens, les argotiers et toute la basoche vinrent **japper** autour du prêtre.

Quasimodo se plaça devant le prêtre, fit jouer les muscles de ses poings **athlétiques**, et regarda les assaillants avec le **grincement** de dents d'un tigre fâché.

Le prêtre reprit sa gravité sombre, fit un signe à Quasimodo, et se retira en silence.

Quasimodo marchait devant lui, **éparpillant** la foule à son passage.

Quand ils eurent traversé la populace et la place, la **nuée** des curieux et des oisifs voulut les suivre. Quasimodo prit alors l'arrière-garde, et suivit l'archidiacre **à reculons, trapu, hargneux, monstrueux, hérissé, ramassant ses membres, léchant ses défenses de sanglier, grondant comme une bête fauve**, et imprimant d'immenses oscillations à la foule avec un geste ou un regard.

On les laissa s'enfoncer tous deux dans une rue étroite et ténébreuse, où nul n'osa se risquer après eux ; tant la seule chimère de Quasimodo grinçant des dents en **barrait** bien l'entrée.

« Voilà qui est merveilleux, dit Gringoire ; mais où diable trouverai-je à souper ? »

【注释】

- Besos para golpes〈西班牙语〉 "以吻换揍"（即别人打了你，你还去吻他的手）
- transi, e *adj.* 冻僵的，冻麻木的
- cohue *n.f.* 嘈杂的人群
- éclabousser *v.t.* 溅污

- souquenille *n.f.* 罩衫，长褂
- frileux, se *adj.* 怕冷的
- obstruer *v.t.* 堵塞，阻塞
- cheminée *n.f.* 壁炉，烟囱
- meunier *n. m.* 磨坊主，面粉厂主
- badaud *n. m.* 在路上闲逛的人
- se chauffer *v.pr.* 取暖
- bourrée *n.f.* 细树枝捆，柴火；（法国）奥弗涅民间舞
- affluence *n.f.* 人群
- fasciner *v.t.* 使着迷，使入迷
- hardiment *adv.* 大胆地，勇敢地
- tourbillonner *v.i.* 旋转，打旋
- négligemment *adv.* 漫不经心地，随随便便地
- tournoyer *v.i.* 旋转，盘旋
- bourdonnement *n.m.* 嗡嗡声
- tambour de basque 巴斯克手鼓
- frêle *adj.* 纤弱的
- guêpe *n.f.* 胡蜂，黄蜂
- corsage *n.m.* 女短上衣
- bariolé, e *adj.* 杂色的，五颜六色的，花里胡哨的
- salamandre *n.f.* 蝾螈（在中世纪传说中，它能生活在火中，可理解为"火中的精灵"）
- nymphe *n.f.* （山林水泽的）仙女
- une bacchante du mont Ménaléen 曼纳路斯山的酒神祭女（曼纳路斯山在希腊，山上有酒神巴克库斯的神庙。酒神祭女由 10～20 岁的处女充当，因此常用于象征美貌、纯洁、贞节）
- natte *n.f.* 发辫
- une pièce de cuivre jaune 一根黄铜簪子
- blême *adj.* 微弱的，暗淡的
- les bras de pierre du gibet 绞刑架石制支臂
- teindre *v.t.* （用染料）染
- écarlate *n.f.* 猩红色，鲜红色
- tempe *n.f.* 太阳穴，鬓角

- une jeunesse extraordinaire, une vie ardente, une passion profonde 不寻常的青春，火热的活力，深厚的情感
- voltiger *v.i.* 飞舞
- essoufflé, e *adj.* 气喘吁吁的
- collier *n.m.* 颈圈，项圈
- accroupi, e *adj.* 蹲的，蹲下的
- avec un nouveau manège du tambour 把手鼓又翻了一面
- sorcellerie *n.f.* 巫术，魔法
- sinistre *adj.* 不祥的，阴沉的
- capitaine des pistoliers 城防手铳队队长
- Chandeleur *n.f.* 圣烛节（每年的 2 月 2 日）
- bêler *v.i.* 羊咩咩叫
- enhardir *v.t.* 使胆大，使勇敢
- procureur *n.m.* 诉讼代理人，检察官
- séance *n.f.* 一次，一回
- sacrilège *n.m.* 亵渎，大不敬
- profanation *n.f.* 亵渎，玷污
- moue *n.f.* 噘嘴，撇嘴
- pirouetter *v.i.* 用单脚脚尖或脚跟旋转
- talon *n.m.* 脚后跟
- Les grands-blancs, les petits-blancs, les targes, les liards-à-l'aigle 大银币、小银币、盾币、鹰币
- Pérou *n.m.* 秘鲁；〈俗〉巨大财富
- rôder *v.i.* 闲逛，游荡
- reclus, e *n.* 隐修士
- buffet *n.m.* 餐馆，食堂
- clameur *n.f.* 喧哗，嘈杂，叫喊
- camichon *n.m.* 野菜
- svelte *adj.* 细长的，苗条的
- lys *n.m.* 百合
- rosier *n.m.* 蔷薇，玫瑰
- importun, e *adj.* 讨厌的
- gîte *n.m.* 住处

- bourru, e *adj.* 急迫的
- misanthropie *n.f.* 愤世嫉俗，厌俗
- blocus *n.m.* 封锁
- chamade *n.f.* （以吹号或击鼓表示的）投降信号
- ailé, e *adj.* 有翼的，有翅膀的
- épanouissement *n.m.* （花朵）开放，开花；充分发展
- acéré, e *adj.* 尖的
- sauts de gammes 音阶跳跃
- échevelé, e *adj.* 疯狂的，奔放的
- tantôt ... tantôt ... 时而……时而……，一会儿……一会儿……
- cygne *n.m.* 天鹅
- ravissement *n.m.* 出神，陶醉
- cigale *n.f.* 蝉
- se boucher *v.pr.* 自己堵住，自己塞住
- scie *n.f.* 锯子
- ébréché,e *adj.* 缺口的，裂缝的
- trouble-fête n.inv. 扫兴的人
- parcouru force rues et carrefours 走遍大街小巷
- maraud *n.m.* 坏蛋
- disponible *adj.* 空闲的
- bride *n.f.* 马笼头，缰绳
- étrier *n.m.* 马镫
- menu peuple 平民百姓
- en haillons 衣衫褴褛
- le royaume d'argot 黑话王国（指除吉卜赛人以外的流浪汉、盗贼等，主体是乞丐，可理解为"江湖乞丐们"）
- échelonner *v.t.* 分级，分成梯队
- insigne *n.m.* 徽章，标记，标志
- éclopé, e *adj.* 跛的，瘸的
- manchot *adj.* 独手的，独臂的，失去双臂的
- les courtauds de boutanche, les coquillarts, les hubins, les sabouleux, les calots, les francs-mitoux, les polissons, les piètres, les capons, les malingreux, les rifodés, les marcandiers, les narquois, les orphelins, les archisuppôts, les cagoux 有那矮而肥

的，又有那假香客，还有夜盲的、疯癫的、对眼的、卖假药的、放荡的、可鄙的、胆小的、病弱的、卖劣货的、狡猾的、没娘老子的、喜欢帮凶的、假冒为善的

- conclave *n.m.* 教皇选举会场（这里可以理解为"核心圈层"）

- le grand coësre 龙头大哥

- l'empire de Galilée 伽利略帝国（本为中世纪对审计院的称呼，这里是江湖切口，指的是卖艺人社会）

- s'entrebattre *v.pr.* 对打，互殴

- massier *n. m.* 执杖吏

- suppôt *n.m.* 帮闲

- basoche *n.f.* 法院书记团体

- brancard *n.m.* 担架

- resplendir *v.i.* 闪耀，发光

- crossé, chapé et mitré 顶冠执杖，身披王袍

- balafo *n.m.* 西非及中非的把拉丰木琴

- viole *n.f.* 古提琴

- cornet à bouquin 牛角猎号

- la gothique rubebbe 峨特手琴

- rebec *n.m.* 列贝克琴，一种三弦乐器

- cacophonie *n.f.* 不和谐的音节，不调和的凑合

- béat, e *adj.* 心满意足的，极其快乐的

- amour-propre *n.m.* 自尊，自尊心

- perclus *n.* 瘫痪的人

- bancal *n.* 跛脚的人

- crosse *n.f.* 权杖

- de bois doré 金纸包木头的

- téméraire *adj.* 鲁莽的人，大胆的人

- ecclésiastique *adj.* 教会的，教士的

- Hermès *n.pr.m.* 海尔梅斯，希腊神话中司畜牧、道路、体操、辩论、商业的神

- archidiacre *n.m.* 主教代理

- borgne *n.* 独眼的人

- tiare *n.f.* 冠冕

- lacérer *v.t.* 撕破，撕碎

- chape de clinquant 有金属缀片的闪亮的王袍
- impérieux, se *adj.* 独断的，专横的
- prosterner *v.t.* 使拜倒
- japper *v.i.* 尖声叫，乱喊乱叫，发出刺耳的声音
- athlétique *adj.* 强健的
- grincement *n.m.* 吱嘎作响
- éparpiller, *v.t.* 使分散，使散开
- nuée *n.f.* 大量，大批，大群
- à reculons *loc.adv.* 后退地，倒退地
- trapu, hargneux, monstrueux, hérissé, ramassant ses membres, léchant ses défenses de sanglier, grondant comme une bête fauve 厚厚墩墩的，恶狠狠的，怪异可怖的，毛发倒竖，紧绷四肢，露出野猪似的獠牙，发出猛兽般的咆哮
- barrer *v.t.* 拦住，挡住，阻拦

【片段阅读二】

Lettre au capitaine Butler

Vous me demandez mon avis, monsieur, sur l'expédition de Chine. Vous trouvez cette expédition honorable et belle, et vous êtes assez bon pour attacher quelque prix à mon sentiment ; selon vous, l'expédition de Chine, faite sous le double pavillon de la reine Victoria et de l'empereur Napoléon, est une gloire à partager entre la France et l'Angleterre, et vous désirez savoir quelle est la quantité d'**approbation** que je crois pouvoir donner à cette victoire anglaise et française.

Puisque vous voulez connaître mon avis, le voici :

Il y avait, dans un coin du monde, une **merveille** du monde : cette merveille s'appelait **le Palais d'été**. L'art a deux principes, l'idée, qui produit l'art européen, et la **chimère**, qui produit l'art oriental. Le Palais d'été était à l'art **chimérique** ce que le **Parthénon** est à l'art idéal. Tout ce que peut enfanter l'imagination d'un peuple presque **extra-humain** était là. Ce n'était pas, comme le Parthénon, une œuvre une et unique ; c'était une sorte d'énorme modèle de la chimère, si la chimère peut avoir un modèle. Imaginez on ne sait quelle construction **inexprimable**, quelque chose comme un **édifice lunaire**, et vous aurez le Palais d'été. **Bâtissez** un songe avec du **marbre**, du **jade**, du bronze et de la **porcelaine**, **charpentez**-le en bois de **cèdre**, couvrez-le de **pierreries**, drapez-le de soie, faites-le ici **sanctuaire**, là **harem**, là **citadelle**, mettez-y des dieux, mettez-y des monstres, **vernissez**-le, **émaillez**-le, dorez-le, fardez-le, faites construire par des architectes qui soient des poètes les mille et un rêves des mille et une nuits, ajoutez des jardins, des **bassins**, des **jaillissements** d'eau et d'**écume**, des **cygnes**, des **ibis**, des **paons**, supposez en un mot une sorte d'**éblouissante caverne** de la fantaisie humaine ayant une figure de temple et de palais, c'était là ce monument. Il avait fallu, pour le créer, le lent travail des générations. Cet **édifice**, qui avait l'énormité d'une ville, avait été bâti par les siècles, pour qui ? pour les peuples. Car ce que fait le temps appartient à l'homme. Les artistes, les poètes, les philosophes, connaissaient le Palais d'été ; Voltaire en parle. On disait : le Parthénon en Grèce, les pyramides en Égypte, le **Colisée** à Rome, Notre-Dame à Paris, le Palais d'été en Orient. Si on ne le voyait pas, on le rêvait. C'était une sorte d'**effrayant** chef-d'œuvre inconnu **entrevu** au loin dans on ne sait quel **crépuscule**, comme une **silhouette** de la civilisation d'Asie sur l'horizon de la civilisation d'Europe.

Cette merveille a disparu.

Un jour, deux **bandits** sont entrés dans le Palais d'été. L'un a **pillé**, l'autre a **incendié**. La victoire peut être une voleuse, à ce qu'il paraît. Une dévastation en grand du Palais d'été s'est faite de compte à demi entre les deux **vainqueurs**. On voit **mêlé** à tout cela le nom d'**Elgin**, qui a la propriété **fatale** de rappeler le Parthénon. Ce qu'on a fait au Parthénon, on l'a fait au Palais d'été, plus complètement et mieux, de manière à ne rien laisser. Tous les trésors de nos cathédrales réunies n'**égaleraient** pas ce splendide et formidable musée de l'orient. Il n'y avait pas seulement là **des chefs-d'œuvre** d'art. Il y avait un **entassement** d'**orfèvreries**. Grand exploit, bonne **aubaine**. L'un des deux vainqueurs a empli ses poches, ce que voyant, l'autre a empli ses **coffres** ; et l'on est revenu en Europe, bras dessus, bras dessous, en riant. Telle est l'histoire des deux bandits.

Nous Européens, nous sommes **les civilisés**, et pour nous, les Chinois sont les barbares. Voilà ce que **la civilisation** a fait à **la barbarie**.

Devant l'histoire, l'un des deux bandits s'appellera la France, l'autre s'appellera l'Angleterre. Mais je **proteste**, et je vous remercie de m'en donner l'occasion ; les crimes de ceux qui **mènent** ne sont pas la faute de ceux qui sont menés ; les gouvernements sont **quelquefois** des bandits, les peuples jamais.

L'empire français a **empoché** la moitié de cette victoire et il étale aujourd'hui, **avec un sort de naïveté** de propriétaire, le splendide **bric-à-bric** du Palais d'été. J'espère qu'un jour viendra où la France, **délivrée** et nettoyée, renverra ce **butin** à la Chine **spoliée**.

En attendant, il y a un vol et deux voleurs, je le constate.

Telle est, monsieur, la quantité d'approbation que je donne à l'expédition de Chine.

Haute ville-House, 25 novembre 1861

【注释】

- approbation *n.f.* 赞成；称赞，赞赏
- merveille *n.f.* 奇迹，奇观
- le Palais d'été 圆明园
- chimère *n.f.* 想象、幻想
- chimérique *adj.* 爱幻想的；空想的，虚幻的
- Parthénon *n.m.* 帕台农神庙
- extra-humain *adj.* 超人的，非人类的
- inexprimable *adj.* 无法表达的，难以言表的
- édifice lunaire 月宫
- bâtir *v.t.* 建筑，建造
- marbre *n.m.* 大理石
- jade *n.m.* 玉，玉石
- porcelaine *n.f.* 瓷器
- charpenter *v.t.* 加工木材
- cèdre *n.m.* 雪松
- pierreries *n.f.pl.* 宝石
- sanctuaire *n.m.* 神殿，圣庙
- harem *n.m.* 后宫
- citadelle *n.f.* 城堡，城楼
- vernir *v.t.* 涂以清漆
- émailler *v.t.* 用珐琅装饰
- bassin *n.m.* 池塘，水池

- jaillissement *n.m.* 喷射，喷涌

- écume *n.f.* 泡沫

- cygne *n.m.* 天鹅

- ibis *n.m.* 白鹮

- paon *n.m.* 孔雀

- éblouissant, e *adj.* 耀眼的，令人眼花缭乱的

- caverne *n.f.* 岩穴，洞穴

- édifice *n.m.* 建筑，建筑物

- Colisée *n.m.* 斗兽场

- effrayant, e *adj.* 令人惊骇的，可怕的

- entrevoir *v.t.* 隐约看见，模糊看见

- crépuscule *n.m.* 暮色，黄昏

- silhouette *n.f.* 侧影，剪影

- bandit *n.m.* 强盗

- piller *v.t.* 掠夺，抢劫

- incendier *v.t.* 放火，烧毁

- vainqueur *n.m.* 胜利者，战胜者

- mêler *v.t.* 使混合，使参与

- Elgin 埃尔金（英国驻奥斯曼帝国大使埃尔金勋爵，他于 1801—1805 年从帕台农神庙移走了当时庙里的大部分剩余雕塑）

- fatal, e *adj.* 命运的，命中注定的，必然的

- égaler *v.t.* 等于，比得上

- chef-d'œuvre *n.m.* 杰作，名著

- entassement *n.m.* 堆

- orfèvrerie *n.f.* 金银制品，金银器

- aubaine *n.f.* 意外的收获，机遇

- coffre *n.m.* 箱，箱子

- civilisé, e *n.* 文明的人，有教养的人

- civilisation *n.f.* 文明

- barbarie *n.f.* 不文明，野蛮

- protester *v.i.* 反对，提出异议

- mener *v.t.* 领导，指挥

- quelquefois *adv.* 有时，偶尔

- empocher *v.t.* 把……装入口袋
- avec un sort de naïveté 天真地
- bric-à-bric *n.m.inv.* 旧货，破烂
- délivrer *v.t.* 解放
- butin *n.m.* 战利品；（偷、抢来的）赃物
- spolier *v.t.* 掠夺，抢劫

【片段阅读三】

Demain, dès l'aube

Demain, dès l'aube, à l'heure où blanchit la campagne,
Je partirai. Vois-tu, je sais que tu m'attends.
J'irai par la forêt, j'irai par la montagne.
Je ne puis demeurer loin de toi plus longtemps.

Je marcherai les yeux fixés sur mes pensées,
Sans rien voir au dehors, sans entendre aucun bruit,
Seul, inconnu, le dos courbé, les mains croisées,
Triste, et le jour pour moi sera comme la nuit.

Je ne regarderai ni l'or du soir qui tombe,
Ni les voiles au loin descendant vers Harfleur,
Et quand j'arriverai, je mettrai sur ta tombe
Un bouquet de **houx** vert et de **bruyère** en fleur.

【注释】

- houx *n.m.* 冬青
- bruyère *n.f.* 欧石楠，欧石楠根

【课后思考】

1. 片段阅读一从多个层面描写了爱丝美拉达的美，写到了她的歌声、她的舞蹈等。试比较世界文学（特别是中国文学）中其他作品里的类似描写。

2. 书信体需要具备哪些要素？

3. 雨果对你而言是怎样的形象？请举例说明。

4. 仔细阅读片段阅读三中的诗歌，简要概括诗歌主人公的形象。

5. 片段阅读三的谋篇布局有何技巧？诗人是怎样将感情一点点表达出来的？达到了怎样的效果？

【参考文献】

1. 雨果. 雨果文集（第 11 卷）. 程曾厚，译. 北京：人民文学出版社，2002.

2. 雨果. 巴黎圣母院. 管震湖，译. 上海：上海译文出版社，2006.

3. 雨果. 巴黎圣母院. 李玉民，译. 北京：北京燕山出版社，2008.

4. Victor Hugo. Notre-dame de Paris. Paris: Imprimerie nationale, 1904.

5. Victor Hugo. Les contemplations. Paris : Gallimard, 2010.

6. Victor Hugo. Notre-dame de Paris. une anthologie. Paris: Gallimard, 2017.

第十八章　凡尔纳和科幻小说
Verne et Le roman d'anticipation

【导读】

　　儒勒·凡尔纳（Jules Verne，1828—1905），这是一个许多人都无比熟悉的名字，他的作品可以说是一代又一代人的科幻启蒙。在其漫长的写作生涯中，他是名副其实的笔耕不辍，创作了 60 多部长篇和短篇小说，还有几十个剧本以及其他作品。同时，他也是世界上被翻译作品数量位居第二的作家，仅次于英国侦探小说家阿加莎·克里斯蒂。不管是从其作品的数量、质量，还是从其作品的传播广度来看，凡尔纳都是当之无愧的"科幻小说之父"。

　　凡尔纳于 1828 年出生在法国西部城市南特，其家境优渥，从小便接受了良好的教育。他对于海洋、冒险和挑战的向往以及他的卓越想象力，可能都源自童年的成长环境——南特作为一个海港城市，每天有数不清的船只来来往往，还有船员带来有关海洋和远方的故事。成年后，他遵从父愿，前往巴黎攻读法律并取得学位。求学期间，他结识了大仲马等文学家，找到了自己真正的激情所在，于是走上了写作道路。起初，他主要创作剧本和诗歌，但并未取得什么成就。与他同时代的文学巨匠（比如巴尔扎克、雨果、福楼拜、托尔斯泰）都有自己的创作特点，甚至开辟了独特的创作领域。凡尔纳也有这样的雄心，于是一个伟大的想法在他的脑海中诞生了："将地理和文学相结合！"从此，他开始了自己的科幻创作之路并获得巨大成功。

　　他最著名的三部曲《格兰特船长的儿女》（*Les Enfants du Capitaine Grant*，1867—1868）、《海底两万里》（*Vingt Mille Lieues sous les mers*，1869—1870）和《神秘岛》（*L'Île mystérieuse*，1874），是关于在自然，尤其是在海洋、岛屿中冒险的故事。《从地球到月球》（*De la Terre à la Lune*，1865）和《环绕月球》（*Autour de la Lune*，1870）讲述了"大炮俱乐部"的登月计划。《气球上的五星期》（*Cinq semaines en ballon*，1863）和《地心游记》（*Voyage au centre de la Terre*，1864）则分别是关于在天空和地下的探险。还有传奇般的《八十天环游地球》（*Le Tour du Monde en quatre-vingts jours*，1873），带着读者领略了世界各地的自然风貌与人文景观。

凡尔纳作品的个人风格和特色，主要体现在三个方面：超强的科学性与预见性，贯穿始终的乐观主义，丰富的精神内核。其作品覆盖天上地下、陆地海洋、地球太空、当下未来，充满探索与漫游，读者可以在一个个曲折惊险的故事中，和勇敢、坚韧、正直的主人公们一起，不断挑战未知和已知的世界。作者以丰富而合乎逻辑的想象力、科学的语言和精准、细致、生动的描写，让我们穿梭在现实与幻想的世界之中。但同时其作品不限于对冒险、旅行、科技的幻想，还有大量的现实写照及人文关怀（如人文主义、自由平等、爱国主义等）。

本章选文出自凡尔纳"海洋三部曲"中的完结篇《神秘岛》。该作品是以科学理念支撑的幻想现实主义杰作。小说叙述的是在美国南北战争时期，有五个被困在南军中的北方人，在利用热气球逃脱的途中被风暴吹落在太平洋的一个荒岛上。但他们并没有绝望，而是团结互助，共同运用智慧和辛勤劳动，赤手空拳、白手起家制造出陶器、玻璃、风磨、电报机等物品，过上了富裕幸福的生活。最后，在火山爆发的危险时刻，格兰特船长的儿子罗伯尔所指挥的"邓肯号"经过那里，将所有人搭救。回到美国之后，这几个"岛民"又重新开始经营他们在岛上建立的事业。凡尔纳小说的故事情节依靠科学技术来推动，在描写手法上以追求科学的细节或准确为特点，在某种程度上可以认为其小说是20世纪科学观的集合和缩影。比如在故事的最开始，主人公就对神秘岛的地理构造进行了介绍。[①] 书中所说的花岗岩的地理构造和当时 20 世纪正流行的有关大洋洲花岗岩侵蚀地貌的学说相吻合。凡尔纳虽然描写的是虚构事物，但在创作技巧上受当时流行的现实主义和自然主义创作手法影响，其科幻思维则依托于工业革命的成果、自然科学的成果，以及工业革命和自然科学结合的成果，具有强烈的现实主义色彩和科学理论依据。

凡尔纳的这部小说还具有互文性写作结构。这位科幻大师的成就不只在于预见未来，想象新奇，更在于他具有很高的文学素养和写作能力——一个不容忽视的闪光点就是互文性写作。在"海洋三部曲"中，《海底两万里》和《格兰特船长的儿女》可以看作是《神秘岛》的前传。当我们阅读完《海底两万里》和《格兰特船长的儿女》两部作品之后，尚不会发现这个关系。但在读过《神

---

① 原文：L'ingénieur observa ce granite noir. Il n'y vit pas une strate, pas une faille. La masse était compacte et d'un grain extrêmement serré. Ce boyau datait donc de l'origine même de l'île. Ce n'étaient point les eaux qui l'avaient creusé peu à peu. Pluton, et non pas Neptune, l'avait foré de sa propre main, et l'on pouvait distinguer sur la muraille les traces d'un travail éruptif que le lavage des eaux n'avait pu totalement effacer (ch. 18, première partie).

秘岛》后，我们就可以将三部作品串联成一个整体，并且看出《海底两万里》
和《格兰特船长的儿女》两部作品因某种"向心力"的吸引而依附于《神秘岛》
这个"中心"开始不断旋转，直到最终三线收束，形成一个完整的脉络。很明
显，《神秘岛》似乎是一篇具有总结性意义的作品，除了史密斯、纳布、史佩
莱等五人一狗之外，还出现了其他作品中的人物和事物，如《海底两万里》中
的尼摩船长和他的"诺第留斯号"，《格兰特船长的儿女》中的罪人艾尔通和
勇敢救父的格兰特船长的儿子罗伯尔以及"邓肯号"。这些人物各有其特点，
而且在各自的作品中都担当着不可或缺的角色。在《神秘岛》中，作者亦通过
故事情节将他们联系起来。人物的互文性应用不仅使人物形象更丰满，故事情
节更完整，也使得《海底两万里》《格兰特船长的儿女》和《神秘岛》三部作
品间的关系更加密切，更具有系统性。

当我们谈论凡尔纳作品时，很多人习惯性地觉得他已过时，是留给小朋友
们的读物。为什么人们习惯在成年后将其弃如敝屣？他的书为什么被定义为写
给儿童的"科学幻想小说"？到了今日，他梦想的那个世界为什么往往只是孩
子们流连的乐园？如果多年后再回头读他的小说，会不会有一种更深的怀念与
遗憾？就像我们今日再探神秘岛，这只是一个导线，而凡尔纳和他的其他作品
都值得我们在今日重新阅读反思。

【片段阅读】

L'Île Mystérieuse

Sa forme, véritablement étrange, surprenait le regard, et quand Gédéon Spilett,
sur les conseils de l'ingénieur, en eut dessiné les **contours**, on trouva qu'elle
ressemblait à quelque fantastique animal, une sorte de **ptéropode** monstrueux, qui
eût été endormi à la surface du Pacifique. […] Au nord-est, deux autres **caps**
fermaient la **baie**, et entre se creusait un étroit golfe qui ressemblaient à la **mâchoire**
entrouverte de quelque formidable **squale**. Du nord-est au nord-ouest, la côte
s'arrondissait comme le crâne aplati d'un **fauve**, pour se relever en une sorte de
gibbosité qui n'assignait pas un dessin très déterminé à cette partie de l'île, dont le
centre était occupé par la montagne volcanique. De ce point, le **littoral** courait assez
régulièrement nord et sud, creusé, aux deux tiers de son **périmètre**, par une étroite
crique, à partir de laquelle il finissait en une longue queue, semblable à l'**appendice**
caudal d'un **gigantesque alligator** (ch. 11, la première partie).

【注释】

- contour *n.m.* 轮廓，外形，边线
- ptéropode *n.m.* 翼龙
- cap *n.m.* 海角，岬
- baie *n.f.* 大海湾
- mâchoire *n.f.* 下颌，下颌骨
- squale *n.m.* 鲨鱼
- fauve *n.m.* 猛兽
- gibbosité *n.f.* 凸出，隆起
- littoral *n.m.* 沿海地带，滨海地带
- périmètre *n.m.* 周边，周长
- appendice *n.m.* 物体的延伸部分
- gigantesque *adj.* 巨人般的，巨大的；魁梧的
- alligator *n.m.* 短吻鳄

【课后思考】

1. 关于《神秘岛》这篇小说的研究，前人已经从科幻小说和荒岛冒险类小说的角度，尤其是从科幻文学的角度，进行了深刻透彻的分析。但显而易见的是，将凡尔纳的小说视为科幻小说，在如今社会是有过时嫌疑的，因为潜水艇、航母、人类登月等预言早已实现。如果今日我们再将目光放在小说的预言性上是有不妥之处的。那么除了这一角度之外，你认为凡尔纳的小说对于我们如今的时代是否还存在研究探讨的意义和价值呢？

2. 阅读任意一本凡尔纳的小说，选择一个你喜欢的人物，谈谈你对他的看法。

【参考文献】

1. 马铁立. 儒勒·凡尔纳科幻小说的互文性写作赏析. 语文建设, 2013（24）：43-44.

2. 杨海玉. 凡尔纳科幻小说的空间建构研究. 太原：山西师范大学，2016.

3. 赵石楠. 儒勒·凡尔纳小说三部曲的精神世界初探. 知识文库，2016（6）：1-2.

4. 百度百科《神秘岛》词条。

5. Une métaphore de la démarche géographique et de l'histoire du XIXe siècle : L'Île Mystérieuse de Jules Verne (1874—1875), https://journals.openedition.org/cybergeo/24646?lang=en

第十九章　大仲马和《基督山伯爵》

Dumas père et *Le Comte de Monte Cristo*

【导读】

亚历山大·大仲马（Alexandre Dumas père，1802—1870）出生在法国东北部埃纳省的维勒科特莱（Villers-Cotterêts）。大仲马天性活泼，热爱写作，在面对白纸的时候从未感到痛苦。写作让他兴奋、快乐。他一开始是写戏剧的，这一经历为他的小说创作做了准备。正如法国著名文学家让-伊夫·塔迪埃（Jean-Yves Tadié）所说，大仲马的小说的显著特点就是具有戏剧性，"他为自己的小说精心设计了炫酷的戏剧场景、变化多端的剧情，让读者发笑或鼓掌的词语"①。

本章选文出自《基督山伯爵》（又译作《基督山恩仇记》，注释译文参考李玉民、陈筱卿译本）。该小说虽是作者的原创，但在创作过程中也受到多方影响：受英国小说家瓦尔特·司各特（Walter Scott）影响，大仲马重视风俗习惯和人物性格塑造，其作品对话生动，充满真实的激情；英国诗人拜伦（Byron）的作品，比如《曼弗雷德》（*Manfred*）、《恰尔德·哈罗德游记》（*Childe Harold's Pilgrimage*）影响了大仲马对基督山伯爵这一形象的塑造，即将其塑造为充满魅力、倨傲麻木的勾引者和超人角色的扮演者；席勒（Schiller）《强盗》（*Die Räuber*）中的卡尔·穆尔（Karl Moor）是具有高贵灵魂而又好打抱不平的游侠骑士，这可能也让大仲马得到创作灵感；歌德《浮士德》中知识渊博、无所不能的墨菲斯托也启发了大仲马，让他作品的主角唐代斯具有内在的墨菲斯托禀赋。

该小说取材于真实的故事。据塔迪埃考证，大仲马曾阅读巴黎警察局档案员雅克·珀谢（Jacques Peuchet，1758—1830）的案卷，其中《钻石与复仇》讲的是：一个年轻的工人在其即将结婚的时候被其友人告发，说他是英国的间

---

① Jean-Yves Tadié. Préface, Le Comte de Monte Cristo. Gallimard, 1998: ii.

谍。他在监狱待了7年，得到一个被作为政治犯关押的意大利主教埋藏在米兰的财宝。他回来复仇，犯下几宗罪行之后，他自己也被谋杀了。

作品中的其他人物也有现实依据，如修道院院长就真实存在，他在罗马被授予圣职，又在法国大革命期间来到巴黎，并以其磁性灵力和催眠暗示而知名。维尔福夫人（Madame Villefort）则取材于拉法格夫人（Madame Lafarge，1816—1853），她原名玛丽-福蒂内·卡佩尔（Marie-Fortunée Cappelle），是普歇-拉法格（Pouch- Lafarge）的配偶，出版过回忆录。她于1839年嫁给一个冶金工厂的厂主但很讨厌他。在其丈夫去世后，她被指控以慢性毒药毒死丈夫。1840年她被判终生服劳役，但于1852年获特赦。

《基督山伯爵》的故事情节并不复杂：一个无辜的年轻人被囚禁了14年，越狱后回来复仇。第一部分从开篇写至他越狱后开始调查被陷害的真相，第二部分从第31章（意大利：水手辛巴德）开始，第三部分从第40章（早餐）开始。

在我们所选的章节中，作为商船大副的男主角爱德蒙·唐代斯即将与他的可爱的未婚妻梅色苔丝成亲。由于遭到两个嫉妒他的人（丹格拉尔和菲尔南）的陷害，他将被抓捕，并将被检察官维尔福投入伊夫堡监狱。他越狱之后主要对这几个人展开复仇。这一章节比较重要，有主要角色出场，并预示了后文的发展线索。[①]

【片段阅读】

Le Comte de Monte Cristo

Chapitre V: Le repas des fiançailles

Le lendemain fut un beau jour. Le soleil se leva pur et brillant, et les premiers rayons d'un rouge pourpre **diaprèrent** de leurs rubis les **pointes écumeuses** des vagues. Le repas avait été préparé au premier étage de cette même Réserve, avec la **tonnelle** de laquelle nous avons déjà fait connaissance. C'était une grande salle éclairée par cinq ou six fenêtres, au-dessus de chacune desquelles (explique le phénomène qui pourra !) était écrit le nom d'une des grandes villes de France.

Une **balustrade** en bois, comme le reste du bâtiment, régnait tout le long de ces fenêtres. Quoique le repas ne fût indiqué que pour midi, dès onze heures du matin, cette balustrade était chargée de promeneurs impatients. C'étaient les marins

---

① Voir Jean-Yves Tadié, Préface. Le Comte de Monte Cristo. Gallimard, 1998: 1-28.

privilégiés du Pharaon et quelques soldats, amis de Dantès. Tous avaient, pour faire honneur aux fiancés, fait voir le jour à leurs plus belles **toilettes**. Le bruit circulait, parmi les futurs convives, que les armateurs du Pharaon devaient honorer de leur présence le repas de noces de leur second ; mais c'était de leur part un si grand honneur accordé à Dantès que personne n'osait encore y croire. Cependant Danglars, en arrivant avec Caderousse, confirma à son tour cette nouvelle. Il avait vu le matin M. Morrel lui-même, et M. Morrel lui avait dit qu'il viendrait dîner à la **Réserve**.

En effet, un instant après eux, M. Morrel fit à son tour son entrée dans la chambre et fut salué par les matelots du Pharaon d'un **hourra** unanime d'applaudissements. La présence de l'**armateur** était pour eux la confirmation du bruit qui courait déjà que Dantès serait nommé capitaine ; et comme Dantès était fort aimé à bord, ces braves gens remerciaient ainsi l'armateur de ce qu'une fois par hasard son choix était en harmonie avec leurs désirs. À peine M. Morrel fut-il entré qu'on dépêcha unanimement Danglars et Caderousse vers le fiancé : ils avaient mission de le prévenir de l'arrivée du personnage important dont la vue avait produit une si vive sensation, et de lui dire de se hâter. Danglars et Caderousse partirent tout courant mais ils n'eurent pas fait cent pas, qu'à la hauteur du magasin à poudre ils aperçurent la petite troupe qui venait. Cette petite troupe se composait de quatre jeunes filles amies de Mercédès et Catalanes comme elle, et qui accompagnaient la fiancée à laquelle Edmond donnait le bras. Près de la future marchait le père Dantès, et derrière eux venait Fernand avec son mauvais sourire.

Ni Mercédès ni Edmond ne voyaient ce mauvais sourire de Fernand. Les pauvres enfants étaient si heureux qu'ils ne voyaient qu'eux seuls et ce beau ciel pur qui les bénissait. Danglars et Caderousse s'acquittèrent de leur mission d'ambassadeurs ; puis après avoir échangé une **poignée de main** bien vigoureuse et bien amicale avec Edmond, ils allèrent, Danglars prendre place près de Fernand, Caderousse se ranger aux côtés du père Dantès, centre de l'attention générale. Ce vieillard était vêtu de son bel habit de **taffetas épinglé**, orné de larges boutons d'acier, taillés à facettes. Ses jambes **grêles**, mais nerveuses, s'épanouissaient dans de magnifiques **bas de coton mouchetés**, qui sentaient d'une lieue la **contrebande** anglaise. À son chapeau à trois cornes pendait un flot de rubans blancs et bleus. Enfin, il s'appuyait sur un bâton de bois tordu et recourbé par le haut comme un pedum antique. On eût dit un de ces **muscadins** qui paradaient en 1796 dans les jardins nouvellement rouverts du Luxembourg et des Tuileries.

Près de lui, nous l'avons dit, s'était glissé Caderousse, Caderousse que l'espérance d'un bon repas avait achevé de réconcilier avec les Dantès, Caderousse à qui il restait dans la mémoire un vague souvenir de ce qui s'était passé la veille, comme en se réveillant le matin on trouve dans son esprit l'ombre du rêve qu'on a fait pendant le sommeil. Danglars, en s'approchant de Fernand, avait jeté sur l'amant **désappointé** un regard profond. Fernand, marchant derrière les futurs époux, complètement oublié par Mercédès, qui dans cet égoïsme juvénile et charmant de l'amour n'avait d'yeux que pour son Edmond. Fernand était pâle, puis rouge par bouffées subites qui disparaissaient pour faire place chaque fois à une pâleur croissante. De temps en temps, il regardait du côté de Marseille, et alors un tremblement nerveux et involontaire faisait frissonner ses membres. Fernand semblait attendre ou tout au moins prévoir quelque grand événement. Dantès était simplement vêtu. Appartenant à la marine marchande, il avait un habit qui tenait le milieu entre l'uniforme militaire et le costume civil ; et sous cet habit, sa bonne mine, que **rehaussaient** encore la joie et la beauté de sa fiancée, était parfaite.

Mercédès était belle comme une de ces Grecques de Chypre ou de Céos, aux yeux d'ébène et aux lèvres de corail. Elle marchait de ce pas libre et franc dont marchent les Arlésiennes et les Andalouses. Une fille des villes eût peut-être essayé de cacher sa joie sous un voile ou tout au moins sous **le velours de ses paupières**, mais Mercédès souriait et regardait tous ceux qui l'entouraient, et son sourire et son regard disaient aussi franchement qu'auraient pu le dire ses paroles : Si vous êtes mes amis, réjouissez-vous avec moi, car, en vérité, je suis bien heureuse !

Dès que les fiancés et ceux qui les accompagnaient furent en vue de la Réserve, M. Morrel descendit et s'avança à son tour au devant d'eux, suivi des matelots et des soldats avec lesquels il était resté, et auxquels il avait renouvelé la promesse déjà faite à Dantès qu'il succéderait au capitaine Leclère. En le voyant venir, Edmond quitta le bras de sa fiancée et le passa sous celui de M. Morrel. L'armateur et la jeune fille donnèrent alors l'exemple en montant les premiers l'escalier de bois qui conduisait à la chambre où le dîner était servi, et qui cria pendant cinq minutes sous les pas pesants des convives. « Mon père, dit Mercédès en s'arrêtant au milieu de la table, vous à ma droite, je vous prie ; quant à ma gauche, j'y mettrai celui qui m'a servi de frère », fit-elle avec une douceur qui pénétra au plus profond du cœur de

Fernand comme un coup de poignard. Ses lèvres blêmirent, et sous la teinte **bistrée** de son male visage on put voir encore une fois le sang se retirer peu à peu pour affluer au cœur.

Pendant ce temps, Dantès avait exécuté la même manœuvre ; à sa droite il avait mis M. Morrel, à sa gauche Danglars ; puis de la main il avait fait signe à chacun de se placer à sa fantaisie. **Déjà couraient autour de la table les saucissons d'Arles à la chair brune et au fumet accentué, les langoustes à la cuirasse éblouissante, les prayres à la coquille rosée, les oursins, qui semblent des châtaignes entourées de leur enveloppe piquante, les clovisses, qui ont la prétention de remplacer avec supériorité, pour les gourmets du Midi, les huîtres du Nord; enfin tous ces hors-d'œuvre délicats que la vague roule sur sa rive sablonneuse, et que les pêcheurs reconnaissants désignent sous le nom générique de fruits de mer.**

« Un beau silence ! dit le vieillard en savourant un verre de vin jaune comme la topaze, que le père Pamphile en personne venait d'apporter devant Mercédès. Dirait-on qu'il y a ici trente personnes qui ne demandent qu'à rire.

— Eh ! un mari n'est pas toujours gai, dit Caderousse.

— Le fait est, dit Dantès, que je suis trop heureux en ce moment pour être gai. Si c'est comme cela que vous l'entendez, voisin, vous avez raison ! La joie fait quelquefois un effet étrange, elle oppresse comme la douleur. »

Danglars observa Fernand, dont la nature impressionnable absorbait et renvoyait chaque émotion. « Allons donc, dit-il, est-ce que vous craindriez quelque chose ? il me semble, au contraire, que tout va selon vos désirs !

— Et c'est justement cela qui m'épouvante, dit Dantès, il me semble que l'homme n'est pas fait pour être si facilement heureux ! Le bonheur est comme ces palais des îles enchantées dont les dragons gardent les portes. Il faut combattre pour le conquérir, et moi, en vérité, je ne sais en quoi j'ai mérité le bonheur d'être le mari de Mercédès.

— Le mari, le mari, dit Caderousse en riant, pas encore, mon capitaine; essaie un peu de faire le mari, et tu verras comme tu seras reçu ! »

Mercédès rougit. Fernand se tourmentait sur sa chaise, tressaillait au moindre bruit, et de temps en temps essuyait de **larges plaques de sueur** qui perlaient sur son front, comme les premières gouttes d'une pluie d'orage.

« Ma foi, dit Dantès, voisin Caderousse, ce n'est point la peine de me démentir pour si peu. Mercédès n'est point encore ma femme, c'est vrai… (il tira sa montre). Mais, dans une heure et demie elle le sera ! »

Chacun poussa un cri de surprise, à l'exception du père Dantès, dont le large rire montra les dents encore belles.

Mercédès sourit et ne rougit plus. Fernand saisit convulsivement le manche de son couteau.

« Dans une heure ! dit Danglars pâlissant lui-même ; et comment cela ?

— Oui, mes amis, répondit Dantès, grâce au crédit de M. Morrel, l'homme après mon père auquel je dois le plus au monde, toutes les difficultés sont aplanies. Nous avons acheté les bans, et à deux heures et demie le maire de Marseille nous attend à l'hôtel de ville. Or, comme une heure et un quart viennent de sonner, je ne crois pas me tromper de beaucoup en disant que dans une heure trente minutes Mercédès s'appellera Mme Dantès. »

Fernand ferma les yeux : un nuage de feu brûla ses paupières ; il s'appuya à la table pour ne pas **défaillir**, et, malgré tous ses efforts, ne put retenir un gémissement sourd qui se perdit dans le bruit des rires et des **félicitations** de l'assemblée.

« C'est bien agir, cela, hein, dit le père Dantès. Cela s'appellet-il perdre son temps, à votre avis ? Arrivé d'hier au matin, marié aujourd'hui à trois heures ! Parlez-moi des marins pour aller rondement en besogne.

— Mais les autres formalités, objecta timidement Danglars : le contrat, les écritures ?…

— Le contrat, dit Dantès en riant, le contrat est tout fait : Mercédès n'a rien, ni moi non plus ! Nous nous marions sous le régime de la communauté, et voilà ! Ça n'a pas été long à écrire et ce ne sera pas cher à payer. »

Cette plaisanterie excita une nouvelle explosion de joie et de bravos.

« Ainsi, ce que nous prenions pour un repas de fiançailles, dit Danglars, est tout bonnement un repas de noces.

— Non pas, dit Dantès ; vous n'y perdrez rien, soyez tranquilles. Demain matin, je pars pour Paris. Quatre jours pour aller, quatre jours pour revenir, un jour pour faire en conscience la commission dont je suis chargé, et le 1er mars je suis de retour ; au 2 mars donc le véritable repas de noces. »

Cette perspective d'un nouveau festin redoubla **l'hilarité** au point que le père Dantès, qui au commencement du dîner **se plaignait** du silence, faisait maintenant, au milieu de la conversation générale, de vains efforts pour placer son vœu de prospérité en faveur des futurs époux.

Dantès devina la pensée de son père et y répondit par un sourire plein d'amour. Mercédès commença de regarder l'heure au **coucou** de la salle et fit un petit signe à Edmond. Il y avait autour de la table cette hilarité bruyante et cette liberté individuelle qui accompagnent, chez les gens de condition inférieure, la fin des repas. Ceux qui étaient mécontents de leur place s'étaient levés de table et avaient été chercher d'autres voisins. Tout le monde commençait à parler à la fois, et personne ne s'occupait de répondre à ce que son interlocuteur lui disait, mais seulement à ses propres pensées.

La pâleur de Fernand était presque passée sur les joues de Danglars ; quant à Fernand lui-même, il ne vivait plus et semblait un damné dans le lac de feu. Un des premiers, il s'était levé et se promenait de long en large dans la salle, essayant d'isoler son oreille du bruit des chansons et du choc des verres. Caderousse s'approcha de lui au moment où Danglars, qu'il semblait fuir, venait de le rejoindre dans un angle de la salle.

« En vérité, dit Caderousse, à qui les bonnes façons de Dantès et surtout le bon vin du père Pamphile avaient enlevé tous les restes de la haine dont le bonheur inattendu de Dantès avait jeté les germes dans son âme, en vérité, Dantès est un gentil garçon ; et quand je le vois assis près de sa fiancée, je me dis que ç'eût été dommage de lui faire la mauvaise plaisanterie que vous **complotiez** hier.

— Aussi, dit Danglars, tu as vu que la chose n'a pas eu de suite ; ce pauvre M. Fernand était si bouleversé qu'il m'avait fait de la peine d'abord ; mais du moment qu'il en a pris son parti, au point de s'être fait le premier garçon de noces de son rival, il n'y a plus rien à dire. »

Caderousse regarda Fernand, il était livide.

« Le sacrifice est d'autant plus grand, continua Danglars, qu'en vérité la fille est belle. Peste ! l'heureux coquin que mon futur capitaine ; je voudrais m'appeler Dantès douze heures seulement.

— Partons-nous ? demanda la douce voix de Mercédès ; voici deux heures qui sonnent, et l'on nous attend à deux heures un quart.

— Oui, oui, partons ! dit Dantès en se levant vivement.

— Partons ! » répétèrent en chœur tous les convives.

Au même instant, Danglars, qui ne perdait pas de vue Fernand assis sur le rebord de la fenêtre, le vit ouvrir des yeux hagards, se lever comme par un movement convulsif, et retomber assis sur l'appui de cette **croisée** ; presque au même instant un bruit sourd retentit dans l'escalier ; le retentissement d'un pas pesant, une rumeur confuse de voix mêlées à un **cliquetis** d'armes couvrirent les exclamations des convives, si bruyantes qu'elles fussent, et attirèrent l'attention générale, qui se manifesta à l'instant même par un silence inquiet. Le bruit s'approcha : trois coups retentirent dans le panneau de la porte ; chacun regarda son voisin d'un air étonné.

« Au nom de la loi ! » cria une voix **vibrante**, à laquelle aucune voix ne répondit.

Aussitôt la porte s'ouvrit, et **un commissaire, ceint de son écharpe, entra dans la salle, suivi de quatre soldats armés, conduits par un caporal.** L'inquiétude fit place à la terreur.

« Qu'y a-t-il ? demanda l'armateur en s'avançant au-devant du commissaire qu'il connaissait ; bien certainement, monsieur, il y a **méprise**.

— S'il y a méprise, monsieur Morrel, répondit le commissaire, croyez que la méprise sera promptement réparée ; en attendant, je suis porteur d'un mandat d'arrêt ; et quoique ce soit avec regret que je remplisse ma mission, il ne faut pas moins que je la remplisse : lequel de vous, messieurs, est Edmond Dantès ? »

Tous les regards se tournèrent vers le jeune homme qui, fort ému, mais conservant sa dignité, fit un pas en avant et dit :

« C'est moi, monsieur, que me voulez-vous ?

— Edmond Dantès, reprit le commissaire, au nom de la loi, je vous arrête !

— Vous m'arrêtez ! dit Edmond avec une légère pâleur, mais pourquoi m'arrêtez-vous ?

— Je l'ignore, monsieur, mais votre premier interrogatoire vous l'apprendra. »

M. Morrel comprit qu'il n'y avait rien à faire contre l'inflexibilité de la situation : un commissaire ceint de son écharpe n'est plus un homme, c'est **la statue de la loi, froide, sourde, muette.**

Le vieillard, au contraire, se précipita vers l'officier ; il y a des choses que le cœur d'un père ou d'une mère ne comprendra jamais. Il pria et supplia : larmes et prières ne pouvaient rien ; cependant son désespoir était si grand, que le commissaire en fut touché.

« Monsieur, dit-il, tranquillisez-vous ; peut-être votre fils a-t-il négligé quelque formalité de douane ou de santé, et, selon toute probabilité, lorsqu'on aura reçu de lui les renseignements qu'on désire en tirer, il sera remis en liberté.

— Ah çà ! qu'est-ce que cela signifie ? demanda en fronçant le sourcil Caderousse à Danglars, qui jouait la surprise.

— Le sais-je, moi ? dit Danglars ; je suis comme toi : je vois ce qui se passe, je n'y comprends rien, et je reste confondu. »

Caderousse chercha des yeux Fernand : il avait disparu. Toute la scène de la veille se représenta alors à son esprit avec une effrayante lucidité. On eût dit que la catastrophe venait de tirer le voile que l'ivresse de la veille avait jeté entre lui et sa mémoire.

« Oh ! oh ! dit-il d'une voix **rauque**, serait-ce la suite de la plaisanterie dont vous parliez hier, Danglars ? En ce cas, Malheur à celui qui l'aurait faite, car elle est bien triste.

— Pas du tout ! s'écria Danglars, tu sais bien, au contraire, que j'ai déchiré le papier.

— Tu ne l'as pas déchiré, dit Caderousse ; tu l'as jeté dans un coin, voilà tout.

— Tais-toi, tu n'as rien vu, tu étais ivre.

— Où est Fernand ? demanda Caderousse.

— Le sais-je, moi ! répondit Danglars, à ses affaires probablement : mais, au lieu de nous occuper de cela, allons donc porter du secours à ces pauvres **affligés**. »

En effet, pendant cette conversation, Dantès avait en souriant, serré la main à tous ses amis, et s'était constitué prisonnier en disant :

« Soyez tranquilles, l'erreur va s'expliquer, et probablement que je n'irai même pas jusqu'à la prison.

— Oh ! bien certainement, j'en répondrais », dit Danglars qui, en ce moment, s'approchait, comme nous l'avons dit, du groupe principal.

Dantès descendit l'escalier, précédé du commissaire de police et entouré par les soldats. Une voiture, dont la portière était tout ouverte, attendait à la porte, il y monta, deux soldats et le commissaire montèrent après lui ; la portière se referma, et la voiture reprit le chemin de Marseille.

« Adieu, Dantès ! adieu, Edmond ! » s'écria Mercédès en s'élançant sur la balustrade.

Le prisonnier entendit ce dernier cri, sorti comme un sanglot du cœur déchiré de sa fiancée ; il passa la tête par la portière, cria : « Au revoir, Mercédès ! » et disparut à l'un des angles du fort Saint-Nicolas.

« Attendez-moi ici, dit l'armateur, je prends la première voiture que je rencontre, je cours à Marseille, et je vous rapporte des nouvelles.

— Allez ! crièrent toutes les voix, allez ! et revenez bien vite ! »

Il y eut, après ce double départ, un moment de stupeur terrible parmi tous ceux qui étaient restés. Le vieillard et Mercédès restèrent quelque temps isolés, chacun dans sa propre douleur ; mais enfin leurs yeux se rencontrèrent ; ils se reconnurent comme deux victimes frappées du même coup, et se jetèrent dans les bras l'un de l'autre. Pendant ce temps, Fernand rentra, se versa un verre d'eau qu'il but, et alla s'asseoir sur une chaise. Le hasard fit que ce fut sur une chaise voisine que vint tomber Mercédès en sortant des bras du vieillard. Fernand, par un mouvement instinctif, recula sa chaise.

« C'est lui, dit à Danglars Caderousse, qui n'avait pas perdu de vue le Catalan.

— Je ne crois pas, répondit Danglars, il était trop bête ; en tout cas, que le coup retombe sur celui qui l'a fait.

— Tu ne me parles pas de celui qui l'a conseillé, dit Caderousse.

— Ah ! ma foi, dit Danglars, si l'on était responsable de tout ce que l'on dit en l'air !

— Oui, lorsque ce que l'on dit en l'air retombe par la pointe. »

Pendant ce temps, les groupes commentaient l'arrestation de toutes les manières.

« Et vous, Danglars, dit une voix, que pensez-vous de cet événement ?

— Moi, dit Danglars, je crois qu'il aura rapporté quelques **ballots** de marchandises prohibées.

— Mais si c'était cela, vous devriez le savoir, Danglars, vous qui étiez **agent comptable**.

— Oui, c'est vrai ; mais l'agent comptable ne connaît que les colis qu'on lui déclare : je sais que nous sommes chargés de coton, voilà tout ; que nous avons pris le chargement à Alexandrie, chez M. Pastret, et à Smyrne, chez M. Pascal ; ne m'en demandez pas davantage.

— Oh ! je me rappelle maintenant, murmura le pauvre père, se rattachant à ce débris, qu'il m'a dit hier qu'il avait pour moi une caisse de café et une caisse de tabac.

— Voyez-vous, dit Danglars, c'est cela : en notre absence, la douane aura fait une visite à bord du Pharaon, et elle aura découvert le pot aux roses. »

Mercédès ne croyait point à tout cela ; car, comprimée jusqu'à ce moment, sa douleur éclata tout à coup en sanglots.

« Allons, allons, espoir ! dit, sans trop savoir ce qu'il disait, le père Dantès.

— Espoir ! répéta Danglars.

— Espoir », essaya de murmurer Fernand.

Mais ce mot l'étouffait ; ses lèvres s'agitèrent, aucun son ne sortit de sa bouche.

« Messieurs, cria un des convives restés en vedette sur la balustrade ; messieurs, une voiture ! Ah ! c'est M. Morel ! courage, courage ! sans doute qu'il nous apporte de bonnes nouvelles. »

Mercédès et le vieux père coururent au-devant de l'armateur, qu'ils rencontrèrent à la porte. M. Morrel était fort pâle.

« Eh bien ? s'écrièrent-ils d'une même voix.

— Eh bien, mes amis ! répondit l'armateur en secouant la tête, la chose est plus grave que nous ne le pensions.

— Oh ! monsieur, s'écria Mercédès, il est innocent !

— Je le crois, répondit M. Morrel, mais on l'accuse…

— De quoi donc ? demanda le vieux Dantès.

— D'être un agent bonapartiste. »

Ceux de mes lecteurs qui ont vécu dans l'époque où se passe cette histoire se rappelleront quelle terrible accusation c'était alors, que celle que venait de formuler M. Morrel. Mercédès poussa un cri ; le vieillard se laissa tomber sur une chaise.

« Ah ! murmura Caderousse, vous m'avez trompé, Danglars, et la plaisanterie a été faite ; mais je ne veux pas laisser mourir de douleur ce vieillard et cette jeune fille, et je vais tout leur dire.

— Tais-toi, malheureux ! s'écria Danglars en saisissant la main de Caderousse, ou je ne réponds pas de toi-même ; qui te dit que Dantès n'est pas véritablement coupable ? Le bâtiment a touché à l'île d'Elbe, il y est descendu, il est resté tout un jour à Porto-Ferrajo ; si l'on trouvait sur lui quelque lettre qui le compromette, ceux qui l'auraient soutenu passeraient pour ses complices. »

Caderousse, avec l'instinct rapide de l'égoïsme, comprit toute la solidité de ce raisonnement ; il regarda Danglars avec des yeux **hébétés** par la crainte et la douleur, et, pour un pas qu'il avait fait en avant, il en fit deux en arrière.

« Attendons, alors, murmura-t-il.

— Oui, attendons, dit Danglars ; s'il est innocent, on le mettra en liberté ; s'il est coupable, il est inutile de se compromettre pour un **conspirateur**.

— Alors, partons, je ne puis rester plus longtemps ici.

— Oui, viens, dit Danglars enchanté de trouver un compagnon de retraite, viens, et laissons-les se retirer de là comme ils pourront. »

Ils partirent : Fernand, redevenu l'appui de la jeune fille, prit Mercédès par la main et la ramena aux Catalans. Les amis de Dantès ramenèrent, de leur côté, aux allées de Meilhan, ce vieillard presque évanoui. Bientôt cette rumeur, que Dantès venait d'être arrêté comme agent bonapartiste, se répandit par toute la ville.

« Eussiez-vous cru cela, mon cher Danglars ? dit M. Morrel en rejoignant son agent comptable et Caderousse, car il regagnait lui-même la ville en toute hâte pour avoir quelque nouvelle directe d'Edmond par le substitut du procureur du roi, M. de Villefort, qu'il connaissait un peu ; auriez-vous cru cela ?

— Dame, monsieur ! répondit Danglars, je vous avais dit que Dantès, sans aucun motif, avait **relâché** à l'île d'Elbe, et cette **relâche**, vous le savez, m'avait paru suspecte.

— Mais aviez-vous fait part de vos soupçons à d'autres qu'à moi ?

— Je m'en serais bien gardé, monsieur, ajouta tout bas Danglars ; vous savez bien qu'à cause de votre oncle, M. Policar Morrel, qui a servi sous l'autre et qui ne cache pas sa pensée, on vous soupçonne de regretter Napoléon ; j'aurais eu peur de faire tort à Edmond et ensuite à vous ; il y a de ces choses qu'il est du devoir d'un subordonné de dire à son armateur et de cacher sévèrement aux autres.

— Bien, Danglars, bien, dit l'armateur, vous êtes un brave garçon ; aussi j'avais d'avance pensé à vous, dans le cas où ce pauvre Dantès fût devenu le capitaine du Pharaon.

— Comment cela, monsieur ?

— Oui, j'avais d'avance demandé à Dantès ce qu'il pensait de vous, et s'il aurait quelque répugnance à vous garder à votre poste; car, je ne sais pourquoi, j'avais cru remarquer qu'il y avait du froid entre vous.

— Et que vous a-t-il répondu ?

— Qu'il croyait effectivement avoir eu dans une circonstance qu'il ne m'a pas dite, quelques torts envers vous, mais que toute personne qui avait la confiance de l'armateur avait la sienne.

— L'hypocrite ! murmura Danglars.

— Pauvre Dantès ! dit Caderousse, c'est un fait qu'il était excellent garçon.

— Oui, mais en attendant, dit M. Morrel, voilà le Pharaon sans capitaine.

— Oh ! dit Danglars, il faut espérer, puisque nous ne pouvons repartir que dans trois mois, que d'ici à cette époque Dantès sera mis en liberté.

— Sans doute, mais jusque-là ?

— Eh bien, jusque-là me voici, monsieur Morrel, dit Danglars; vous savez que je connais le maniement d'un navire aussi bien que le premier capitaine au long cours venu, cela vous offrira même un avantage, de vous servir de moi, car lorsque Edmond sortira de prison, vous n'aurez personne à remercier : il reprendra sa place et moi la mienne, voilà tout.

— Merci, Danglars, dit l'armateur ; voilà en effet qui concilie tout. Prenez donc le commandement, je vous y autorise, et surveillez le débarquement : il ne faut jamais, quelque catastrophe qui arrive aux individus, que les affaires souffrent.

— Soyez tranquille, monsieur ; mais pourra-t-on le voir au moins, ce bon Edmond ?

— Je vous dirai cela tout à l'heure, Danglars ; je vais tâcher de parler à M. de Villefort et d'**intercéder** près de lui en faveur du prisonnier. Je sais bien que c'est un royaliste enragé, mais, que diable ! tout royaliste et procureur du roi qu'il est, il est un homme aussi, et je ne le crois pas méchant.

— Non, dit Danglars, mais j'ai entendu dire qu'il était ambitieux, et cela se ressemble beaucoup.

— Enfin, dit M. Morrel avec un soupir, nous verrons ; allez à bord, je vous y rejoins. »

Et il quitta les deux amis pour prendre le chemin du palais de justice.

« Tu vois, dit Danglars à Caderousse, la tournure que prend l'affaire. As-tu encore envie d'aller soutenir Dantès maintenant ?

— Non, sans doute ; mais c'est cependant une terrible chose qu'une plaisanterie qui a de pareilles suites.

— Dame ! qui l'a faite ? ce n'est ni toi ni moi, n'est-ce pas ? c'est Fernand. Tu sais bien que quant à moi j'ai jeté le papier dans un coin : je croyais même l'avoir déchiré.

— Non, non, dit Caderousse. Oh ! quant à cela, j'en suis sûr ; je le vois au coin de la tonnelle, tout froissé, tout roulé, et je voudrais même bien qu'il fût encore où je le vois !

— Que veux-tu ? Fernand l'aura ramassé, Fernand l'aura copié ou fait copier, Fernand n'aura peut-être même pas pris cette peine ; et, j'y pense… mon Dieu ! il aura peut-être envoyé ma propre lettre ! Heureusement que j'avais déguisé mon écriture.

— Mais tu savais donc que Dantès conspirait ?

— Moi, je ne savais rien au monde. Comme je l'ai dit, j'ai cru faire une plaisanterie, pas autre chose. Il paraît que, comme Arlequin, j'ai dit la vérité en riant.

— C'est égal, reprit Caderousse, je donnerais bien des choses pour que toute cette affaire ne fût pas arrivée, ou du moins pour n'y être mêlé en rien. Tu verras qu'elle nous portera malheur, Danglars !

— Si elle doit porter malheur à quelqu'un, c'est au vrai coupable, et le vrai coupable c'est Fernand et non pas nous. Quel malheur veux-tu qu'il nous arrive à nous ? Nous n'avons qu'à nous tenir tranquilles, sans souffler le mot de tout cela, et l'orage passera sans que le tonnerre tombe.

— Amen ! dit Caderousse en faisant un signe d'adieu à Danglars et en se dirigeant vers les allées de Meilhan, tout en secouant la tête et en se parlant à lui-même, comme ont l'habitude de faire les gens fort préoccupés.

— Bon ! dit Danglars, les choses prennent la tournure que j'avais prévue : me voilà capitaine par **intérim**, et si cet imbécile de Caderousse peut se taire, capitaine tout de bon. Il n'y a donc que le cas où la justice relâcherait Dantès ? Oh ! mais, ajouta-t-il avec un sourire, la justice est la justice, et je m'en rapporte à elle. »

Et sur ce, il sauta dans une barque en donnant l'ordre au **batelier** de le conduire à bord du Pharaon, où l'armateur, on se le rappelle, lui avait donné rendez-vous.

【注释】

• diaprer *v.t.* 点缀，染色
• pointes écumeuses 波峰浪尖
• tonnelle *n.f.* 棚架，绿荫拱廊

- balustrade *n.f.* 栏杆，护栏
- toilettes *n.f.pl.* 服饰，衣服
- Réserve *n.f.* 雷泽夫餐馆
- hourra *n.m.* 欢呼声，乌拉声
- armateur *n.m.* 船主，船老板
- poignée de main *n.f.* 握手
- taffetas épinglé 棱纹塔夫绸，粗纹塔夫绸
- grêle *adj.* 细长的，干瘦的
- bas de coton mouchetés 印有花点的长棉袜
- contrebande *n.f.* 走私货
- muscadin *n.m.* 保王党人，纨绔子弟（尤其指法国热月政变后的保王派）
- désappointé, e *adj.* 失意的，失恋的
- rehausser *v.t.* 烘托，衬托
- Mercédès était belle comme une de ces Grecques de Chypre ou de Céos, aux yeux d'ébène et aux lèvres de corail. 梅色苔丝光艳照人，明眸赛似美玉，芳唇好比珊瑚，就像塞浦路斯或凯奥斯的希腊女郎。
- le velours de ses paupières 天鹅绒一般长长的睫毛
- bistrer *v.t.* 涂成茶褐色，棕红色
- Déjà couraient autour de la table les saucissons d'Arles à la chair brune et au fumet accentué, les langoustes à la cuirasse éblouissante, les prayres à la coquille rosée, les oursins, qui semblent des châtaignes entourées de leur enveloppe piquante, les clovisses, qui ont la prétention de remplacer avec supériorité, pour les gourmets du Midi, les huîtres du Nord; enfin tous ces hors-d'œuvre délicats que la vague roule sur sa rive sablonneuse, et que les pêcheurs reconnaissants désignent sous le nom générique de fruits de mer. 于是开宴，美味佳肴在餐桌四周飞快地传递起来，有阿尔勒的香味腊肠、外壳鲜亮的龙虾、粉红贝壳的帘蛤、像毛栗一样周身带刺的海胆，还有为南方的美食家所赞赏、认为胜过北方牡蛎的蛤蜊；最后，还有各种各样鲜美的小吃，那是被海浪冲上沙滩、被懂行的渔夫统称为"海果"的海味。
- larges plaques de sueur 大汗珠
- défaillir *v.i.* 晕倒
- félicitation *n.f.* 祝贺
- hilarité *n.f.* 哄笑，突然发笑

- se plaindre *v.pr.* 抱怨
- coucou *n.m.* 钟声仿杜鹃叫的挂钟
- comploter *v.t.* 密谋
- croisée *n.f.* 窗子
- cliquetis *n.m.* 碰击声，撞击声
- vibrant, e *adj.* 响亮有力的
- un commissaire, ceint de son écharpe, entra dans la salle, suivi de quatre soldats armés, conduits par un caporal. 一个身披绶带的警官走进来，后面跟着一名下士，带领着四名携枪的士兵。
- méprise *n.f.* 错误，误会
- la statue de la loi, froide, sourde, muette 又聋又哑、冷冰冰的法律雕像
- rauque *adj.* 沙哑的，嘶哑的
- affligé, e *n.* 痛苦的人
- ballots *n.m.* 小包（指商品）
- agent comptable 账房先生
- hébété, e *adj.* 迟钝的，迷茫的
- conspirateur, trice *n.* 谋反之人
- relâcher *v.i.* 停泊，停船
- relâche *n.f.* 停泊
- intercéder *v.i.* 说情
- intérim *n.m.* 代理职务；暂时，临时
- batelier, ère *n.* 船夫

【课后思考】

1. 在婚宴场景中，大仲马是如何描写书中主要人物（唐代斯、梅色苔丝、费尔南、丹格拉尔、卡德鲁斯、莫雷尔等）的言行举止的？这与唐代斯（后来的基督山伯爵）的恩仇有什么关系？

2. 大仲马喜欢用简短的对话来推动情节发展，试分析作者这方面的语言特点。

【参考文献】

1. 大仲马. 基督山伯爵. 李玉民，陈筱卿，译. 成都：巴蜀书社，2015.

2. Alexandre Dumas. Le Comte de Monte-Cristo I. Paris: Gallimard, 1998.

第二十章 小仲马和《茶花女》
Dumas fils et *La Dame aux Camellias*

【导读】

与其父大仲马的风流成性不同，作为大仲马私生子的亚历山大·小仲马（Alexandre Dumas fils，1824—1895）追求的是道德意识。大仲马曾严肃地对他说："孩子，当一个人有幸以大仲马作为其姓氏的时候，他的人生就是辉煌灿烂的，他不会拒绝声色之乐。"但小仲马有一个可敬的母亲，使他得以保持良好的天性。虽然受父亲影响，他有一段时间也过着比较浪荡的生活，与烟花女子交往频繁，但他很早就对她们抱有很深的同情。

大仲马发现小仲马具有想象力和戏剧才能，想让他成为合作者，但小仲马愿意走自己的路。在他 24 岁的时候，小说《茶花女》为他赢得声誉。小说获得成功以后，小仲马还想把它改编为戏剧，但大仲马认为这不是一个好的戏剧题材，小仲马只得作罢。《茶花女》取材于他的真实经历，因为他曾爱过一个因患肺病而早逝的不幸女孩玛丽·杜布莱西斯（Marie Dupleisis）。

小仲马的《茶花女》塑造了一个美丽的少女形象。作者借助艺术的手法，通过男主角的视角，让读者跟随故事参与者和调查者（第一人称的"我"），一起去探索一个普通人很难接触到的妓女世界，并让读者对茶花女产生同情或共情；读者往往会认同茶花女关于爱情的看法，因为她所热爱的茶花象征着纯洁和爱情。

在叙事形式上，主要是让叙事者"我"认识男主角阿尔芒并听他讲述其与茶花女的爱情故事。通过阿尔芒的讲述和茶花女留下来的信件，二人共同见证了茶花女做出的伟大牺牲，并对社会偏见进行了猛烈抨击。通过轶闻旧事和阿尔芒对生活点滴的回忆与介绍，读者渐入佳境，感悟到一个被侮辱和损害的妇女的爱情观，以及一个由女性意识编织出的爱情美梦。

某种程度上，具有巨大艺术感染力的《茶花女》也是关于创伤与见证的叙述。作为对茶花女的追忆和悼念，作品是比较忧郁的。同时由于茶花女的美丽和纯洁，读者也在阅读爱情悲剧的同时得到心灵的净化。

茶花是小说中不断浮现的意象或主题。就重要的叙事线索来讲：小说在第

2 章交代了"茶花女"这个名字的由来，也刻意描写了她的美貌；第 5 章通过园丁进一步阐述了茶花的主题；第 7 章借茶花的花瓣表达悼念之情，同时对男性的所谓"爱情"进行嘲笑，揭露了男性的虚伪、虚荣、残忍；在第 9 章，茶花女委身于她所厌恶的伯爵，并有将"红茶花插入衣服的纽孔中"的描写；第 10 章近距离地探问妓女生活的真实世界；第 11 章男主角试图医治茶花女肉体和精神上的创伤；第 12 章通过亲历者对女性的同情来歌颂妓女爱情的难能可贵；第 13 章借老妓女普律当丝的吐露，展示妓女世界的悲惨实情；第 14 章写男主角的嫉妒和粗暴，预示后文中其对女主角的折磨，也预示着爱情对她是残酷的；第 15 章再写妓女生活的无奈；第 16 章写二人世界的浪漫；第 17 章描写茶花女"一个小时凝望雏菊花"；第 20 章写阿尔芒父亲的来访如何代表社会偏见和"父亲的名义"；第 21 章着重描写她的眼里总是含着眼泪；第 23 章表现了男人们的狭隘、渺小和卑鄙。

以下选段主要再现了茶花女的美。

【片段阅读】

La Dame aux camellias

Or, il était impossible de voir une plus charmante beauté que celle de Marguerite. Grande et mince jusqu'à l'exagération, elle possédait au suprême degré l'art de faire disparaître cet oubli de la nature par le simple arrangement des choses qu'elle revêtait. Son **cachemire**, dont la **pointe** touchait à terre, laissait échapper de chaque côté les larges **volants** d'une robe de soie, et **l'épais manchon** qui cachait ses mains et qu'elle appuyait contre sa poitrine, était entouré de **plis** si habilement ménagés, que l'œil n'avait rien à redire, si exigeant qu'il fut, au contour des lignes. La tête, une merveille, était l'objet d'une coquetterie particulière. Elle était toute petite, et sa mère, comme dirait de Musset, semblait l'avoir faite ainsi pour la faire avec soin. Dans un **ovale** d'une grâce indescriptible, mettez des yeux noirs surmontés de sourcils d'un arc si pur qu'il semblait peint; voilez ces yeux de grands **cils** qui, lorsqu'ils s'abaissaient, jetaient de l'ombre sur la teinte rose des joues ; tracez un nez fin, droit, spirituel, aux narines un peu ouvertes par une aspiration ardente vers la vie sensuelle; dessinez une bouche régulière, dont les lèvres s'ouvraient gracieusement sur des dents blanches comme du lait; colorez la peau de ce **velouté** qui couvre les **pêche**s qu'aucune main n'a touchées, et vous aurez l'ensemble de cette charmante tête. Les cheveux, noirs comme du **jais,** ondés naturellement ou non, s'ouvraient sur le front en deux larges **bandeaux**, et se perdaient derrière la tête, en laissant voir un bout des oreilles, auxquelles brillaient deux diamants d'une valeur de quatre à cinq mille francs chacun. Comment sa vie ardente laissait-elle au visage de Marguerite l'expression virginale, enfantine même qui le caractérisait ? C'est ce que nous sommes forcés de constater sans le comprendre.

Marguerite avait d'elle un merveilleux portrait fait par Vidal, le seul homme dont le crayon pouvait la reproduire. J'ai eu depuis sa mort ce portrait pendant quelques jours à ma disposition, et il était d'une si étonnante ressemblance qu'il m'a servi à donner les renseignements pour lesquels ma mémoire ne m'eût peut-être pas suffi.

Parmi les détails de ce chapitre, quelques-uns ne me sont parvenus que plus tard ; mais je les écris **tout de suite** pour n'avoir pas à y revenir, lorsque commencera l'histoire anecdotique de cette femme.

Marguerite assistait à toutes les premières représentations et passait toutes ses soirées au spectacle ou au bal. Chaque fois que l'on jouait une pièce nouvelle, on était sûr de l'y voir, avec trois choses qui ne la quittaient jamais, et qui occupaient toujours le devant de sa loge de **rez-de-chaussée** : sa **lorgnette**, un sac de bonbons et un bouquet de **camélias**. Pendant vingt-cinq jours du mois, les camélias étaient blancs, et pendant cinq ils étaient rouges ; on n'a jamais su la raison de cette variété de couleurs, que je signale sans pouvoir l'expliquer, et que les habitués des théâtres où elle allait le plus fréquemment et ses amis avaient remarquée comme moi. On n'avait jamais vu à Marguerite d'autres fleurs que des camélias. Aussi chez madame Barjon, sa fleuriste, avait-on fini par la surnommer la Dame aux Camélias, et ce surnom lui était resté…

【注释】

• cachemire *n.m.* 开司米大披肩

• pointe *n.f.* 尖端，尖头

• volant *n.m.* 镶边，边饰

• manchon *n.m.*（妇女暖手用的）手笼

• l'épais manchon 厚厚的手笼

• pli *n.m.* 皱褶，褶子

• une coquetterie particulière 精心打扮

- ovale *n.m.* 卵形，鹅蛋形，椭圆形

- cil *n.m.* 眼睫毛

- narine *n.f.* 鼻孔

- velouté *n.m.* 汗毛，绒毛

- pêche *n.f.* 桃子

- jais *n.m.* 煤玉；发亮的乌黑色

- bandeau *n.m.* 头带，束发带

- tout de suite *loc.adv.* 立即，立刻

- rez-de-chaussée *n.m.inv.*（建筑物的）底层，第一层

- lorgnette *n.f.* 小型望远镜，观剧镜

- camélia *n.m.* 山茶花

【课后思考】

1. 作者通过怎样的艺术手法再现了茶花女的美？茶花女的形象为什么能够如此打动读者？

2. 林纾（林琴南）曾与王寿昌合译了《巴黎茶花女遗事》，在涉及本章选段内容时，他们显然做了改写。请对照本章选段原文，分析林、王译文的特色。

林纾和王寿昌的译文如下（马克即女主角玛格丽特）：

马克长身玉立，御长裙，仙仙然描画不能肖，虽欲故状其丑，亦莫知为辞。修眉媚眼，脸犹朝霞，发黑如漆覆额，而仰盘于顶上，结为巨髻。耳上饰二钻，光明射目。

余念马克操业如此，宜有沉忧之色。乃观马克之容，若甚整暇。余于其死后，得乌丹所绘像，长日辄出展玩。余作书困时，亦恒取观之。马克性嗜剧，场中人恒见有丽人捻茶花一丛，即马克至矣。而茶花之色不一，一月之中，拈白者廿五日，红者五日，不知其何所取。然马克每至巴黎取花，花媪称之曰茶花女。时人遂亦称之曰茶花女。

【参考文献】

1. 小仲马. 巴黎茶花女遗事. 林纾，王寿昌，译. 北京：商务印书馆，1981.
2. 小仲马. 茶花女. 王振孙，译. 北京：外国文学出版社，1997.
3. Dumas fils. La Dame aux Camélias. Paris: Gallimard, 1975.

第二十一章　福楼拜和《包法利夫人》
Flaubert et *Madame Bovary*

【导读】

左拉（Zola）曾把居斯塔夫·福楼拜（Gustave Flaubert，1821—1880）看作自然主义作家，并认为他的创作引起了某种文学革命，把巴尔扎克在其巨著中零星提到的现代小说的样式凝缩在 400 页的《包法利夫人》当中。[①]马克思的女儿爱琳娜·马克思-艾威林也说，《包法利夫人》在文坛引起了类似革命的效果，并认为福楼拜的风格"像诗一样有自己的节奏"，体现了"观察与分析的奇异的力量"，乃是"结合科学论文的有诗意的形式"，其作品让"作者人格完全隐匿的情况，以及全部人物的现实性（最小的人物也是一个有血肉的、有喘息的生命）：这一切在帝国当时是新颖的"。[②]

福楼拜出身于法国西北部诺曼底地区鲁昂市（Rouen）一个外科医生家庭，从小在医院环境中长大。在家里，福楼拜被看作是"家里的白痴"，智力低下。但他喜欢文学，阅读了大量文学名著，这为他以后的创作打下了坚实的基础。

本章选文出自《包法利夫人》。故事发生的历史背景是复辟时期。女主角爱玛是一个富裕佃农的独生女，从小被送到修道院接受与其身份不符的"贵族教育"，再加上受 1830 年前后风靡一时的浪漫主义影响，在嫁给平庸的包法利医生后，她不甘于乏味无趣的外省乡村生活，遂与人偷情，并大量举债，最后走上服毒自尽的道路。爱玛的悲剧绝不仅仅是她的个人问题，而是有着深刻复杂的社会因素。"一个人可以为爱情而死，但是对于一般人（爱玛是其中的一个）说来，死在债台高筑上，却更合乎资本主义社会发展的规律。"[③] 正因为作者大胆揭露了当时社会的不良社会环境，所以小说才让当局感到不安，加以查禁。

---

① 左拉. 论自然主义小说家//福楼拜. 包法利夫人. 李健吾，译. 北京：人民文学出版社，1979：5.

② 福楼拜. 包法利夫人. 李健吾，译. 北京：人民文学出版社，1979：3-4.

③ 同①8-12.

　　选段描写了爱玛服毒自尽之前向各方求助均遭无情拒绝。她的故事充分暴露了资本主义社会的冷酷无情。造成爱玛悲剧的可恨布商和公证人等人物都在这部分出现。

　　由于借债不还，她被抄家了，一切财产被质押，甚至罗道尔弗写给她、曾打动她芳心的情书也不再归她所有，被粗鲁地拆开，这让她感到愤怒。她想借钱时，所有的银行家都在度假或在乡下。所有人都拒绝了她，有些人当面嘲笑她。爱玛也终于认清了两个情人的真面目。

　　在她一筹莫展时，她还想到那个在渥毕萨尔的舞会上陪她跳舞的子爵，这成为她唯一的精神支柱。正是修道院教育让她产生了不符合其社会身份的爱情幻想。

【片段阅读】

Madame Bovary

CHAPITRE VII

ELLE fut stoïque, le lendemain, lorsque maître Hareng, l'huissier, avec deux témoins, se présenta chez elle pour faire le procès-verbal de la saisie.

Ils commencèrent par le cabinet de Bovary et n'inscrivirent point la tête phrénologique, qui fut considérée comme instrument de sa profession ; mais ils comptèrent dans la cuisine les plats, les **marmites**, les chaises, les flambeaux, et, dans sa chambre à coucher, toutes les **babioles** de l'**étagère**. Ils examinèrent ses robes, le linge, le cabinet de toilette ; et son existence, jusque dans ses **recoins** les plus intimes, fut, comme un cadavre que l'on autopsie, étalée tout du long aux regards de ces trois hommes.

Maître Hareng, boutonné dans un mince habit noir, en cravate blanche, et portant des **sous-pieds** fort tendus, répétait de temps à autre :

— Vous permettez, madame ? vous permettez ?

Souvent il faisait des exclamations :

— Charmant ! … fort joli !

Puis il se remettait à écrire, trempant sa plume dans **l'encrier de corne** qu'il tenait de la main gauche.

Quand ils en eurent fini avec les appartements, ils montèrent au grenier.

Elle y gardait un **pupitre** où étaient enfermées les lettres de Rodolphe. Il fallut l'ouvrir.

— Ah ! une correspondance ! dit maître Hareng avec un sourire discret. Mais permettez ! car je dois m'assurer si la boîte ne contient pas autre chose.

Et il inclina les papiers, légèrement, comme pour en faire tomber des napoléons. Alors l'indignation la prit, à voir cette grosse main, aux doigts rouges et **mous** comme des **limaces**, qui se posait sur ces pages où son cœur avait battu.

Ils partirent enfin ! Félicité rentra. Elle l'avait envoyée aux **aguets** pour détourner Bovary ; et elles installèrent vivement sous les toits le gardien de la saisie, qui jura de s'y tenir.

Charles, pendant la soirée, lui parut soucieux. Emma l'épiait d'un regard plein d'angoisse, croyant apercevoir dans les rides de son visage des accusations. Puis, quand ses yeux se reportaient sur la cheminée garnie d'écrans chinois, sur les larges rideaux, sur les fauteuils, sur toutes ces choses enfin qui avaient adouci l'amertume de sa vie, un remords la prenait, ou plutôt un regret immense et qui irritait la passion, loin de l'anéantir. Charles tisonnait avec placidité, les deux pieds sur les **chenets**.

Il y eut un moment où le gardien, sans doute s'ennuyant dans sa cachette, fit un peu de bruit.

— On marche là-haut ? dit Charles.

— Non ! reprit-elle, c'est une **lucarne** restée ouverte que le vent remue.

Elle partit pour Rouen, le lendemain dimanche, afin d'aller chez tous les banquiers dont elle connaissait le nom. Ils étaient à la campagne ou en voyage. Elle ne se **rebuta** pas ; et ceux qu'elle put rencontrer, elle leur demandait de l'argent, protestant qu'il lui en fallait, qu'elle le rendrait. Quelques-uns lui rirent au nez ; tous la refusèrent.

A deux heures, elle courut chez Léon, frappa contre sa porte. On n'ouvrit pas. Enfin il parut.

— Qui t'amène ?

— Cela te dérange ?

— Non…, mais…

Et il avoua que le propriétaire n'aimait point que l'on reçût « des femmes ».

— J'ai à te parler, reprit-elle.

Alors il atteignit sa clef. Elle l'arrêta.

— Oh ! non, là-bas, chez nous.

Et ils allèrent dans leur chambre, à l'hôtel de Boulogne.

Elle but en arrivant un grand verre d'eau. Elle était très-pâle. Elle lui dit :

— Léon, tu vas me rendre un service.

Et, le secouant par ses deux mains, qu'elle serrait étroitement, elle ajouta :

— Écoute, j'ai besoin de huit mille francs !

— Mais tu es folle !

— Pas encore !

Et, aussitôt, racontant l'histoire de la saisie, elle lui exposa sa détresse ; car Charles ignorait tout, sa belle-mère la détestait, le père Rouault ne pouvait rien ; mais lui, Léon, il allait se mettre en course pour trouver cette indispensable somme...

— Comment veux-tu... ?

— Quel lâche tu fais ! s'écria-t-elle.

Alors il dit bêtement :

— Tu t'exagères le mal. Peut-être qu'avec un millier d'écus ton **bonhomme** se calmerait.

Raison de plus pour tenter quelque démarche ; il n'était pas possible que l'on ne découvrît point trois mille francs. D'ailleurs, Léon pouvait s'engager à sa place.

— Va ! essaye ! il le faut ! cours ! ... Oh ! tâche ! tâche ! je t'aimerai bien !

Il sortit, revint au bout d'une heure, et dit avec une figure solennelle :

— J'ai été chez trois personnes... inutilement !

Puis ils restèrent assis l'un en face de l'autre, aux deux coins de la cheminée, immobiles, sans parler. Emma haussait les épaules, tout en **trépignant**. Il l'entendit qui murmurait :

— Si j'étais à ta place, moi, j'en trouverais bien !

— Où donc ?

— A ton étude!

Et elle le regarda.

Une **hardiesse** infernale s'échappait de ses prunelles enflammées, et les paupières se rapprochaient d'une façon lascive et encourageante ; — si bien que le jeune homme se sentit faiblir sous la muette volonté de cette femme qui lui conseillait un crime. Alors il eut peur, et pour éviter tout éclaircissement, il se frappa le front en s'écriant :

— Morel doit revenir cette nuit ! il ne me refusera pas, j'espère (c'était un de ses amis, le fils d'un négociant fort riche), et je t'apporterai cela demain, ajouta-t-il.

Emma n'eut point l'air d'accueillir cet espoir avec autant de joie qu'il l'avait imaginé. Soupçonnait-elle le mensonge ? Il reprit en rougissant :

— Pourtant, si tu ne me voyais pas à trois heures, ne m'attends plus, ma chérie. Il faut que je m'en aille, excuse-moi. Adieu !

Il serra sa main, mais il la sentit tout inerte. Emma n'avait plus la force d'aucun sentiment.

Quatre heures sonnèrent ; et elle se leva pour s'en retourner à Yonville, obéissant comme un automate à l'impulsion des habitudes.

Il faisait beau ; c'était un de ces jours du mois de mars clairs et **âpres**, où le soleil **reluit** dans un ciel tout blanc. Des Rouennais endimanchés se promenaient d'un air heureux. Elle arriva sur la place du Parvis. On sortait des **vêpres** ; la foule s'écoulait par les trois portails, comme un fleuve par les trois arches d'un pont, et, au milieu, plus immobile qu'un roc, se tenait le **suisse**.

Alors elle se rappela ce jour où, tout anxieuse et pleine d'espérances, elle était entrée sous cette grande **nef** qui s'étendait devant elle moins profonde que son amour ; et elle continua de marcher, en pleurant sous son voile, **étourdie**, **chancelante**, près de **défaillir**.

— **Gare** ! cria une voix sortant d'une porte cochère qui s'ouvrait.

Elle s'arrêta pour laisser passer un cheval noir, **piaffant** dans les brancards d'un **tilbury** que conduisait un gentleman **en fourrure de zibeline**. Qui était-ce donc ? Elle le connaissait… La voiture s'élança et disparut.

Mais c'était lui, le Vicomte ! Elle se détourna : la rue était déserte. Et elle fut si accablée, si triste, qu'elle s'appuya contre un mur pour ne pas tomber.

Puis elle pensa qu'elle s'était trompée. Au reste, elle n'en savait rien. Tout, en elle-même et au dehors, l'abandonnait. Elle se sentait perdue, roulant au hasard dans des abîmes indéfinissables ; et ce fut presque avec joie qu'elle aperçut, en arrivant à la Croix rouge, ce bon Homais qui regardait charger sur l'Hirondelle une grande boîte pleine de provisions pharmaceutiques. Il tenait à sa main, dans un **foulard**, six cheminots pour son épouse.

Madame Homais aimait beaucoup ces petits pains lourds, en forme de turban, que l'on mange dans le **carême** avec du beurre salé : dernier **échantillon** des nourritures gothiques, qui remonte peut-être au siècle des croisades, et dont les robustes Normands s'emplissaient autrefois, croyant voir sur la table, à la lueur des torches jaunes, entre les **brocs d'hypocras** et les gigantesques **charcuteries**, des têtes de Sarrasins à dévorer. La femme de l'apothicaire les **croquait** comme eux, héroïquement, malgré sa détestable dentition ; aussi, toutes les fois que M. Homais faisait un voyage à la ville, il ne manquait pas de lui en rapporter, qu'il prenait toujours chez le grand **faiseur**, rue Massacre.

— Charmé de vous voir ! dit-il en offrant la main à Emma pour l'aider à monter dans l'Hirondelle.

Puis il suspendit les cheminots aux **lanières** du filet, et resta nu-tête et les bras croisés, dans une attitude pensive et napoléonienne.

Mais, quand l'Aveugle, comme d'habitude, apparut au bas de la côte, il s'écria :

— Je ne comprends pas que l'autorité tolère encore de si coupables industries ! On devrait enfermer ces malheureux, que l'on forcerait à quelque travail ! Le Progrès, ma parole d'honneur, marche à pas de tortue ! nous **pataugeons** en pleine barbarie !

L'Aveugle tendait son chapeau, qui ballottait au bord de la **portière**, comme une poche de la tapisserie déclouée.

— Voilà, dit le pharmacien, une affection scrofuleuse !

Et, bien qu'il connût ce pauvre diable, il feignit de le voir pour la première fois, murmura les mots de cornée, cornée opaque, sclérotique, facies, puis lui demanda d'un ton paterne :

— Y a-t-il longtemps, mon ami, que tu as cette épouvantable infirmité ? Au lieu de t'enivrer au cabaret, tu ferais mieux de suivre un régime.

Il l'engageait à prendre de bon vin, de bonne bière, de bons rôtis. L'Aveugle continuait sa chanson ; il paraissait, d'ailleurs, presque idiot. Enfin, M. Homais ouvrit sa bourse.

— Tiens, voilà un sou, rends-moi deux liards ; et n'oublie pas mes recommandations, tu t'en trouveras bien.

Hivert se permit tout haut quelque doute sur leur efficacité. Mais l'apothicaire certifia qu'il le guérirait lui-même, avec une **pommade antiphlogistique** de sa composition, et il donna son adresse :

— M. Homais, près des halles, suffisamment connu.

— Eh bien, pour la peine, dit Hivert, tu vas nous montrer la comédie.

L'Aveugle **s'affaissa** sur ses **jarrets**, et, la tête renversée, tout en roulant ses yeux verdâtres et tirant la langue, il se **frottait** l'estomac à deux mains, tandis qu'il poussait une sorte de hurlement sourd, comme un chien **affamé**. Emma, prise de dégoût, lui envoya, par-dessus l'épaule, une pièce de cinq francs. C'était toute sa fortune. Il lui semblait beau de la jeter ainsi.

La voiture était repartie, quand soudain M. Homais se pencha en dehors du **vasistas** et cria :

— Pas de **farineux** ni de **laitage** ! Porter de la **laine** sur la peau et exposer les parties malades **à la fumée de baies de genièvre** !

Le spectacle des objets connus qui défilaient devant ses yeux peu à peu détournait Emma de sa douleur présente. Une intolérable fatigue l'accablait, et elle arriva chez elle **hébétée**, découragée, presque endormie.

— Advienne que pourra ! se disait-elle.

Et puis, qui sait ? pourquoi, d'un moment à l'autre, ne surgirait-il pas un événement extraordinaire ? L'heureux même pouvait mourir.

Elle fut, à neuf heures du matin, réveillée par un bruit de voix sur la place. Il y avait un **attroupement** autour des halles pour lire une grande affiche collée contre un des **poteaux**, et elle vit Justin qui montait sur une **borne** et qui déchirait l'affiche. Mais, à ce moment, le garde champêtre lui posa la main sur le **collet**. M. Homais sortit de la pharmacie, et la mère Lefrançois, au milieu de la foule, avait l'air de **pérorer**.

— Madame ! madame ! s'écria Félicité en entrant, c'est une abomination !

Et la pauvre fille, émue, lui tendit un papier jaune qu'elle venait d'arracher à la porte. Emma lut d'un clin d'œil que tout son **mobilier** était à vendre.

Alors elles se considérèrent silencieusement. Elles n'avaient, la servante et la maîtresse, aucun secret l'une pour l'autre. Enfin Félicité soupira :

— Si j'étais de vous, madame, j'irais chez M. Guillaumin.

— Tu crois ? …

Et cette interrogation voulait dire :

— Toi qui connais la maison par le domestique, est-ce que le maître quelquefois aurait parlé de moi ?

— Oui, allez-y, vous ferez bien.

Elle s'habilla, mit sa robe noire avec sa **capote à grains de jais** ; et, pour qu'on ne la vît pas (il y avait toujours beaucoup de monde sur la place), elle prit en dehors du village, par le sentier au bord de l'eau.

Elle arriva tout essoufflée devant la **grille** du notaire ; le ciel était sombre et un peu de neige tombait.

Au bruit de la sonnette, Théodore, en gilet rouge, parut sur le perron ; il vint lui ouvrir presque familièrement, comme à une connaissance, et l'introduisit dans la salle à manger.

Un large poêle de porcelaine bourdonnait sous un cactus qui emplissait la niche, et, dans des cadres de bois noir, contre la tenture de papier chêne, il y avait la *Esméralda* de Steuben, avec la *Putiphar* de Schopin. La table servie, deux réchauds d'argent, le **bouton** des portes en cristal, le parquet et les meubles, tout reluisait d'une **propreté** méticuleuse, anglaise ; les **carreaux** étaient décorés, à chaque angle, par des verres de couleur.

— Voilà une salle à manger, pensait Emma, comme il m'en faudrait une.

Le notaire entra, serrant du bras gauche contre son corps sa **robe de chambre à palmes**, tandis qu'il ôtait et remettait vite de l'autre main sa **toque** de **velours marron**, prétentieusement posée sur le côté droit, où retombaient les bouts de trois **mèches** blondes qui, prises à l'**occiput**, contournaient son crâne chauve.

Après qu'il eut offert un siège, il s'assit pour déjeuner, tout en s'excusant beaucoup de l'impolitesse.

— Monsieur, dit-elle, je vous prierais…

— De quoi, madame ? J'écoute.

Elle se mit à lui exposer sa situation.

Maître Guillaumin la connaissait, étant lié secrètement avec le marchand d'étoffes, chez lequel il trouvait toujours des capitaux pour les prêts **hypothécaires** qu'on lui demandait à **contracter**.

Donc, il savait (et mieux qu'elle) la longue histoire de ces billets, minimes d'abord, portant comme **endosseurs** des noms divers, espacés à de longues **échéances** et renouvelés continuellement, jusqu'au jour où, ramassant tous les **protêts**, le marchand avait chargé son ami Vinçart de faire en son nom propre les poursuites qu'il fallait, ne voulant point passer pour un tigre parmi ses concitoyens.

Elle entremêla son récit de récriminations contre L'heureux, récriminations auxquelles le notaire répondait de temps à autre par une parole insignifiante.

Mangeant sa **côtelette** et buvant son thé, il baissait le menton dans sa cravate bleu de ciel, **piquée** par deux épingles de diamants que rattachait une **chaînette** d'or ; et il souriait d'un singulier sourire, d'une façon douceâtre et ambiguë. Mais, s'apercevant qu'elle avait les pieds humides :

— Approchez-vous donc du **poêle**… plus haut…, contre la porcelaine.

Elle avait peur de la salir. Le notaire reprit d'un ton galant :

— Les belles choses ne **gâtent** rien.

Alors elle tâcha de l'émouvoir, et, s'émotionnant elle-même, elle vint à lui conter l'étroitesse de son **ménage**, ses **tiraillements**, ses besoins. Il comprenait cela : une femme élégante ! et, sans s'interrompre de manger, il s'était tourné vers elle complètement, si bien qu'il **frôlait** du genou sa **bottine**, dont la semelle se **recourbait** tout en fumant contre le poêle.

Mais, lorsqu'elle lui demanda mille écus, il serra les lèvres, puis se déclara très-peiné de n'avoir pas eu autrefois la direction de sa fortune, car il y avait cent moyens fort **commodes**, même pour une dame, de faire valoir son argent. On aurait pu, soit dans les **tourbières** de Grumesnil ou les terrains du Havre, hasarder presque à coup sûr d'excellentes spéculations ; et il la laissa se dévorer de rage à l'idée des sommes fantastiques qu'elle aurait certainement gagnées.

— D'où vient, reprit-il, que vous n'êtes pas venue chez moi ?

— Je ne sais trop, dit-elle.

— Pourquoi, hein ? … Je vous faisais donc bien peur ? C'est moi, au contraire, qui devrais me plaindre ! A peine si nous nous connaissons ! Je vous suis pourtant très-dévoué ; vous n'en doutez plus, j'espère ?

Il tendit sa main, prit la sienne, la couvrit d'un baiser vorace, puis la garda sur son genou ; et il jouait avec ses doigts délicatement, tout en lui contant mille douceurs.

Sa voix **fade susurrait**, comme un ruisseau qui coule ; une **étincelle** jaillissait de sa **pupille** à travers le miroitement de ses lunettes, et ses mains s'avançaient dans la manche d'Emma, pour lui **palper** le bras. Elle sentait contre sa joue le souffle d'une respiration haletante. Cet homme la gênait horriblement.

Elle se leva d'un bond et lui dit :

— Monsieur, j'attends !

— Quoi donc ? fit le notaire, qui devint tout à coup extrêmement pâle.

— Cet argent.

— Mais…

Puis, cédant à l'irruption d'un désir trop fort :

— Eh bien, oui ! …

Il se traînait à genoux vers elle, sans égard pour sa robe de chambre.

— De grâce, restez ! je vous aime !

Il la saisit par la taille.

Un flot de pourpre monta vite au visage de madame Bovary. Elle se recula d'un air terrible, en s'écriant :

— Vous profitez impudemment de ma détresse, monsieur ! Je suis à plaindre, mais pas à vendre !

Et elle sortit.

Le notaire resta fort stupéfait, les yeux fixés sur ses belles **pantoufles** en tapisserie. C'était un présent de l'amour. Cette vue à la fin le consola. D'ailleurs, il songeait qu'une aventure pareille l'aurait entraîné trop loin.

— Quel misérable ! quel **goujat** ! … quelle infamie ! se disait-elle, en **fuyan**t d'un pied nerveux sous les **trembles** de la route. Le désappointement de l'insuccès renforçait l'indignation de sa pudeur outragée ; il lui semblait que la Providence **s'acharnait** à la poursuivre, et, s'en rehaussant d'orgueil, jamais elle n'avait eu tant d'estime pour elle-même ni tant de mépris pour les autres. Quelque chose de belliqueux la transportait. Elle aurait voulu battre les hommes, leur **cracher** au visage, les **broyer** tous ; et elle continuait à marcher rapidement devant elle, pâle, frémissante, enragée, **furetant** d'un œil en pleurs l'horizon vide, et comme se **délectant** à la haine qui l'étouffait.

Quand elle aperçut sa maison, un **engourdissement** la saisit. Elle ne pouvait avancer ; il le fallait cependant ; d'ailleurs, où fuir ?

Félicité l'attendait sur la porte.

— Eh bien ?

— Nonn! dit Emma.

Et, pendant un quart d'heure, toutes les deux, elles **avisèrent** les différentes personnes d'Yonville disposées peut-être à la secourir. Mais, chaque fois que Félicité nommait quelqu'un, Emma répliquait :

— Est-ce possible ! Ils ne voudront pas !

— Et monsieur qui va rentrer !

— Je le sais bien… Laisse-moi seule.

Elle avait tout tenté. Il n'y avait plus rien à faire maintenant ; et, quand Charles paraîtrait, elle allait donc lui dire :

— Retire-toi. Ce tapis où tu marches n'est plus à nous. De ta maison, tu n'as pas un meuble, une épingle, une paille, et c'est moi qui t'ai ruiné, pauvre homme !

Alors ce serait un grand sanglot, puis il pleurerait abondamment, et enfin, la surprise passée, il pardonnerait.

— Oui, murmurait-elle en grinçant des dents, il me pardonnera, lui qui n'aurait pas assez d'un million à m'offrir pour que je l'excuse de m'avoir connue… Jamais ! jamais !

Cette idée de la supériorité de Bovary sur elle l'exaspérait. Puis, qu'elle avouât ou n'avouât pas, tout à l'heure, tantôt, demain, il n'en saurait pas moins la catastrophe ; donc, il fallait attendre cette horrible scène et subir le poids de sa magnanimité. L'envie lui vint de retourner chez L'heureux : à quoi bon ? d'écrire à son père ; il était trop tard ; et peut-être qu'elle se repentait maintenant de n'avoir pas cédé à l'autre, lorsqu'elle entendit le trot d'un cheval dans l'allée. C'était lui, il ouvrait la barrière, il était plus blême que le mur de plâtre. Bondissant dans l'escalier, elle s'échappa vivement par la place ; et la femme du **maire**, qui causait devant l'église avec Lestiboudois, la vit entrer chez le **percepteur**.

Elle courut le dire à madame Caron. Ces deux dames montèrent dans le grenier ; et cachées par du linge étendu sur des perches, se **postèrent** commodément pour apercevoir tout l'intérieur de Binet.

Il était seul, dans sa **mansarde**, en train d'imiter, avec du bois, une de ces **ivoireries** indescriptibles, composées de croissants, de sphères creusées les unes dans les autres, le tout droit comme un **obélisque** et ne servant à rien ; et il **entamait** la dernière pièce, il touchait au but ! Dans le clair-obscur de l'atelier, la poussière blonde **s'envolait** de son outil, comme une **aigrette** d'étincelles sous les fers d'un cheval au galop ; les deux roues tournaient, **ronflaient** ; Binet souriait, le menton baissé, les narines ouvertes, et semblait enfin perdu dans un de ces bonheurs complets, n'appartenant sans doute qu'aux occupations médiocres, qui amusent l'intelligence par des difficultés faciles, et **l'assouvissent** en une réalisation au-delà de laquelle il n'y a pas à rêver.

— Ah ! la voici ! fit madame Tuvache.

Mais il n'était guère possible, à cause du tour, d'entendre ce qu'elle disait.

Enfin, ces dames crurent distinguer le mot francs, et la mère Tuvache souffla tout bas :

— Elle le prie, pour obtenir un retard à ses contributions.

— D'apparence ! reprit l'autre.

Elles la virent qui marchait **de long en large**, examinant contre les murs, les ronds de serviette, les chandeliers, **les pommes de rampe**, tandis que Binet se caressait la barbe avec satisfaction.

— Viendrait-elle lui commander quelque chose ? dit madame Tuvache.

— Mais il ne vend rien ! objecta sa voisine.

Le percepteur avait l'air d'écouter, tout en **écarquillant** les yeux, comme s'il ne comprenait pas. Elle continuait d'une manière tendre, suppliante. Elle se rapprocha ; son sein haletait ; ils ne parlaient plus.

— Est-ce qu'elle lui fait des avances ? dit madame Tuvache.

Binet était rouge jusqu'aux oreilles. Elle lui prit les mains.

—Ah ! c'est trop fort !

Et sans doute qu'elle lui proposait une abomination ; car le percepteur, — il était brave pourtant, il avait combattu à Bautzen et à Lutzen, fait la campagne de France, et même été porté pour la croix ; — tout à coup, comme à la vue d'un serpent, se recula bien loin en s'écriant :

— Madame ! y pensez-vous ? …

— On devrait fouetter ces femmes-là ! dit madame Tuvache.

— Où est-elle donc ? reprit madame Caron.

Car elle avait disparu durant ces mots ; puis, l'apercevant qui enfilait la Grande-Rue et tournait à droite comme pour gagner le cimetière, elles se perdirent en conjectures.

— Mère Rolet, dit-elle en arrivant chez la nourrice, j'étouffe ! … **délacez**-moi.

Elle tomba sur le lit ; elle sanglotait. La mère Rolet la couvrit d'un jupon et resta debout près d'elle. Puis, comme elle ne répondait pas, la bonne femme s'éloigna, prit son **rouet** et se mit à **filer du lin**.

— Oh ! finissez ! murmura-t-elle, croyant entendre le tour de Binet.

— Qui la gêne ? se demandait la nourrice. Pourquoi vient-elle ici ?

Elle y était **accourue**, poussée par une sorte **d'épouvante** qui la chassait de sa maison.

Couchée sur le dos, immobile et les yeux fixes, elle discernait vaguement les objets, bien qu'elle y appliquât son attention avec une persistance idiote. Elle contemplait les **écaillure**s de la muraille, deux **tisons** fumant bout à bout, et une longue **araignée** qui marchait au-dessus de sa tête, dans la fente de la **poutrelle**. Enfin, elle rassembla ses idées. Elle se souvenait... Un jour, avec Léon... Oh ! comme c'était loin... Le soleil brillait sur la rivière et les **clématites embaumaient**... Alors, emportée dans ses souvenirs comme dans un torrent qui **bouillonne**, elle arriva bientôt à se rappeler la journée de la veille.

— Quelle heure est-il ? demanda-t-elle.

La mère Rolet sortit, leva les doigts de sa main droite du côté que le ciel était le plus clair, et rentra lentement en disant :

— Trois heures, bientôt.

— Ah ! merci ! merci !

Car il allait venir. C'était sûr ! Il aurait trouvé de l'argent. Mais il irait peut-être là-bas, sans se douter qu'elle fût là ; et elle commanda à la nourrice de courir chez elle pour l'amener.

— Dépêchez-vous !

— Mais, ma chère dame, j'y vais ! j'y vais !

Elle s'étonnait, à présent, de n'avoir pas songé à lui tout d'abord ; hier, il avait donné sa parole, il n'y manquerait pas ; et elle se voyait déjà chez Lheureux, étalant sur son bureau les trois billets de banque. Puis il faudrait inventer une histoire qui expliquât les choses à Bovary. Laquelle ?

Cependant la nourrice était bien longue à revenir. Mais, comme il n'y avait point d'horloge dans la chaumière, Emma craignait de s'exagérer peut-être la longueur du temps. Elle se mit à faire des tours de promenade dans le jardin, pas à pas ; elle alla dans le sentier le long de la **haie**, et s'en retourna vivement, espérant que la bonne femme serait rentrée par une autre route. Enfin, lasse d'attendre, assaillie de soupçons qu'elle repoussait, ne sachant plus si elle était là depuis un siècle ou une minute, elle s'assit dans un coin et ferma les yeux, se **boucha** les oreilles. La barrière **grinça** : elle fit un bond ; avant qu'elle eût parlé, la mère Rolet lui avait dit :

— Il n'y a personne chez vous !

— Comment ?

— Oh ! personne ! Et monsieur pleure. Il vous appelle. On vous cherche.

Emma ne répondit rien. Elle haletait, tout en roulant les yeux autour d'elle, tandis que la paysanne, effrayée de son visage, se reculait instinctivement, la croyant folle. Tout à coup elle se frappa le front, poussa un cri, car le souvenir de Rodolphe, comme un grand éclair dans une nuit sombre, lui avait passé dans l'âme. Il était si bon, si délicat, si généreux ! Et, d'ailleurs, s'il hésitait à lui rendre ce service, elle saurait bien l'y contraindre en rappelant d'un seul clin d'œil leur amour perdu. Elle partit donc vers la Huchette, sans s'apercevoir qu'elle courait s'offrir à ce qui l'avait tantôt si fort exaspérée, ni se douter le moins du monde de cette prostitution.

【注释】

- marmite *n.f.* 锅
- babiole *n.f.* 小玩意儿，不值钱的东西
- étagère *n.f.* （固定在墙上的）格，搁板，架子
- recoin *n.m.* 隐蔽的角落；〈转〉内心中的隐蔽幽深处
- sous-pieds *n.m.pl.* 系在鞋底下的扣紧鞋罩或长脚裤管的带子
- encrier de corne *n.m.* 犄角墨水瓶
- pupitre *n.m.* 斜面书桌；乐谱架
- mou, mol, molle *adj.* 柔软的；无精打采的；优柔寡断的
- limace *n.f.* 〈动物学〉蛞蝓，鼻涕虫；〈口〉行动缓慢的人
- aguets *loc.adv.* 埋伏着，窥伺着；戒备着
- chenet *n.m.* （壁炉的）柴架
- lucarne *n.f.* 天窗
- rebuter *v.t.* 〈旧〉严词拒绝；使扫兴，使气馁
- bonhomme *n.m.* 〈旧〉老好人，天真的人；男人，家伙
- trépigner *v.i.* 顿足，跺脚
- hardiesse *n.f.* 大胆，勇敢；放肆，冒昧；不害臊
- âpre *adj.* 崎岖的，不平坦的；严寒的
- reluire *v.i.* 闪闪发光，发亮
- vêpres *n.f.* 〈宗〉晚祷，晚课
- suisse *n.m.* 〈旧〉守门人，看门人

- nef *n.f.* （教堂的）殿
- étourdir *v.t.* 使晕头转向；使震惊；（闹声、喧哗声）使厌倦，厌烦
- chancelant, e *adj.* 蹒跚的，踉跄的；〈转〉虚弱的
- défaillir *v.t.* 衰弱；减退，衰退；昏厥，支持不住
- Gare ! *interj.* 让开！
- piaffer *v.i.* 踩脚
- tilbury *n.m.* （旧时供两人乘坐的）轻便双轮马车
- en fourrure de zibeline 穿着貂皮大衣
- foulard *n.m.* 纱巾，丝巾；丝绸
- carême *n.m.* 〈宗〉四旬斋，封斋日
- échantillon *n.m.* 样品；货品；标本
- broc *n.m.* （有柄的）水罐，水桶；一水罐的容量，一水桶的容量
- hypocras 一种含酒精的饮品
- charcuterie *n.f.* 猪肉食品业；熟猪肉
- croquer *v.t.* 咀嚼（脆的食物）；挥霍
- faiseur *n.* 制造者；热衷或忙碌于某一事务的人；好吹牛者；投机取巧的商人
- lanière *n.f.* 狭长带子，皮带
- patauger *v.i.* （在泥泞或泥浆中）行走，涉水而行；（在推理、说话中）陷入困境
- portière *n.f.* 门帘；（汽车、火车的）车门
- pommade *n.f.* 软膏；药膏
- antiphlogistique *adj.* 消炎的
- s'affaisser *v.pr.* 下沉；倒塌；〈转〉消沉，沮丧，衰弱
- jarret *n.m.* 膝弯，腿弯
- frotter *v.t.* 擦，摩擦；擦干净；抹
- affamer *v.t.* 使饥饿
- vasistas *n.m.* （门、窗上的）气窗
- farineux *n.m.* 含淀粉的食用植物
- laitage *n.m.* 乳类，乳制品
- laine *n.f.* 羊毛；毛织品；浓密的鬃发
- à la fumée de baies de genièvre 燃烧刺柏产生的烟雾
- hébété, e *adj.* 变迟钝的，变愚笨的
- attroupement *n.m.* 聚集，集众；聚集的人群

- poteau *n.m.* 杆，柱；（赛跑或赛马的）起终点标志；〈口〉可靠的伙伴
- borne *n.f.* 界石，石桩
- collet *n.m.* 衣领
- pérorer *v.i.* 〈贬〉高谈阔论
- mobilier *adj.* 动产的；*n.m.* 家具
- capote à grains de jais 镶着黑玉珠子的连帽斗篷
- grille *n.f.* （铁或木制的）栅栏门
- bouton *n.m.* 旋钮，按钮
- propreté *n.f.* 整洁，干净利落
- carreau *n.m.* 方砖
- robe de chambre à palmes 饰有棕榈叶图案的睡袍
- toque *n.f.* 无边女帽，窄边软帽
- velours marron 栗色丝绒
- mèche *n.f.* 发绺
- occiput *n.m.* 后脑壳，枕骨部
- hypothécaire *adj.* 抵押的，有抵押权的
- contracter *v.t.* 订立，缔结；沾染上；建立
- endosseur *n.m.* （票据、支票等的）背书人
- échéance *n.f.* 到期，满期；到期票据
- protêt *n.m.* 〈财政金融〉〈法律〉拒绝证书
- côtelette *n.f.* 排骨
- pipuer *v.t.* 钉，插，别
- chaînette *n.f.* 小链条
- poêle *n.m.* （取暖用的）火炉，炉子
- gâter *v.t.* 弄脏，损害，破坏
- ménage *n.m.* 一户家庭
- tiraillement *n.m.* 左右为难，摇摆不定
- frôler *v.t.* （轻轻）擦过，掠过
- bottine *n.f.* 低筒鞋，高帮皮鞋
- recourber *v.t.* 使顶端弯曲
- commode *adj.* 便利的，舒适的；容易的；随和的
- tourbière *n.f.* 泥炭矿工
- fade *adj.* 没有滋味的，枯燥乏味的；暗淡褪色的

- susurrer *v.t.* 低声耳语
- étincelle *n.f.* 火花，火星；光芒；一星半点
- pupille *n.f.* 瞳孔
- palper *v.t.* 触摸
- pantoufle *n.f.* 拖鞋；〈口〉笨蛋，傻瓜
- goujat *n.m.* 不懂人情世故的人，粗鲁的人
- fuir *v.i.* 逃跑，逃避
- tremble *n.m.* 白杨树
- s'acharner *v.pr.* 猛烈追击；发奋；热衷于
- cracher *v.i.* 吐唾沫
- broyer *v.t.* 捣碎，磨碎，轧坏
- fureter *v.i.* 到处搜索；东张西望，四处打听
- se délecter *v.pr.* （对某事物感到）非常高兴，非常喜欢
- engourdissement *n.m.* 麻木，迟钝
- aviser *v.t. dir.* 看出，发现；通知，告知
- maire *n.m.* 市长，镇长
- percepteur *n.m.* 收税官，税务员
- se poster *v.pr.* （为进行监视等）待在
- mansarde *n.f.* 阁楼
- ivoirerie *n.f.* 象牙制品
- obélisque *n.m.* 方尖碑
- entamer *v.t.* 剪，切；开始干；划破；损害
- s'envoler *v.pr.* 飞起来，被（风）吹走；突然消失
- aigrette *n.f.* 鸟类的冠毛，（帽子的）羽饰
- ronfler *v.i.* 打鼾，发出打鼾（或类似打鼾）的声音
- assouvir *v.t.* 使吃饱；使满足
- marcher de long en large 来回踱步
- les pommes de rampe 摆在蜡烛台栏杆柱子上的圆球
- écarquiller *v.t.* 睁大眼睛，瞪眼；叉开两腿
- délacer *v.t.* 解开……的带子
- rouet *n.m.* 纺车，滑车
- filer du lin 纺麻
- accourir *v.i.* 跑来，赶来

- épouvante *n.f.* 惊恐，恐惧，惊惧不安
- écaillure *n.f.* 剥落的薄片
- tison *n.m.* 燃烧的木头
- araignée *n.f.* 蜘蛛
- poutrelle *n.f.* 小梁
- clématite *n.f.* 铁线莲属植物
- embaumer *v.t.* 散发出香气
- bouillonner *v.i.* 沸腾
- haie *n.f.* 篱笆；成排的障碍物；人墙，队列
- boucher *v.t.* 堵住，阻塞
- grincer *v.i.* 吱嘎作响；发出尖锐刺耳的声音

【课后思考】

1. 包法利夫人的自杀悲剧是谁造成的？请在选文中找出具体的文句来支持你的观点。

2. 福楼拜是较早运用"自由间接话语"的小说家，请在选文中识别出这种叙事话语。

【参考文献】

1. 福楼拜. 包法利夫人. 李健吾，译. 北京：人民文学出版社，1979.

2. Gustave Flaubert. Madame Bovary, Mœurs de province. Paris: Gallimard, 2001.

第二十二章　莫泊桑和《羊脂球》

Maupassant et *Boule de Suif*

【导读】

居伊·德·莫泊桑（Guy de Maupassant，1850—1893），19 世纪后半叶法国优秀的批判现实主义作家，被誉为"世界短篇小说之王"，与俄国的契诃夫（Chekhov）和美国的欧·亨利（O. Henry）并称为"世界三大短篇小说巨匠"。莫泊桑 1850 年出身于法国上诺曼府滨海塞纳省的一个没落贵族家庭。他曾参加普法战争，此经历成为他日后创作小说的一个重要主题。莫泊桑患有神经痛和强烈的偏头痛，加上巨大的劳动强度，以及其他私生活因素，他逐渐病入膏肓。到 1891 年，他已不能继续写作。在遭受疾病折磨之后，莫泊桑于 1893 年逝世，年仅 43 岁。他是法国文学史上短篇小说创作数量最大、成就最高的作家。其代表作品有《项链》（*La Parure*，1884）、《漂亮朋友》（*Bel-Ami*，1885）、《羊脂球》（*Boule de suif*，1880）、《我的叔叔于勒》（*Mon oncle Jules*，1883）等。

片段阅读一出自《羊脂球》。该作品是莫泊桑创作的自然主义小说。故事发生在普法战争期间。那时法军溃败，有一些人找到了一辆马车试着从敌占区逃出来。车上乘客包括工业家、商人、贵族、修女、政客、妓女等，从某种程度上来说，他们就是法国主要阶层人物的代表。绰号"羊脂球"的妓女被人歧视，但却能在其他乘客饿得发晕的情况下把一大篮美食无私奉献出来。当马车到达某小镇时，普鲁士军官要求羊脂球陪他过夜，否则不允许马车通行。同行的旅客为了自身利益，千方百计要求羊脂球做出牺牲，事后却对羊脂球表示鄙视。小说是当时法国社会的一个缩影，反映了战争时期法国的社会现实。

小说有两个主要的写作背景：普法战争和巴黎公社。

1870 年普法战争爆发，法军大败，拿破仑三世投降，第二帝国崩溃，第三共和国成立。由于普鲁士围城激化社会矛盾，当时有 30 万巴黎市民参加了被称作"法国国民自卫军"的市民部队，成员包括爱国主义者和社会主义者，共同保卫巴黎。巴黎公社就是在这一历史时期诞生的（正式成立于 1871 年 3 月 28 日，并持续到 1871 年 5 月 28 日）。马克思认为巴黎公社有力地证明了他的共产主义理论。巴黎公社与妇女解放也有关系，一些妇女组织开展了女权运动。莫泊桑通过描写羊脂球这样的底层妇女形象，展现了她们身上的爱国主义，甚至英雄主义光芒。

选文为小说开端部分，对战争及其影响做了描写①，并通过艺术的手法将英勇与怯懦、战争与和平做了对比②。小说通过自然主义的讽刺手法对马车上的乘客做了细致刻画，呈现了当时法国主要阶级、阶层的人物形象，借此反映更广阔的社会历史背景（普法战争、巴黎公社等）。马车上的主要乘客包括坐在"车厢里头最舒适的座位上"的"最狡猾刁钻的奸商"鸟先生及其太太，在他们旁边坐着拥有工厂并且是省议会议员的卡雷-拉马东先生（Carré-Lamadon）及其太太，而在卡雷-拉马东太太旁边坐的是"代表了奥尔良立宪君主派"的于贝尔·德·布雷维尔伯爵（le comte Hubert de Bréville）及其夫人。以上六位是马车上旅客的核心，他们是社会上经济收入稳定、生活安逸、有权有势的人士，是信奉宗教、讲究道德的"正人君子"。③此外还有两位修女、"民主专家"科尔尼代（Cornudet le démoc），以及羊脂球。对羊脂球的首次描写，表现了她是一个非常可爱的姑娘，而她那"圆滚滚的，肥得油脂流溢"的身体甚至也象征着她在道德品质上的圆满无缺，虽然她是处于社会最底层、被侮辱和被损害的对象。

羊脂球是一个真正纯洁的女孩。那么真正的荡妇是谁？马克思在《法兰西内战》中给出了答案：

荡妇们已经跟在她们的庇护者——那些家庭、宗教，尤其是财产的卫士们

---

① 原文：Dans la grande débâcle d'un peuple habitué à vaincre et désastreusement battu malgré sa bravoure légendaire…（Guy de Maupassant. Boule de suif. Paris : Gallimard, 2014: 18.）

② 原文：Cependant, à deux ou trois lieues sous la ville, en suivant le cours de la rivière…les mariniers et les pêcheurs ramenaient souvent du fond de l'eau quelque cadavre d'Allemand gonflée dans son uniforme, tué d'un coup de couteau ou de savate, la tête écrasée par une pierre, ou jeté à l'eau d'une poussée du haut d'un pont…（Guy de Maupassant. Boule de suif. Paris : Gallimard, 2014: 22.）

③ 莫泊桑. 羊脂球. 柳鸣九，译. 成都：四川文艺出版社，2017：106.

原文：Ces six personnes formaient le fond de la voiture, le côté de la société rentée, sereine et forte, des honnêtes gens autorisés qui ont de la Religion et des Principes.（Guy de Maupassant. Boule de suif. Paris : Gallimard, 2014: 28.）

的屁股后头跑掉了。没有了荡妇们，真正的巴黎妇女又出现在最前列，她们像古典古代的妇女那样具有英勇、高尚和献身的精神。努力劳动、用心思索、战斗不息、流血牺牲的巴黎——它在培育着一个新社会的同时几乎把大门外的食人者忘得一干二净——正放射着它的历史首创精神的炽烈的光芒！①

　　由此可见，羊脂球与"具有英勇、高尚和献身的精神"的巴黎劳动妇女一样具有高贵品质。

　　片段阅读二出自莫泊桑的名篇《项链》。莫泊桑的"世界短篇小说之王"的称号并非浪得虚名，不仅因为他所著的短篇小说数量很多，还因为他的短篇小说有精练的词句、熟练的笔触。我们可以从节选中感受到莫泊桑是如何通过言有尽而意无穷的文字来描绘奢华、高贵的舞会，来渲染玛蒂尔德为债务所累的窘迫生活的。

【片段阅读一】

Boule de suif

Pendant plusieurs jours de suite des **lambeaux** d'armée **en déroute** avaient traversé la ville. Ce n'était point de la troupe, mais **des hordes débandées**. Les hommes avaient la **barbe** longue et sale, des uniformes en **guenilles,** et ils avançaient d'une allure **molle**, sans drapeau, sans régiment. Tous semblaient **accablés, éreintés**, incapables d'une pensée ou d'une résolution, marchant seulement par habitude, et tombant de fatigue si tôt qu'ils s'arrêtaient. On voyait surtout des **mobilisés**, gens pacifiques, **rentiers** tranquilles, pliant sous le poids du fusil ; des petits **moblots** alertes, faciles à l'épouvante et prompts à l'enthousiasme, prêts à l'attaque comme à la fuite ; puis, au milieu d'eux, quelques culottes rouges, **débris** d'une division **moulue** dans une grande bataille; des **artilleurs** sombres alignés avec ces **fantassins** divers; et, parfois, le **casque** brillant d'un dragon au pied pesant qui suivait avec peine la marche plus légère des **lignards**.

Des légions de francs-tireurs aux appellations héroïques : « les Vengeurs de la défaite », « les Citoyens de la tombe », « les Partageurs de la mort » passaient à leur

---

① 马克思. 法兰西内战. 中共中央马克思、恩格斯、列宁、斯大林著作编译局，编译. 北京：人民出版社，2018.

tour, avec des airs de bandits. Leurs chefs, anciens commerçants en drap ou en graines, ex-marchands de suif ou de savon, guerriers de circonstance, nommés officiers pour leurs **écus** ou la longueur de leurs moustaches, couverts d'armes, de flanelle et de **galons**, parlaient d'une voix retentissante, discutaient plans de campagne, et prétendaient soutenir seuls la France agonisante sur leurs épaules de **fanfarons**; mais ils redoutaient parfois leurs propres soldats, gens de sac et de corde, souvent braves à **outrance, pillards** et débauchés.

Les Prussiens allaient entrer dans Rouen, disait-on.

La Garde nationale qui, depuis deux mois, faisait des reconnaissances très prudentes dans les bois voisins, fusillant parfois ses propres sentinelles, et se préparant au combat quand un petit lapin **remuait** sous des **broussailles**, était rentrée dans ses foyers. Ses armes, ses uniformes, tout son **attirail** meurtrier, dont elle **épouvantait** naguère les bornes des routes nationales à trois lieues à la ronde, avaient subitement disparu.

Les derniers soldats français venaient enfin de traverser la Seine pour gagne Pont-Audemer par Saint-Sever et Bourg-Achard ; et, marchant après tous, le général désespéré, ne pouvant rien tenter avec ces loques disparates, éperdu lui-même dans la grande débâcle d'un peuple habitué à vaincre et désastreusement battu malgré sa **bravoure** légendaire, s'en allait à pied, entre deux officiers d'ordonnance.

Puis un calme profond, une attente épouvantée et silencieuse avaient **plané** sur la cité. Beaucoup de bourgeois **bedonnants**, **émasculés** par le commerce, attendaient anxieusement les vainqueurs, tremblant qu'on ne considérât comme une arme leurs **broches à rôtir** ou leurs grands couteaux de cuisine.

La vie semblait arrêtée; les boutiques étaient closes, la rue **muette**. Quelquefois un habitant, intimidé par ce silence, filait rapidement le long des murs.

L'angoisse de l'attente faisait désirer la venue de l'ennemi.

Dans l'après-midi du jour qui suivit le départ des troupes françaises, quelques uhlans, sortis on ne sait d'où, traversèrent la ville **avec célérité**. Puis, un peu plus tard, une masse noire descendit de la côte Sainte-Catherine, tandis que deux autres flots **envahisseurs** apparaissaient par les routes de Darnetal et de Boisguillaume. Les avant-gardes des trois corps, juste au même moment, se joignirent sur la place de l'Hôtel-de-Ville ; et, par toutes les rues voisines, l'armée allemande arrivait, déroulant ses bataillons qui faisaient sonner les pavés sous leur pas dur et rythmé.

Des commandements criés d'une voix inconnue et gutturale montaient le long des maisons qui semblaient mortes et désertes, tandis que, derrière les **volets** fermés, des yeux **guettaient** ces hommes victorieux, maîtres de la cité, des fortunes et des vies, **de par** le « droit de guerre ». Les habitants, dans leurs chambres assombries, avaient l'affolement que donnent les cataclysmes, les grands bouleversements meurtriers de la terre, contre lesquels toute sagesse et toute force sont inutiles. Car la même sensation reparaît chaque fois que l'ordre établi des choses est renversé, que la sécurité n'existe plus, que tout ce que protégeaient les lois des hommes ou celles de la nature, se trouve à la merci d'une brutalité inconsciente et féroce. Le tremblement de terre écrasant sous des maisons **croulantes** un peuple entier; le fleuve débordé qui **roule** les paysans noyés avec les cadavres des bœufs et les **poutres** arrachées aux toits, ou l'armée glorieuse massacrant ceux qui se défendent, emmenait les autres prisonniers, **pillant** au nom du Sabre et remerciant un Dieu au son du canon, sont autant de fléaux effrayants qui déconcertent toute croyance à la justice éternelle, toute la confiance qu'on nous enseigne en la protection du ciel et en la raison de l'homme.

Mais à chaque porte des petits détachements frappaient, puis disparaissaient dans les maisons. C'était l'occupation après l'invasion. Le devoir commençait pour les vaincus de se montrer gracieux envers les vainqueurs.

Au bout de quelque temps, une fois la première terreur disparue, un calme nouveau s'établit. Dans beaucoup de familles, l'officier prussien mangeait à table. Il était parfois bien élevé, et, par politesse, plaignait la France, disait sa répugnance en prenant part à cette guerre. On lui était reconnaissant de ce sentiment ; puis on pouvait, un jour ou l'autre, avoir besoin de sa protection. En le **ménageant** on obtiendrait peut-être quelques hommes de moins à nourrir. Et pourquoi blesser quelqu'un dont on dépendait tout à fait ? Agir ainsi serait moins de la bravoure que de la **témérité**. — Et la témérité n'est plus un défaut des bourgeois de Rouen, comme au temps des défenses héroïques où s'illustra leur cité. — On se disait enfin, raison suprême tirée de l'urbanité française, qu'il demeurait bien permis d'être poli dans son intérieur pourvu qu'on ne se montrât pas familier, en public, avec le soldat étranger. Au dehors on ne se connaissait plus, mais dans la maison on causait volontiers, et l'Allemand demeurait plus longtemps, chaque soir, à se chauffer au foyer commun.

La ville même reprenait peu à peu de son aspect ordinaire. Les Français ne sortaient guère encore, mais les soldats prussiens **grouillaient** dans les rues. Du reste, les officiers de **hussards** bleus, qui traînaient avec arrogance leurs grands outils de mort sur le pavé, ne semblaient pas avoir pour les simples citoyens énormément plus de mépris que les officiers de **chasseurs**, qui, l'année d'avant, buvaient aux mêmes cafés.

Il y avait cependant quelque chose dans l'air, quelque chose de subtil et d'inconnu, une atmosphère étrangère intolérable, comme une odeur répandue, l'odeur de l'invasion. Elle emplissait les demeures et les places publiques, changeait le goût des aliments, donnait l'impression d'être en voyage, très loin, chez des tribus barbares et dangereuses.

Les vainqueurs exigeaient de l'argent, beaucoup d'argent. Les habitants payaient toujours ; ils étaient riches d'ailleurs. Mais plus un négociant normand devient opulent et plus il souffre de tout sacrifice, de toute **parcelle** de sa fortune qu'il voit passer aux mains d'un autre.

Cependant, à deux ou trois lieues sous la ville, en suivant le cours de la rivière, vers Croisset, Dieppedalle ou Biessart, les **mariniers** et les pêcheurs ramenaient souvent du fond de l'eau quelque cadavre d'Allemand gonflé dans son uniforme, tué d'un coup de couteau ou de **savate**, la tête écrasée par une pierre, ou jeté à l'eau d'une poussée du haut d'un pont. Les **vases** du fleuve **ensevelissaient** ces vengeances obscures, sauvages et légitimes, héroïsmes inconnus, attaques muettes, plus périlleuses que les batailles au grand jour et sans le **retentissement** de la gloire.

Car la haine de l'étranger arme toujours quelques **intrépides** prêts à mourir pour une Idée.

Enfin, comme les envahisseurs, bien qu'assujettissant la ville à leur inflexible discipline, n'avaient accompli aucune des horreurs que la **renommée** leur faisait commettre tout le long de leur marche triomphale, on **s'enhardit**, et le besoin du **négoce** travailla de nouveau le cœur des commerçants du pays. Quelques-uns avaient de gros intérêts engagés au Havre que l'armée française occupait, et ils voulurent tenter de gagner ce port en allant par terre à Dieppe où ils s'embarqueraient.

On employa l'influence des officiers allemands dont on avait fait la connaissance, et une autorisation de départ fut obtenue du général en chef.

Donc, une grande diligence à quatre chevaux ayant été retenue pour ce voyage, et dix personnes s'étant fait inscrire chez le **voiturier**, on résolut de partir un mardi matin, avant le jour, pour éviter tout **rassemblement**.

Depuis quelque temps déjà la gelée avait durci la terre, et le lundi, vers trois heures, de gros nuages noirs venant du nord apportèrent la neige qui tomba sans interruption pendant toute la soirée et toute la nuit.

A quatre heures et demie du matin, les voyageurs se réunirent dans la cour de l'hôtel de Normandie, où l'on devait monter en voiture.

Ils étaient encore pleins de sommeil, et **grelottaient** de froid sous leurs couvertures. On se voyait mal dans l'obscurité ; et l'**entassement** des lourds vêtements d'hiver faisait ressembler tous ces corps à des **curés** obèses avec leurs longues **soutanes**. Mais deux hommes se reconnurent, un troisième les **aborda**, ils causèrent :

« J'emmène ma femme, dit l'un.

J'en fais autant.

Et moi aussi. »

Le premier ajouta : « Nous ne reviendrons pas à Rouen, et si les Prussiens approchent du Havre nous gagnerons l'Angleterre. » Tous avaient les mêmes projets, étant de complexion semblable. Cependant on n'attelait pas la voiture. Une petite lanterne, que portait un valet d'écurie, sortait de temps à autre d'une porte obscure pour disparaître immédiatement dans une autre. Des pieds de chevaux frappaient la terre, **amortis** par le fumier des litières, et une voix d'homme parlant aux bêtes et **jurant** s'entendait au fond du bâtiment. Un léger murmure de **grelots** annonça qu'on **maniait** les **harnais** ; ce murmure devint bientôt un frémissement clair et continu rythmé par le mouvement de l'animal, s'arrêtant parfois, puis reprenant dans une brusque secousse qu'accompagnait le bruit **mat** d'un **sabot ferré** battant le sol.

La porte subitement se ferma. Tout bruit cessa. Les bourgeois, gelés, s'étaient tus : ils demeuraient immobiles et roidis.

Un rideau de flocons blancs ininterrompu miroitait sans cesse en descendant vers la terre ; il effaçait les formes, poudrait les choses d'une mousse de glace ; et l'on n'entendait plus, dans le grand silence de la ville calme et ensevelie sous l'hiver, que ce **froissement** vague, innommable et flottant de la neige qui tombe, plutôt sensation que bruit, entremêlement d'atomes légers qui semblaient emplir l'espace, couvrir le monde.

L'homme reparut, avec sa lanterne, tirant au bout d'une corde un cheval triste qui ne venait pas volontiers. Il le plaça contre le **timon**, attacha les **traits**, tourna longtemps autour pour assurer les harnais, car il ne pouvait se servir que d'une main, l'autre portant sa lumière.

Comme il allait chercher la seconde bête, il remarqua tous ces voyageurs immobiles, déjà blancs de neige, et leur dit : « Pourquoi ne montez-vous pas dans la voiture ? vous serez à l'abri, au moins. »

Ils n'y avaient pas songé, sans doute, et ils se précipitèrent. Les trois hommes installèrent leurs femmes dans le fond, montèrent ensuite ; puis les autres formes indécises et voilées prirent à leur tour les dernières places sans échanger une parole.

Le **plancher** était couvert de paille où les pieds **s'enfoncèrent**. Les dames du fond, ayant apporté des petites **chaufferettes** en cuivre avec un charbon chimique, allumèrent ces appareils, et, pendant quelque temps, à voix basse, elles en énumérèrent les avantages, se répétant des choses qu'elles savaient déjà depuis longtemps.

Enfin, la diligence étant attelée, avec six chevaux au lieu de quatre à cause du **tirage** plus pénible, une voix du dehors demanda : « Tout le monde est-il monté ? » Une voix du dedans répondit : « Oui. »

— On partit.

La voiture avançait lentement, lentement, à tout petits pas. Les roues s'enfonçaient dans la neige ; le coffre entier **geignait** avec des craquements sourds ; les bêtes glissaient, soufflaient, fumaient et le fouet gigantesque du cocher **claquait** sans repos, voltigeait de tous les côtés, se nouant et se déroulant comme un serpent mince, et **cinglant** brusquement quelque croupe rebondie qui se tendait alors sous un effort plus violent.

Mais le jour imperceptiblement grandissait. Ces flocons légers qu'un voyageur, Rouennais pur sang, avait **comparés à une pluie de coton**, ne tombaient plus. Une lueur **sale** filtrait à travers de gros nuages obscurs et lourds qui rendaient plus éclatante la blancheur de la campagne où apparaissaient tantôt une ligne de grands arbres vêtus de givre, tantôt une chaumière avec un **capuchon** de neige.

Dans la voiture, on se regardait curieusement, à la triste clarté de cette aurore.

Tout au fond, aux meilleures places, sommeillaient, en face l'un de l'autre, M. et Mme Loiseau, des marchands de vins **en gros** de la rue Grand-Pont.

Ancien **commis** d'un patron ruiné dans les affaires, Loiseau avait acheté le fonds et fait fortune. Il vendait à très bon marché de très mauvais vins aux petits débitants des campagnes et passait parmi ses connaissances et ses amis pour un **fripon madré**, un vrai Normand plein de ruses et de jovialité.

Sa réputation de **filou** était si bien établie, qu'un soir à la préfecture, M. Tournel, auteur de fables et de chansons, esprit mordant et fin, une gloire locale, ayant proposé aux dames qu'il voyait un peu somnolentes de faire une partie de « Loiseau vole », le mot lui-même vola à travers les salons du préfet, puis, gagnant ceux de la ville, avait fait rire pendant un mois toutes les mâchoires de la province.

Loiseau était en outre célèbre par ses farces de toute nature, ses plaisanteries bonnes ou mauvaises ; et personne ne pouvait parler de lui sans ajouter immédiatement : « Il est **impayable**, ce Loiseau. »

De taille **exiguë**, il présentait un ventre en ballon surmonté d'une face rougeaude entre deux **favoris** grisonnants.

Sa femme, grande, forte, résolue, avec la voix haute et la décision rapide, était l'ordre et l'arithmétique de la maison de commerce, qu'il animait par son activité joyeuse.

A côté d'eux se tenait, plus digne, appartenant à une caste supérieure, M. Caré -Lamadon, homme considérable, posé dans les cotons, **propriétaire de trois filatures**, officier de la Légion d'honneur et membre du Conseil général. Il était resté, tout le temps de l'Empire, chef de l'opposition **bienveillante**, uniquement pour se faire payer plus cher son **ralliement** à la cause qu'il combattait **avec des armes courtoises**, selon sa propre expression. Mme Caré-Lamadon, beaucoup plus jeune que son mari, demeurait la consolation des officiers de bonne famille envoyés à Rouen en garnison.

Elle faisait vis-à-vis à son époux, toute mignonne, toute jolie, pelotonnée dans ses fourrures, et regardait d'un air **navré** l'intérieur lamentable de la voiture.

Ses voisins, le comte et la comtesse Hubert de Bréville, portaient un des noms les plus anciens et les plus nobles de la Normandie. Le comte, vieux gentilhomme de grande tournure, s'efforçait d'accentuer, par les artifices de sa toilette, sa ressemblance naturelle avec le roi Henri IV, qui, suivant une légende glorieuse pour la famille, **avait rendu grosse une dame de Bréville, dont le mari, pour ce fait, était devenu comte et gouverneur de province**.

Collègue de M. Caré-Lamadon au Conseil général, le comte Hubert représentait le parti orléaniste dans le département. L'histoire de son mariage avec la fille d'un petit **armateur** de Nantes était toujours demeurée mystérieuse. Mais comme la comtesse avait grand air, recevait mieux que personne, passait même pour avoir été aimée par un des fils de Louis-Philippe, toute la noblesse lui faisait fête, et son salon demeurait le premier du pays, le seul où se conservât la vieille galanterie, et dont l'entrée fût difficile.

La fortune des Bréville, toute en **biens-fonds**, atteignait, disait-on, cinq cent mille livres de revenu.

Ces six personnes formaient le fond de la voiture, le côté de la société **rentée**, sereine et forte, des honnêtes gens autorisés qui ont de la religion et des principes.

Par un hasard étrange, toutes les femmes se trouvaient sur le même banc ; et la comtesse avait encore pour voisines deux bonnes sœurs qui **égrenaie**nt de longs **chapelets** en **marmottant** des Pater et des Ave. L'une était vieille avec une face **défoncée** par la petite **vérole** comme si elle eût reçu à bout portant **une bordée de mitraille** en pleine figure. L'autre, très **chétive**, avait une tête jolie et **maladive** sur une poitrine de **phtisique rongée** par cette foi dévorante qui fait les martyrs et les illuminés.

En face des deux religieuses, un homme et une femme attiraient les regards de tous.

L'homme, bien connu, était Cornudet le démoc, la terreur des gens respectables. Depuis vingt ans, il trempait sa barbe rousse dans les **bocks** de tous les cafés démocratiques. Il avait mangé avec les frères et amis une assez belle fortune qu'il tenait de son père, ancien **confiseur**, et il attendait impatiemment la République pour obtenir enfin la place méritée par tant de consommations révolutionnaires. Au quatre septembre, par suite d'une farce peut-être, il s'était cru nommé préfet ; mais quand il voulut entrer en fonctions, les garçons de bureau, demeurés seuls maîtres de la place, refusèrent de le reconnaître, ce qui le contraignit à la retraite. Fort bon garçon du reste, inoffensif et serviable, il s'était occupé avec une ardeur incomparable d'**organiser la défense**. Il avait fait creuser des trous dans les plaines, coucher tous les jeunes arbres des forêts voisines, semé des pièges sur toutes les routes, et, à l'approche de l'ennemi, satisfait de ses préparatifs, il s'était vivement **replié** vers la ville. Il pensait maintenant se rendre plus utile au Havre, où de nouveaux **retranchements** allaient être nécessaires.

La femme, une de celles appelées galantes, était célèbre par son embonpoint précoce qui lui avait valu le surnom de Boule de suif. Petite, ronde de partout, **grasse à lard**, avec des doigts **bouffis**, **étranglés aux phalanges**, pareils à des chapelets de courtes **saucisses**, avec une peau luisante et tendue, une gorge énorme qui saillait sous sa robe, elle restait cependant appétissante et courue, **tant sa fraîcheur faisait plaisir à voir. Sa figure était une pomme rouge, un bouton de pivoine prêt à fleurir**; et là-dedans s'ouvraient, en haut, deux yeux noirs magnifiques, ombragés de grands cils épais qui mettaient une ombre dedans; en bas, une bouche charmante, étroite, humide pour le baiser, meublée de **quenottes** luisantes et microscopiques.

Elle était de plus, disait-on, pleine de qualités inappréciables.

【注释】

- lambeau *n.m.* 破布片；〈转〉片段
- en déroute 溃逃中的
- des hordes débandées 散乱的游牧部落
- barbe *n.f.* 胡须；〈口〉厌烦，令人讨厌的事
- guenille *n.f.* 无价值的人，不重要的事物；en guenilles 衣衫褴褛的
- mou, molle *adj.* 无精打采的，萎靡不振的
- accablé, e *adj.* 不堪忍受的，难熬的
- éreinté, e *adj.* 精疲力竭的
- mobilisé *n.m.* 被动员入伍的人
- rentier, ère *n.* 有定期利息、收益或年金收入者
- moblot *n.m.* 国民别动队士兵
- débris *n.m.* 碎片；(*pl.*)〈转〉残余，剩余
- moulu, e *adj.* 磨碎的，磨成粉的；疲惫不堪的；被打伤的
- artilleur *n.m.* 炮手，炮兵
- fantassin *n.m.* 步兵
- casque *n.m.* 头盔

- lignard *n.m.* 〈古〉步兵

- écu *n.m.* 〈旧〉金钱，财富

- galon *n.m.* 绶带；（军装上表示等级的）条纹

- fanfaron *a.,n.* 自吹自擂的（人），妄自尊大的（人）

- outrance *n.f.* 夸张，过分，极端

- pillard, e *a.,n.* 抢劫的（人），掠夺的（人）

- remuer *v.t.* 摇动，动弹；移动

- broussaille *n.f.* （多用复数）荆棘

- attirail *n.m.* 用品，工具

- épouvanter *v.t.* 使惊恐

- bravoure *n.f.* 英勇，勇敢

- planer *v.i.* 翱翔，滑翔；飘荡；笼罩

- bedonnant, e *adj.* 大腹便便的

- émasculer *v.t.* 阉割；使衰弱，削弱

- broche à rôtir 烤肉的铁签

- muet, te *adj.* 沉默的，哑的

- avec célérité 迅速地

- envahisseur *n.m.* 入侵者

- volet *n.m.* 百叶窗

- guetter *v.t.* 戒备，警戒；窥伺

- de par *loc. prép* 由于

- croulant, e *adj.* 要倒塌的

- rouler *v.t.* 使滚动，推动；卷

- poutre *n.f.* 梁

- piller *v.t.* 掠夺，抢夺

- ménager *v.t.* （周密）安排；爱惜，不滥用

- témérité *n.f.* 鲁莽，大胆，冒失

- grouiller *v.i.* 蠕动；拥挤，被挤满

- hussard *n.m.* 轻骑兵

- chasseur *n.* 猎人；战斗机飞行员

- parcelle *n.f.* 小块，小片；屋院

- marinier *n.m.* 船员

- savate *n.f.* 旧鞋；垫板，底板；踢打（术）

- vase *n.m.* 壶；淤泥，泥沙
- ensevelir *v.t.* 埋葬；隐藏，埋没；使沉浸于
- retentissement *n.m.* 鸣响，发出响声
- intrépide *adj.* 无畏的，奋勇的
- renommée *n.f.* 名声，声誉；传闻；（公众的）议论
- s'enhardir *v.pr.* 变得大胆，鼓起勇气
- négoce *n.m.* 商业，贸易，买卖
- voiturier *n.m.* 赶车人，车夫
- rassemblement *n.m.* 集合，（聚拢起来的）一群人；（军事）集结号；联盟
- grelotter *v.i.* 哆嗦，打战
- entassement *n.m.* 堆积，堆积物
- curé *n.m.* 神父
- soutane *n.f.* 长袍
- aborder *v.i.* 靠岸，到达；（上前）与……交谈，接触
- amortir *v.t.* 减轻，缓和
- jurer *v.t.* 宣誓，发誓；咒骂
- grelot *n.m.* 铃铛
- manier *v.t.* 用手触摸；操控，支配；塑造
- harnais *n.m.* 全副盔甲，军装；马具
- mat *adj.* 未经磨光的，灰暗的；不响亮的
- sabot ferré 铁蹄
- froissement *n.m.* 碰伤，弄皱；（弄皱时发出的）沙沙声
- timon *n.m.* （车辆的）辕木；〈旧〉舵柄
- trait *n.m.* 绳子
- plancher *n.m.* 地板；下壁，底部
- s'enfoncer *v.pr.* 深陷，塌陷
- chaufferette *n.f.* 小手炉
- tirage *n.m.* 拉长；拉动，牵引
- geindre *v.i.* 呻吟
- claquer *v.i.* 发出噼啪声；拍手，鼓掌
- cingler *v.t.* 鞭打，抽打
- comparés à une pluie de coton 被比作棉花雨
- sale *adj.* 肮脏的；阴晦的（指天气）

- capuchon *n.m.* 风帽，帽兜
- en gros 大规模地，大批；批发
- commis *n.m.* 职员，办事员
- fripon, ne *n.* 骗子；无赖，坏蛋
- madré, e *adj.* 狡猾的
- filou *n.m.* 扒手；骗子
- impayable *adj.* 无价的，极其贵重的；非常滑稽可笑的；稀奇古怪的
- exigu, ë *adj.* 少量的，稀少的；狭窄的
- favoris *n.m.pl.* 颊髯
- propriétaire de trois filatures 三家纺织厂的主人
- bienveillant *adj.* 和蔼的，宽厚的，仁慈的
- ralliement *n.m.* 重新集合；赞同，归附
- avec des armes courtoises 带着钝头的武器
- navré *adj.* 〈旧〉受伤害的，悲伤的
- avait rendu grosse une dame de bréville, dont le mari, pour ce fait, était devenu comte et gouverneur de province. （哈利四世）曾使得布雷维尔家中一名女子怀孕，她的丈夫因此加官晋爵当上了省长。
- armateur *n.m.* 船主
- bien-fonds *n.m.* 不动产
- renté, e *adj.* 有年金收入的
- égrener un chapelet 拨动念珠
- marmotter *v.t.* 嘟囔
- défoncé, e *adj.* 被打穿的，坑坑洼洼的
- vérole *n.f.* （留瘢痕的）发疹性病
- une bordée de 一连串的
- mitraille *n.f.* （旧时制大炮霰弹用的）碎铁，弹丸
- chétif, ve *adj.* 瘦弱的；贫乏的；低微的
- maladif, ve *adj.* 有病的，虚弱的；不正常的，病态的
- phtisique *adj.* 患肺结核的
- rongé, e *adj.* 被侵蚀的，被折磨的
- bock *n.m.* 一啤酒杯之量；〈医〉冲洗器
- confiseur, euse *n.* 甜食经营者
- organiser la défense 组织防御

- replier *v.t.* 重新折叠，合拢；〈军〉有秩序地撤退
- retranchement *n.m.*防御工事；自卫手段，防御手段
- grasse à lard 脂肪丰满的
- bouffi, e *adj.* 浮肿的，虚胖的
- étranglés aux phalanges 指节处凹陷
- saucisse *n.f.* 红肠，香肠
- tant sa fraîcheur faisait plaisir à voir. Sa figure était une pomme rouge, un bouton de pivoine prêt à fleurir. 她的好气色实在叫人着迷，红苹果似的面容就像一株含苞待放的牡丹花蕾。
- quenotte *n.f.* 小孩的乳牙

【片段阅读二】

La Parure（extraits）

Le jour de la fête arriva. Mme Loisel eut un succès. Elle était plus jolie que toutes, élégante, gracieuse, souriante et folle de joie. Tous les hommes la regardaient, demandaient son nom, cherchaient à être présenté. Tous les attachés du cabinet voulaient **valser** avec elle. Le ministre la remarqua.

Elle dansait avec ivresse, avec **emportement**, grisée par le plaisir, ne pensant plus à rien, dans le triomphe de sa beauté, dans la gloire de son succès, dans une sorte de nuage de bonheur fait de tous ces hommages, de toutes ces admirations, de tous ces désirs éveillés, de cette victoire si complète et si douce au cœur des femmes.

...

Même Loisel connut la vie horrible des nécessiteux. Elle prit son parti, d'ailleurs, tout d'un coup, héroïquement. Il fallait payer cette dette effroyable. Elle payerait. On renvoya la bonne ; on changea de logement ; on loua sous les toits une mansarde.

Elle connut les gros travaux du ménage, les odieuses besognes de la cuisine. Elle lava la **vaisselle**, usant ses ongles roses sur les poteries grasses et le fond des casseroles. Elle savonna le linge sale, les chemises et les torchons, qu'elle faisait sécher sur une corde ; elle descendit à la rue, chaque matin, les ordures, et monta l'eau, s'arrêtant à chaque étage fruitier, chez l'épicier, chez le boucher, le panier au bras, marchandant, injuriée, défendant sou à sou son misérable argent.

【注释】

- valser *v.i.* 跳华尔兹
- emportement *n.m.* 〔旧〕激动；狂怒
- vaisselle *n.f.* 碗碟

【课后思考】

1. 通过分析莫泊桑的描写手法，谈谈你对其写作技法的认识。
2. 观察节选内容中的各种语法现象，准确判定其使用意义。

【参考文献】

1. 莫泊桑. 羊脂球. 柳鸣九，译. 成都：四川文艺出版社，2017.
2. Guy de Maupassant. Boule de suif. Paris: Gallimard, 2014.

第六编
La sixième partie

20 世纪法国文学

Le XXe siècle

第二十三章　普鲁斯特和《追忆逝水年华》
Proust et *À la Recherche du Temps Perdu*

【导读】

　　马塞尔·普鲁斯特（Marcel Proust，1871—1922）是 20 世纪法国最杰出的小说家之一。他于 1871 年出身于巴黎一个富裕的家庭，父亲是医学教授和主任医师，母亲是犹太人。他从小便被家人宠爱，生活十分幸福。但他从 9 岁开始便饱受哮喘病折磨，身体状况始终欠佳。1896 年，他将之前在报纸杂志上发表的书评、随笔等结集为《欢乐与时日》（*Les Plaisirs et les jours*）出版。同时，他开始构思一部未完成的自传体小说《让·桑特伊》（*Jean Santeuil*），该小说直到 1952 年才得以出版。

　　普鲁斯特的代表作是《追忆似水年华》（*À la recherche du temps perdu*，1913—1927），共分为七卷：《在斯万家那边》（*Du Côté de chez Swann*，1913）、《在少女们身旁》（*A l'ombre des jeunes filles en fleurs*，1918）、《盖尔芒特家那边》（*Le Côté de Guermantes*，1921）、《索多姆与戈摩尔》（*Sodome et Gomorrhe*，1922）、《女囚》（*La Prisonnière*，1922）、《女逃亡者》（*La Fugitive*，1925）、《重现的时光》（*Le Temps retrouvé*，1927）。

　　本章选段出自《在斯万家那边》，讲述马塞尔在某个早晨醒来，童年回忆倏地涌入脑海。那时他住在贡布雷的姨母家里，每天晚上，母亲会用亲吻帮他入睡。马塞尔喝了一口泡点心的茶，在香气氤氲中，他在贡布雷的回忆纷纷展开，教堂、街道等景致一起涌上心头。

　　在描绘意象方面，作者将夹在两栋旅店之间的教堂钟楼比作两块鹅卵石中间的贝壳，通过这一类比展现了城镇风光与自然景致。虽说类比本身并不晦涩，但两种景观的混合和句子结构的复杂，使读者在阅读过程中体验到一种朦胧、模糊之美。

　　在遣词造句方面，作者先是运用了导游词一般的、说明性的形容词（如 curieuse, charmants, chers et vénérables, beau, gothique），然后，又运用了一系列可观、可感的形容词（如 précieuse, annelée, rose, vernie, beaux, unis, purpurnie, crénelée, fuselé en tourelle, glacé d'email）。具有可见、可触之感的形容词的运用，使句子拥有朦胧柔和的特点，给人以印象派画作般的美感。高耸坚固的建筑也在这种轻柔的回忆中被软化，读者在对意象与回忆的追寻过程中得到美的享受。此外，若仔细观察就不难发现，选文中的 117 个词构成一个完整的句子，这便是普鲁斯特作品的一大特色——多用、擅用长句。

普鲁斯特的《追忆似水年华》是谈及意识流文学时不可不提的名作。普鲁斯特善于把握转瞬即逝的细微感受，通过生活中再寻常不过的细节引起回忆之流。比如，食物的味道引发"我"想起童年往事；走在高低错落的石子路上，脚步的触感引发"我"对于威尼斯的故事的记忆。意识被日常五感所激发，人们在回忆的长河中穿梭游走，并时刻被触发新的记忆点，像一棵大树的枝丫，不断抽离，不断繁茂。长句的运用体现出普鲁斯特对于个体内心深处精神活动的挖掘，引导读者的意识随悠长柔顺的句子流动——这种意识或存在于梦境，或只是现实生活中微不足道的细节，却存放于每个人脑海深处。他的文字是细腻而富有魅力的。比起外界沧海桑田的变迁，小说更加侧重于不断发掘自我的内心，层层展开与深入，如同一部交响乐。

【片段阅读】

Du côté de chez Swann

Je n'oublierai jamais, dans une curieuse cité de Normandie, voisine de Balbec, deux charmants hôtels du XVIIIᵉ siècle, qui me sont à beaucoup d'égards chers et **vénérables**, et entre lesquels, quand on regarde du beau jardin qui descend des perrons vers la rivière, la flèche gothique d'une église, qu'ils cachent, s'élance, ayant l'air de terminer, de surmonter leurs façades, mais d'une manière si différente, si précieuse, si **annelée**, si rose, si **vernie**, qu'on voit bien qu'elle n'en fait pas plus partie que de beaux **galets** unis, entre lesquels est prise sur la plage, la flèche **purpurine** et **crénelée** de quelque **coquillage fuselé** en **tourelle** et glacé d'émail.

【注释】

• vénérable *adj.* 古老的，可敬的
• annelé, e *adj.* 环状的

- verni, e *adj.* 有光泽的
- galet *n.m.* 卵石
- purpurin, e *adj.* 红紫色的
- crénelé, e *adj.* 锯齿形
- coquillage *n.m.* 贝壳
- fuselé, e *adj.* 锥状的
- tourelle *n.f.* 小塔，小塔楼

【课后思考】

1. 根据你的阅读体验，说说普鲁斯特的长句会带给读者怎样的感受。
2. 结合你的感受，谈谈普鲁斯特使用长句的目的。

【参考文献】

1. 普鲁斯特. 追忆似水年华（第 1 卷）. 徐和瑾，译. 南京：译林出版社，2010.

2. Marcel Proust. A la recherche du temps perdu. Volume. 1. Paris: Gallimard, 2009.

3. Marcel Proust. Combray : du cote de chez Swann. Paris: Larousse, 2010.

第二十四章　柯莱特和《葡萄卷须》
Colette et *Les Vrilles de la Vigne*

【导读】

西多妮·加布星埃尔·柯莱特（Sidonie Gabrielle Colette，1873—1954），法国国宝级女作家，1873 年 1 月 28 日出生于法国圣索弗-昂-普伊泽。1893 年，柯莱特嫁给了比他大 14 岁的音乐和小说评论家亨利·戈蒂埃-维拉尔。在丈夫的影响下，柯莱特在 1900—1903 年写出了以克洛婷为主人公的四部小说：《克洛婷在学校》（*Claudine à l'école*，1900）、《克洛婷在巴黎》（*Claudine à Paris*，1901）、《克洛婷成家》（*Claudine en ménage*，1902）、《克洛婷出走》（*Claudine s'en va*，1903）。柯莱特凭借这四部小说在文坛初露锋芒。1906 年，柯莱特与戈蒂埃-维拉尔离婚。此后，她的创作走向成熟期，先后发表了《感伤的退隐》（*La Retraite sentimentale*，1906）、《葡萄卷须》（*Les Vrilles de la vigne*，1908）、《流浪女伶》（*La Vagabonde*，1910）、《米楚，或姑娘们怎样来了思路》（*Mitsou ou comment l'esprit vient aux filles*，1919）、《谢里》（*Chéri*，1920）、《牝猫》（*La Chatte*，1933）等多部作品。1910 年，她认识了《晨报》的总编辑亨利·德·茹弗奈尔男爵，两年后嫁给了他，但两人于 1914 年离婚。第三次结婚之后，柯莱特的感情状态平稳，开启了她创作的第三阶段——以散文创作为主，穿插小说的创作。1944 年，柯莱特成为龚古尔评奖委员会成员，并在 1949 年成为主席。晚年，她发表了《长庚星》（*L'Etoile Vesper*，1946）、《蓝色信号灯》（*Le Fanal bleu*，1949）等作品。1954 年 6 月 3 日，柯莱特病逝于巴黎。

凭借着女性所特有的敏感与细腻，柯莱特塑造了许多栩栩如生的女性形象。比如，"克洛婷四部曲"中的外省姑娘克洛婷，初入巴黎的她看到了灯红酒绿的富裕物质生活，决心进入上流社会。她嫁给了比自己年长多岁的资产阶级男子，婚后的生活却并不幸福。发现丈夫的外遇后，忍无可忍的克洛婷毅然离开。再比如，以柯莱特的母亲为原型的农村妇女西朵，十分善于利用生活中汲取的智慧，热爱自然，本性善良，但受教育程度很低。柯莱特笔下的女性，常以不幸爱情中的受害者形象示人，直到她后期作品中才出现敢于为自己的幸福做斗争的女性形象。这一特点与柯莱特本人波澜起伏、直到晚年才安定下来的婚姻生活密切相关，同时也反映出柯莱特的创作具有反思性、自传性的特色。柯莱特的作品还反映了她对自然的热爱。她从小在农村长大，其笔下的动物灵动活泼，植物生机勃勃，常被借以反映小说中人物的性格特征。如《葡萄卷须》中对葡萄藤所做的诗意描绘即是如此。

《葡萄卷须》是柯莱特的一部散文集，是柯莱特描写大自然中的植物的代表作。作品以她的故乡布戈涅农村为背景，抒发了她对大自然的赞美。作品语言细腻、亲切、动人。本章选段出自作品第一章，与散文集同名，描写一只歌声婉转的夜莺在熟睡时被葡萄卷须缠住双脚，受到惊吓，夜莺第二天晚上发誓，只要葡萄藤还在生长，它就不再睡觉，从前不在夜里唱歌的它开始了晚上的歌唱。作者由此联想到她的青春经历，抒发了自己的感慨，表达出一种自身解脱感。

柯莱特从小就生活在远离都市喧嚣的农村，经常在田野里嬉戏玩耍，对大自然风光流连忘返，对其中的一草一木均有难以割舍的热爱之情。童年故乡的美景赋予了柯莱特浪漫情怀，并通过她的作品表现出来。她笔下的大自然清丽活泼，具有淳朴的生命力。《葡萄卷须》中对于自然虽没有大篇幅的直接描写，但大自然作为作品的背景，仍给读者带来了自然舒畅、生机盎然的美感。作者多用形容词，细腻地刻画出故事的画面、情节、感情特征，令人感到精致难忘。比如第六段描写夜莺的歌声，作者连续运用了"痴狂的、沉醉的、微微喘息的（éperdu, enivré et haletant）"三个感染力很强的形容词；第十段描写梦中独自醒来时的夜空，则采用"妩媚而忧郁（voluptueux et morose）"这两个人格化的形容词。同时，作者还善于运用感官描写。比如，第二段中的"散发着木犀草味道的开着葡萄花的果园里（dans les vignes en fleur qui sentent le réséda）"，第三段中的"新鲜酢浆草刺激又解渴的酸气（l'acidité d'oseille fraîche irrite et désaltère）""爪子被藤须的分叉缠住，翅膀软弱无力（les pattes empêtrées de liens fourchus, les ailes impuissantes）"等，都是以贴切生动的描写瞬间"激活"文字，使读者穿过纸张沉浸于作品中生机盎然、草长莺飞、欣欣向荣的生态世界，并动用浑身的感官体验这股自然的灵气。作者丰富充沛的情感也给读者留下了深刻印象——这种情感的抒发不仅是自由热切的，更是诗意的。

【片段阅读】

Les Vrilles de la vigne
Chapitre 1

Autrefois, le **rossignol** ne chantait pas la nuit. Il avait un gentil **filet** de voix et s'en servait avec adresse du matin au soir, le printemps venu. Il se levait avec les camarades, dans l'aube grise et bleue, et leur éveil **effarouché** secouait les **hannetons** endormis à l'envers des feuilles de lilas.

Il se couchait sur le coup de sept heures, sept heures et demie, n'importe où, souvent dans les vignes en fleur qui sentent le **réséda**, et ne faisait qu'un somme jusqu'au lendemain.

Une nuit de printemps, le rossignol dormait debout sur un jeune sarment, le jabot en boule et la tête inclinée, comme avec un gracieux torticolis. Pendant son sommeil, les cornes de la vigne, ces vrilles cassantes et tenaces, dont l'acidité d'**oseill**e fraîche irrite et désaltère, les vrilles de la vigne poussèrent si dru, cette nuit-là, que le rossignol s'éveilla ligoté, les pattes empêtrées de liens fourchus, les ailes impuissantes…

Il crut mourir, se débattit, ne s'évada qu'au prix de mille peines, et de tout le printemps se jura de ne plus dormir, tant que les vrilles de la vigne pousseraient.

Dès la nuit suivante, il chanta, pour se tenir éveillé :

Tant que la vigne pousse, pousse, pousse…

Je ne dormirai plus !

Tant que la vigne pousse, pousse, pousse…

Il varia son thème, l'**enguirlanda** de vocalises, s'éprit de sa voix, devint ce chanteur **éperdu**, **enivré** et **haletant**, qu'on écoute avec le désir insupportable de le voir chanter.

J'ai vu chanter un rossignol sous la lune, un rossignol libre et qui ne se savait pas épié. Il s'interrompt parfois, le col penché, comme pour écouter en lui le prolongement d'une note éteinte… Puis il reprend de toute sa force, gonflé, la gorge renversée, avec un air d'amoureux désespoir. Il chante pour chanter, il chante de si belles choses qu'il ne sait plus ce qu'elles veulent dire. Mais moi, j'entends encore à travers les notes d'or, les sons de flûte grave, les trilles tremblés et **cristallins**, les cris purs et **vigoureux**, j'entends encore le premier chant naïf et effrayé du rossignol pris aux vrilles de la vigne :

Tant que la vigne pousse, pousse, pousse…

Cassantes, tenaces, les vrilles d'une vigne amère m'avaient liée, tandis que dans mon printemps je dormais d'un **somme** heureux et sans **défiance**. Mais j'ai rompu, d'un sursaut effrayé, tous ces fils tors qui déjà tenaient à ma chair, et j'ai fui… Quand la torpeur d'une nouvelle nuit de miel a pesé sur mes paupières, j'ai craint les vrilles de la vigne et j'ai jeté tout haut une plainte qui m'a révélé ma voix.

Toute seule, éveillée dans la nuit, je regarde à présent monter devant moi l'astre **voluptueux** et **morose**… Pour me défendre de retomber dans l'heureux sommeil, dans le printemps menteur où fleurit la vigne **crochue**, j'écoute le son de ma voix. Parfois, je crie fiévreusement ce qu'on a coutume de taire, ce qui se chuchote très bas, — puis ma voix **languit** jusqu'au murmure parce que je n'ose poursuivre…

Je voudrais dire, dire, dire tout ce que je sais, tout ce que je pense, tout ce que je devine, tout ce qui m'enchante et me blesse et m'étonne ; mais il y a toujours, vers l'aube de cette nuit sonore, une sage main fraîche qui se pose sur ma bouche, et mon cri, qui s'**exaltait**, redescend au verbiage modéré, à la **volubilité** de l'enfant qui parle haut pour se rassurer et s'étourdir…

Je ne connais plus le somme heureux, mais je ne crains plus les vrilles de la vigne.

【注释】

- rossignol *n.m.* 夜莺
- filet *n.m.* 细线状物，花丝
- effaroucher *v.t.* 惊动，吓唬
- hanneton *n.m.* 金龟子
- réséda *n.m.* 木樨草
- oseille *n.f.* 酢浆草
- enguirlander *v.t.* 饰以花环
- éperdu, e *adj.* 狂乱的，发狂的
- enivrer *v.t.* 使陶醉
- haletant, e *adj.* 喘息的，气喘吁吁的
- cristallin, e *adj.* 结晶的；透明的，清澈的
- vigoureux, se *adj.* 健壮的，长得旺盛的
- somme *n.m.* 〈俗〉小睡
- défiance *n.f.* 不信任，怀疑
- voluptueux, se *adj.* 爱享乐的，给人欲望的
- morose *adj.* 忧郁的
- crochu, e *adj.* 钩形的

- languir *v.i.* 无精打采，有气无力
- exalter *v.t.* 使兴奋
- volubilité *n.f.*（说话）流利，滔滔不绝

【课后思考】

1. 从选段中，可以看出柯莱特的作品具有怎样的写作特色或文字特点？
2. 柯莱特是一个具有独特女性意识的作家，请从女性主义写作的角度分析她的作品。

【参考文献】

1. 柯莱特. 柯莱特精选集. 桂裕芳，徐知免，译. 北京：北京燕山出版社，2005.
2. Colette. Les vrilles de la vigne. La maison de Claudine. Sido. Mes apprentissages. Paris: Hachette, 1994.

第二十五章　萨特和《恶心》

Sartre et *La Nausée*

【导读】

　　让-保罗·萨特（Jean-Paul Sartre，1905—1980）出生于巴黎，是法国著名的作家、评论家、存在主义哲学大师。他在外祖父家度过了童年。由于其外祖父是语言学教授，藏书颇丰，他从小就受到良好的教育。1924—1928 年，他在巴黎高师念书，后赴德国留学，并逐渐形成存在主义思想。萨特于 1964 年获诺贝尔文学奖并以"谢绝一切来自官方的荣誉"为由拒绝领奖。萨特是一个有社会责任感的作家，主张"介入文学"，即作家要投身于社会活动，对各种政治、社会问题发表看法，文学作品也要干预社会现实。

　　他的代表作包括《恶心》（*La Nausée*，1938）、《苍蝇》（*Les Mouches*，1943）等文学作品，《存在与虚无》（*L'Être et le Néant*，1943）、《辩证理性批判》（*Critique de la raison dialectique*，1960, 1985）等哲学著作。在阅读其文学文本时，读者应领会到萨特文学作品中所蕴含的哲学思想。如"存在先于本质""自由选择""世界是荒诞的"等哲学观往往在他的小说和戏剧中有所反映。萨特将自己的哲学思想融入小说，形成一种独特的哲学化文学风格。

　　本章选段出自萨特的代表作《恶心》。该书以第一人称日记体写成，由两页没有日期的日记和 1932 年 1 月 19 日至 2 月 25 日期间的日记组成，整个故事平淡无奇、缺少情节、波澜不兴。主人公日记的内容庞杂，形如散沙，所以作品结构有别于传统的故事性小说，但形散而神不散。从小说深层结构看，小说以主人公的心境与情绪变化为线索，把冗杂的日常生活片段连缀成一个有机整体。该作品以主要角色安东纳·洛根丁的视角展开叙述。选段为小说开篇，描述洛根丁的生活日常，着重写洛根丁在常去的小饭店里坐着时所看、所想的东西。

【片段阅读】

La Nausée

Il est rare qu'un homme seul ait envie de rire : l'ensemble s'est animé pour moi d'un sens très fort et même **farouche**, mais pur. Puis il s'est **disloqué**, il n'est resté que la **lanterne**, la **palissade** et le ciel : c'était encore assez beau. Une heure après, la lanterne était allumée, le vent soufflait, le ciel était noir : il ne restait plus rien du tout.

Tout ça n'est pas bien neuf ; ces émotions inoffensives je ne les ai jamais refusées ; au contraire. Pour les ressentir il suffit d'être un tout petit peu seul, juste assez pour **se débarrasser** au bon moment de la **vraisemblance**. Mais je restais tout près des gens, à la surface de la solitude, bien résolu, en cas d'alerte, à me réfugier au milieu d'eux : au fond j'étais jusqu'ici un amateur.

Maintenant, il y a partout des choses comme ce verre de bière, là, sur la table. Quand je le vois, j'ai envie de dire, pouce, je ne joue plus. Je comprends très bien que je suis allé trop loin. Je suppose qu'on ne peut pas « faire sa part » à la solitude. Cela veut pas dire que je regarde sous mon lit avant de me coucher, ni que j'**appréhende** de voir la porte de ma chambre s'ouvrir brusquement au milieu de la nuit. Seulement, tout de même, je suis inquiet : voilà une demi-heure que j'évite de regarder ce verre de bière. Je regarde au-dessus, au-dessous, à droite, à gauche : mais lui je ne veux pas le voir. Et je sais très bien que tous les célibataires qui m'entourent ne peuvent m'être d'aucun secours : il est trop tard, je ne peux plus me **réfugier** parmi eux. Ils viendraient me **tapoter l'épaule**, ils me diraient : « Eh bien, qu'est-ce qu'il y a, ce verre de bière ? Il est comme les autres ? Il est **biseauté**, avec une anse, il porte un petit écusson avec une pelle et sur l'écusson on a écrit Spatenbrau. » Je sais qu'il y a autre chose. Presque rien. Mais je ne peux plus expliquer ce que je vois. A personne. Voilà : je glisse tout doucement au fond de l'eau, vers la peur.

【注释】

- farouche *adj.* 胆小，易受惊的；怯生的，孤僻的；野蛮的；死敌的；凶猛的

- disloquer *v.t.* 使脱臼；拆散，使散开；使崩溃
- lanterne *n.f.* 灯，灯笼
- palissade *n.f.* 栅栏，绿篱
- se débarrasser *v.pr.* 清除，摆脱，解除
- vraisemblance *n.f.* 真实性，逼真性；可能性
- appréhender *v.t.* 逮捕，拘捕；理解，体会；惧怕，担忧
- se réfugier *v.pr.* 避难，逃亡，躲避；托词掩盖
- tapoter *v.t.* 轻轻地拍，轻敲
- épaule *n.f.* 肩，肩部
- biseauter *v.t.* 斜切，斜磨

【课后思考】

1. 你在阅读本选段之后的第一印象是什么？
2. 在你看来，造成"我"恶心的原因是什么？
3. 模仿《恶心》的文体，写一篇法文或中文的创意散文。

【参考文献】

1. 吴岳添. 法国文学简史. 上海：上海外语教育出版社，2005.

2. 萨特. 萨特文集（1～4，小说卷）. 沈志明，夏玫，桂裕芳，等译. 北京：人民文学出版社，2019.

3. Jean-Paul Sartre. Œuvres romanesques. Paris: Gallimard, 1981.

第二十六章 加缪和《鼠疫》
Camus et *La Peste*

【导读】

    阿尔贝·加缪（Albert Camus，1913—1960）出生于法属阿尔及利亚蒙多维城，法国著名的小说家、哲学家、戏剧家、评论家。加缪父亲于 1914 年第一次世界大战期间阵亡，他随母亲迁居到阿尔及尔平民区后，靠奖学金完成中学学业。1933 年起，他采用半工半读的方式在阿尔及尔大学攻读哲学，并于 1935 年年初加入法国共产党。第二次世界大战期间，加缪积极参加反对德国法西斯的抵抗运动，并在大战爆发期间承担多家报纸的编辑出版工作。

    1932 年起，加缪开始公开发表作品。他因《局外人》（又译作《异乡人》）（*L'Étranger*，1942）的出版而成名，随后发表《西西弗斯神话》（*Mythe de Sisyphe*，1942）、《鼠疫》（*La Peste*，1947）等多部优秀作品。他于 1957 年获诺贝尔文学奖，成为法国第 9 位，也是当时最年轻的获奖者。

    加缪是一个值得深读、细读的作家。作为与萨特同时代的作家，他也有存在主义倾向。他所关注的人类生存、人道主义反抗等问题，是从《西西弗斯神话》到《反抗的人》（*L'homme revolte*，1951）中一以贯之的主线。

    本章选段出自加缪代表作《鼠疫》。该小说于 1939 年开始创作，历时 8 年，1947 年才发表，完整覆盖了第二次世界大战时期。由历代评论可以看出，这部小说至少在以下几个方面值得我们探讨：（1）医学和科学史的维度，探讨人类在与传染病的斗争中涉及的诸多层面，如公共卫生、疾病防控等；（2）历史之文学再现问题，即以怎样的艺术手法再现人类历史和灾难；（3）文艺技巧和表现手法，涉及叙事者、人物、故事背景、故事情节等因素；（4）小说之隐喻维度，比如对第二次世界大战期间历史问题的指涉。

    片段阅读一为小说开端部分。此处显然有一个全知叙事者在述说（也可以说此处隐含有作者的声音），该叙事者不能等同于作者，但承担了作者的一些功能。就此而言，小说开篇颇有些传统现实主义小说的特点（巴尔扎克、司汤达等人的某些小说的开篇即与此相似）。但是当叙事者说他的作品是一个历史编年记载时，他是在尝试一种历史叙述方式，因为他还运用了法国年鉴学派"无征不信"的编史方法，对塔鲁（Tarrou）、里厄（Rieux）等事件经历者的视角、观点和日记等加以记录和叙述。读者可以感觉到一个历史学家正以凝重的笔法在书写、反思一段历史。一些时候，这个历史学家会近距离地切入事件，仿佛自己就是奥兰的居民，从而使自己的叙述具有集体叙述的意味，或带有一个群体对自身进行反思的意味；一些时候，这个历史学家似乎又超脱于这个群体。进一步阅读时不妨仔细体会几种不同的视角和声音（叙事者的、医生的、作者的、历史学家的，等等）。

片段阅读二讲述奥兰城开始笼罩在阴云中，人们心中产生疑云。最初人们只是表现出嫌恶，还不相信发生了瘟疫，不相信上天会将这可怕的疾病散播到奥兰城。当每个医院都开始有人死亡的时候，人们知道了，但是太迟了。

最后鼠疫结束了，人们沉浸在欢呼的喜悦中，加缪又用深刻凝重的笔触提醒不断犯错而不知悔改的人们："并不是一个全面胜利的故事。"[①]

【片段阅读一】

Les curieux événements qui font le sujet de cette chronique se sont produits en 194., à Oran. De l'avis général, ils n'y étaient pas à leur place, sortant un peu de l'ordinaire. À première vue, Oran est, en effet, une ville ordinaire et rien de plus qu'une préfecture française de la côte algérienne.

La cité elle-même, on doit l'avouer, est laide. D'aspect tranquille, il faut quelque temps pour apercevoir ce qui la rend différente de tant d'autres villes commerçantes, sous toutes les latitudes. Comment faire imaginer, par exemple, une ville sans pigeons, sans arbres et sans jardins, où l'on ne rencontre ni battements d'ailes ni **froissements** de feuilles, un lieu **neutre** pour tout dire ? Le changement des saisons ne s'y lit que dans le ciel. Le printemps s'annonce seulement par la qualité de l'air ou par les corbeilles de fleurs que des petits vendeurs ramènent des banlieues ; c'est un printemps qu'on vend sur les marchés. Pendant l'été, le soleil incendie les maisons trop sèches et couvre les murs d'une cendre grise ; on ne peut plus vivre alors que dans l'ombre des volets clos. En automne, c'est, au contraire, un **déluge** de boue. Les beaux jours viennent seulement en hiver.

---

① 原文：Mais il savait cependant que cette chronique ne pouvait pas être celle de la victoire définitive. （Albert Camus. La Peste. Paris : Gallimard, 1947: 279.）

Une manière commode de faire la connaissance d'une ville est de chercher comment on y travaille, comment on y aime et comment on y meurt. Dans notre petite ville, est-ce l'effet du climat, tout cela se fait ensemble, du même air **frénétique** et absent. C'est-à-dire qu'on s'y ennuie et qu'on s'y applique à prendre des habitudes. Nos **concitoyens** travaillent beaucoup, mais toujours pour s'enrichir. Ils s'intéressent surtout au commerce et ils s'occupent d'abord, selon leur expression, de faire des affaires. Naturellement ils ont du goût aussi pour les joies simples, ils aiment les femmes, le cinéma et les bains de mer. Mais, très raisonnablement, ils réservent ces plaisirs pour le samedi soir et le dimanche, essayant, les autres jours de la semaine, de gagner beaucoup d'argent. Le soir, lorsqu'ils quittent leurs bureaux, ils se réunissent à heure fixe dans les cafés, ils se promènent sur le même boulevard ou bien ils se mettent à leurs balcons. Les désirs des plus jeunes sont violents et brefs, tandis que les vices des plus âgés ne dépassent pas les associations de **boulomanes**, les banquets des amicales et les cercles où l'on joue gros jeu sur le hasard des cartes.

On dira sans doute que cela n'est pas particulier à notre ville et qu'en somme tous nos contemporains sont ainsi. Sans doute, rien n'est plus naturel, aujourd'hui, que de voir des gens travailler du matin au soir et choisir ensuite de perdre aux cartes, au café, et en **bavardages**, le temps qui leur reste pour vivre. Mais il est des villes et des pays où les gens ont, de temps en temps, le soupçon d'autre chose. En général, cela ne change pas leur vie. Seulement, il y a eu le soupçon et c'est toujours cela de gagné. Oran, au contraire, est apparemment une ville sans soupçons, c'est-à-dire une ville tout à fait moderne. Il n'est pas nécessaire, en conséquence, de préciser la façon dont on s'aime chez nous. Les hommes et les femmes, ou bien se dévorent rapidement dans ce qu'on appelle l'acte d'amour, ou bien s'engagent dans une longue habitude à deux. Entre ces extrêmes, il n'y a pas souvent de milieu. Cela non plus n'est pas original. À Oran comme ailleurs, faute de temps et de réflexion, on est bien obligé de s'aimer sans le savoir. Ce qui est plus original dans notre ville est la difficulté qu'on peut y trouver à mourir. Difficulté, d'ailleurs, n'est pas le bon mot et il serait plus juste de parler d'inconfort. Ce n'est jamais agréable d'être malade, mais il y a des villes et des pays qui vous soutiennent dans la maladie, où l'on peut, en quelque sorte, se laisser aller. Un malade a besoin de douceur, il aime à s'appuyer sur quelque chose, c'est bien naturel. Mais à Oran, les excès du climat, l'importance des affaires qu'on y traite, l'insignifiance du décor, la rapidité du crépuscule et la qualité des plaisirs, tout demande la bonne santé. Un malade s'y trouve bien seul. Qu'on pense alors à celui qui va mourir, pris au piège derrière des centaines de murs crépitants de chaleur, pendant qu'à la même minute, toute une population, au téléphone ou dans les cafés, parle de traites, de connaissements et d'escompte. On comprendra ce qu'il peut y "avoir d'inconfortable dans la mort, même moderne, lorsqu'elle survient ainsi dans un lieu sec.

Ces quelques indications donnent peut-être une idée suffisante de notre cité. Au demeurant, on ne doit rien exagérer. Ce qu'il fallait souligner, c'est l'aspect banal de la ville et de la vie. Mais on passe ses journées sans difficultés aussitôt qu'on a des habitudes. Du moment que notre ville favorise justement les habitudes, on peut dire que tout est pour le mieux. Sous cet angle, sans doute, la vie n'est pas très passionnante. Du moins, on ne connaît pas chez nous le désordre. Et notre population franche, sympathique et active, a toujours provoqué chez le voyageur une estime raisonnable. Cette cité sans pittoresque, sans **végétation** et sans âme finit par sembler reposante, on s'y endort enfin. Mais il est juste d'ajouter qu'elle s'est **greffée** sur un paysage sans égal, au milieu d'un plateau nu, entouré de collines lumineuses, devant une baie au dessin parfait. On peut seulement regretter qu'elle se soit construite en tournant le dos à cette baie et que, partant, il soit impossible d'apercevoir la mer qu'il faut toujours aller chercher.

Arrivé là, on admettra sans peine que rien ne pouvait faire espérer à nos concitoyens les incidents qui se produisirent au printemps de cette année-là et qui furent, nous le comprîmes ensuite, comme les premiers signes de la série des graves événements dont on s'est proposé de faire ici la chronique. Ces faits paraîtront bien naturels à certains et, à d'autres, **invraisemblables** au contraire. Mais, après tout, un chroniqueur ne peut tenir compte de ces contradictions. Sa tâche est seulement de dire : « Ceci est arrivé », lorsqu'il sait que ceci est, en effet, arrivé, que ceci a intéressé la vie "de tout un peuple, et qu'il y a donc des milliers de témoins qui estimeront dans leur cœur la vérité de ce qu'il dit.

Du reste, le narrateur, qu'on connaîtra toujours à temps, n'aurait guère de titre à faire valoir dans une entreprise de ce genre si le hasard ne l'avait mis à même de recueillir un certain nombre de dépositions et si la force des choses ne l'avait mêlé à tout ce qu'il prétend relater. C'est ce qui l'autorise à faire œuvre d'historien. Bien entendu, un historien, même s'il est un amateur, a toujours des documents. Le narrateur de cette histoire a donc les siens : son témoignage d'abord, celui des autres ensuite, puisque, par son rôle, il fut amené à recueillir les confidences de tous les personnages de cette chronique, et, en dernier lieu, les textes qui finirent par tomber entre ses mains. Il se propose d'y puiser quand il le jugera bon et de les utiliser comme il lui plaira. Il se propose encore... Mais il est peut-être temps de laisser les commentaires et les précautions de langage pour en venir au récit lui-même. La relation des premières journées demande quelque minutie.

【注释】

- froissement *n.m.* 沙沙声
- neutre *adj.* 中性的，中立的；平淡的
- déluge *n.m.* 泛滥，暴雨洪水等
- frénétique *adj.* 疯狂的，狂乱的
- concitoyen *n.m.* 同胞，同乡
- boulomane *n.* 滚球游戏爱好者
- bavardage *n.m.* 闲谈，喋喋不休
- végétation *n.f.* 植物，草木
- se greffer *v.pr.* 插入，加进
- invraisemblable *adj.* 不像是真的，不大可能的；奇特的

【片段阅读二】

C'est à peu près à cette époque en tout cas que nos concitoyens commencèrent à s'inquiéter. Car, à partir du 18, les usines et les **entrepôts dégorgèrent**, en effet, des centaines de **cadavres** de rats. Dans quelques cas, on fut obligé d'achever les bêtes, dont l'**agonie** était trop longue. Mais, depuis les quartiers extérieurs jusqu'au centre de la ville, partout où le docteur Rieux venait à passer, partout où nos concitoyens se rassemblaient, les rats attendaient en tas, dans les poubelles, ou en longues files, dans les ruisseaux. La presse du soir s'empara de l'affaire, dès ce jour-là, et demanda si la municipalité, oui ou non, se proposait d'agir et quelles mesures d'urgence elle avait envisagées pour garantir ses administrés de cette **invasion répugnante**. La municipalité ne s'était rien proposé et n'avait rien envisagé du tout mais commença par se réunir en conseil pour délibérer. L'ordre fut donné au service de **dératisation** de collecter les rats morts, tous les matins, à l'aube. La collecte finie, deux voitures du service devaient porter les bêtes à l'usine d'**incinération** des ordures, afin de les brûler. Mais dans les jours qui suivirent, la situation s'aggrava. Le nombre des rongeurs ramassés allait croissant et la récolte était tous les matins plus abondante. Dès le quatrième jour, les rats commencèrent à sortir pour mourir en groupes. Des réduits, des sous-sols, des caves, des **égouts**, ils montaient en longues files **titubantes** pour venir **vaciller** à la lumière, tourner sur eux-mêmes et mourir près des humains. La nuit, dans les couloirs ou les ruelles, on entendait distinctement leurs petits cris d'agonie. Le matin, dans les **faubourgs**, on les trouvait étalés à même le ruisseau, une petite fleur de sang sur le **museau** pointu, les uns gonflés et putrides, les autres raidis et les moustaches encore dressées. Dans la ville même, on les rencontrait par petits tas, sur les paliers ou dans les cours. Ils venaient aussi mourir isolément dans les halls administratifs, dans les préaux d'école, à la terrasse des cafés, quelquefois. Nos concitoyens stupéfaits les découvraient aux endroits les plus fréquentés de la ville. La place d'Armes, les boulevards, la promenade du Front-de-Mer, de loin en loin, étaient souillés. Nettoyée à l'aube de ses bêtes mortes, la ville les retrouvait peu à peu, de plus en plus nombreuses, pendant la journée. Sur les trottoirs, il arrivait aussi à plus d'un promeneur nocturne de sentir sous son pied la masse élastique d'un cadavre encore frais. On eût dit que la terre même où étaient plantées nos maisons se purgeait de son chargement d'humeurs, qu'elle laissait monter à la surface des furoncles et des sanies qui, jusqu'ici, la travaillaient intérieurement. Qu'on envisage seulement la stupéfaction de notre petite ville, si tranquille jusque-là, et bouleversée en quelques jours, comme un homme bien portant dont le sang épais se mettrait tout d'un coup en révolution.

【注释】

- entrepôt *n.m* 仓库
- dégorger *v.t* 溢出
- cadavre *n.m* 死尸，尸体
- agonie *n.f* 临终，垂危
- invasion *n.f* 入侵，侵害；〈医〉（疾病的）侵袭期

- répugnant *a.* 令人厌恶的，不一致的
- dératisation *n.f* 灭鼠
- incinération *n.f* 焚化，火葬
- égout *n.m* 下水道
- titubant *adj.* 蹒跚的，走路摇摇晃晃的
- vaciller *v.i* 摇晃
- faubourg *n.m* 市郊，郊区；城区
- museau *n.m* （某些哺乳动物和鱼类的）口鼻部，吻

【课后思考】

1. 请从选文中找到几种不同的视角和声音。
2. 细读文本，查阅相关资料，谈谈你对加缪的叙事技巧的认识。

【参考文献】

1. 吴岳添. 法国文学简史. 上海：上海外语教育出版社，2005.
2. 加缪. 鼠疫. 李玉民，译. 桂林：漓江出版社，2015.
3. Albert Camus. La Peste. Paris : Gallimard, 1947.

第二十七章　阿拉贡和《丁香与玫瑰》
Aragon et *Les Lilas et les Roses*

【导读】

    路易·阿拉贡（Louis Aragon，1897—1982）是法国小说家、诗人、政治活动家、超现实主义及抵抗运动代表人物。他于 1897 年出生于巴黎。他的母亲平日喜好阅读左拉和狄更斯的作品。受母亲的熏陶，他对写作产生了兴趣。[①]1915年，阿拉贡中学毕业进入大学学习医学，并在 1917 年入伍，在前线负责医务工作。第一次世界大战结束之后，阿拉贡开始进入文学领域，并与布勒东（Breton）和菲利普·苏波（Philippe Soupault）等人参与到达达主义运动之中。1920 年，他出版了第一部诗集《欢乐之火》（*Feu de joie*）。虽然那时超现实主义运动尚未开始，该诗集仍体现出明显的超现实主义倾向。1924 年，在布勒东的《超现实主义宣言》（*Manifeste du surréalisme*）发表之后，他参与到超现实主义运动中，并通过"自动写作法"的实践，写出了超现实主义小说《巴黎的农民》（*Le paysan de Paris*，1926）。他出版了超现实主义诗集《永恒的运动》（*Le Mouvement perpétuel*，1925），并与超现实主义运动成员一起加入法国共产党。

    阿拉贡的代表作有《共产党人》（*Les communiste*，1948—1951）、《未完成的小说》（*Le roman inachevé*，1956）等小说，此外还有同属于"真实世界"系列之现实主义小说《巴尔的钟声》（*Les Cloches de Bâle*，1933）、《高等住宅区》（*Les Beaux Quartiers*，1936）、《驿车顶层的旅客》（*Les Voyageurs de l'impériale*，1942）、《奥雷连》（*Aurélien*，1945）。他的诗集有《断肠集》（*Le Crève-cœur*，1941）、《艾尔莎的眼睛》（*Les yeux d'Elsa*，1942）等。

    阿拉贡一生几次改变创作风格和路线，在多条不同的创作道路上进行探索。他的超现实主义创作使他成为超现实主义的代表人物之一，而他的现实主义创作也深刻揭露了社会阴暗面，歌颂了群众的力量。此外，他的抵抗运动创作鼓舞了法国人民反抗德国法西斯侵略的士气，他的后现代主义创作探索进一步推

---

    ① 皮埃尔·戴克斯. 阿拉贡传. 袁俊生，译. 上海：上海人民出版社，2008：56-57.

动了当代文学创作的发展，他的超现实主义诗歌新颖奇妙，他的爱国诗歌深沉而富有感染力。因其著作等身，亦有人称阿拉贡为"20 世纪的雨果"。

本章所选《丁香与玫瑰》（Les Lilas et les roses）创作于 1940 年巴黎沦陷之时，收录于《断肠集》。诗歌描写了 1940 年 6 月法国军队的大溃败和法国民众的逃难，表达了阿拉贡面对祖国战败、领土沦丧的哀伤之情，在哀伤之下又潜藏着不屈的意志和对未来解放的信心，情感强烈而深沉。[①]

本诗可以划分为两段四行诗和三段八行诗。在这些诗句中，诗人无拘无束地挥洒自己的思绪，堆积众多的意象。初读此诗，读者难免感到诗人的逻辑混乱不堪，一如 1940 年大溃败之下的法国。尽管此时阿拉贡事实上已与超现实主义运动决裂，我们仍能观察到超现实主义遗留在其创作中的影响，即存在一种思维的跳跃。在本诗中，我们可以通过堆叠的意象和跳跃的思维感受到这种影响的存在。这些意象随着诗人的思维在低音和高音之间达到和谐。

本诗一开始就充满丰富多彩的意象，通过"开花（floraison）""变形（métamorphose）""丁香（lilas）"和"玫瑰（rose）"等词汇引领全文，同时简要叙述 1940 年 5 月至 6 月间发生的事件。紧接着，丁香与玫瑰出现了（Je n'oublierai jamais les lilas ni les roses），和诗歌的标题形成了呼应。第四行诗则宣告了诗歌抒情的开始。

在第一组四行诗总领全诗之后，第一组八行诗将诗人和读者的思绪带回到这场战争的开端。诗人再次运用堆叠意象的方式营造一种喧闹的氛围："游行队伍、欢呼声、人群和阳光，战车满载着爱与捐赠，大道上嘈杂吵嚷。"这样的意象堆叠描绘了一种所有人都以为胜利将属于法国的情形，但诗人早已强调这不过是一种"悲惨的幻觉（l'illusion tragique）"，因为诗人正是这场战争结局的见证者。我们可以注意到诗人对结局的暗示，"胭脂红色的吻（en carmin le baiser）"预示着鲜血，预示着这些士兵将在前线阵亡。

在第二组八行诗中，诗人描写了法国溃败的惨状。诗人并未直接对这场悲剧进行描写，而是再次用一个个画面隐晦地描绘惨剧的发生。"夜晚的混乱（le trouble des soirs）"和"沉默的谜语（l'énigme du silence）"暗示了军队的溃败。本应象征美好与欢乐的玫瑰如今却面对一幕幕恐怖的景象（les vélos délirants、les soldats qui passaient sur l'aile de la peur、les canons ironiques、le pitoyable accoutrement des faux campeurs），在悲风中低垂（le démenti des fleurs au vent de

---

① 李荣鹏. 二十世纪的雨果：纪念法国著名当代诗人阿拉贡诞辰 110 周年. 长沙铁道学院学报（社会科学版），2007，4：126-127.

la panique）。强有力的对比让反讽效果更加突出。

如果说诗歌之前的部分只是在"旁敲侧击"，那么在诗歌的最后两节中，诗人从过往回到现实，开始讲述自己的情况。这一次，诗人终于提到一个具体事件，即巴黎的陷落（On nous a dit ce soir que Paris s'est rendu）。在此，我们可以通过诗人使用的被动语态感受到他内心深深的愤怒与痛苦。最后，诗人再次提到"丁香与玫瑰"：丁香伴随死亡出现（Douceur de l'ombre dont la mort farde les joues），象征着法兰西战败的现状；而玫瑰则被远方的战火照亮（Couleur de l'incendie au loin roses d'Anjou），在诗歌的最后给阴沉的气氛增添了一抹亮色，那是诗人从未放弃的希望，在这希望的背后，人们将看到一个不屈不挠的法国。

这首诗还有其他亮点。例如，一唱三叹般的重复（Je n'oublierai jamais）、多义词的使用、交叉押韵创造的节奏感和标点符号的取消，这一切都被阿拉贡用于表达他的情感。

【片段阅读】

LES LILAS ET LES ROSES

O mois des **floraisons** mois des **métamorphoses**
Mai qui fut sans nuage et Juin **poignardé**
Je n'oublierai jamais les lilas ni les roses
Ni ceux que le printemps dans ses plis a gardés

Je n'oublierai jamais l'illusion tragique
Le cortège les cris la foule et le soleil
Les chars chargés d'amour les dons de la Belgique
L'air qui tremble et la route à ce bourdon d'abeilles
Le triomphe imprudent qui **prime** la querelle
Le sang que préfigure en carmin le baiser
Et ceux qui vont mourir debout dans les **tourelles**
Entourés de lilas par un peuple grisé

Je n'oublierai jamais les jardins de la France
Semblables aux **missels** des siècles disparus
Ni le trouble des soirs l'énigme du silence

Les roses tout le long du chemin parcouru

Le **démenti** des fleurs au vent de la panique

Aux soldats qui passaient sur l'aile de la peur

Aux vélos **délirants** aux canons ironiques

Au pitoyable accoutrement des faux campeurs

Mais je ne sais pourquoi ce **tourbillon** d'images

Me ramène toujours au même point d'arrêt

A Sainte-Marthe Un général De noirs ramages

Une villa normande au bord de la forêt

Tout se tait L'ennemi dans l'ombre se repose

On nous a dit ce soir que Paris s'est rendu

Je n'oublierai jamais les lilas ni les roses

Et ni les deux amours que nous avons perdus

Bouquets du premier jour lilas lilas des Flandres

Douceur de l'ombre dont la mort farde les joues

Et vous bouquets de la retraite roses tendres

Couleur de l'incendie au loin roses d'Anjou

【注释】

- floraison *n.f.* 开花期，开花季节
- métamorphose *n.f.* 变形，变化；转变，巨变
- poignarder *v.t.* 用匕首刺，刺伤，刺杀；〈转〉使心如刀割
- primer *v.t.* 超过，胜过，优先于；*v.i.* 占先，居首位
- carmin *n.m.* 胭脂红，胭脂红色；*a.inv.* 胭脂红色的
- tourelle *n.f.* 小塔，（战舰、坦克、飞机的）回转炮塔
- missel *n.m.* 弥撒经本，祈祷书
- démenti *n.m.* 揭穿谎言，否认，辟谣；违背，背道而驰；〈转〉沮丧，失望
- délirant, e *adj.* 谵妄性的，谵妄的；〈转〉发狂的，极度兴奋的
- tourbillon *n.m.* 旋风，漩涡；急速旋转

【课后思考】

1. 试着感受诗人思想展开的轨迹。诗人是怎样描写战争和法国的溃败的？这种描写方式具有怎样的特色？
2. 丁香与玫瑰分别有何象征意义？

【参考文献】

1. 吴岳添. 法国文学简史. 上海：上海外语教育出版社，2005.
2. 皮埃尔·戴克斯. 阿拉贡传. 袁俊生，译. 上海：上海人民出版社，2008.
3. 吴岳添. 法国现当代左翼文学. 上海：华东师范大学出版社，2017.